आनन्दी

हमारे यहाँ से प्रकाशित
कथाकार मालती जोशी
की अन्य पुस्तकें

- एक सार्थक दिन
- राग-विराग
- महकते रिश्ते
- बाबुल का घर
- मन न भये दस-बीस
- आँगन की छाँव
- दादी की घड़ी
- रिश्वत एक प्यारी सी

आनन्दी

मालती जोशी

मनु प्रकाशन
दिल्ली-110032

ISBN—81-86265-82-1

सर्वाधिकार : लेखिका

संस्करण : 2024

प्रकाशक : मनु प्रकाशन
1/6678, गली नं. 3
पूर्वी रोहतास नगर
दिल्ली-110032

अक्षर संयोजक : शब्दांकन लेजर प्रिंटर्स
नवीन शाहदरा, दिल्ली-110032

मुद्रक : आर. के. ऑफसेट
नवीन शाहदरा, दिल्ली-110032

AANANDI (Novelets and Stories) *by* Malti Joshi

अनुक्रम

उपन्यास

- ज्वालामुखी के गर्भ में
- पाषाण-युग
- निष्कासन
- पटाक्षेप

ज्वालामुखी के गर्भ में

'ए साहब बहादुर ! लोग-बाग आपको देखने के लिए नहीं आये हैं।'

अपनी कलमों को तरतीब से सँवारते हुए हरि भैया दर्पण में मेरी परछायीं देखकर झेंप गए। फिर एकाएक बोल्ड बनने की कोशिश में मेरी ओर पलटकर बोले, 'मैं जरा दूरदर्शिता से काम ले रहा था। हो सकता है, उन लोगों के साथ एकाध बहन, एकाध सहेली हो।'

'जी नहीं, उन लोगों के साथ सिर्फ एक अदद मम्मी है।' मैंने मुँह बिचकाकर कहा।

'तो क्या वे लोग आ गये ?'

'और क्या ! गाड़ी समय से पहले चल रही है। हमारी तो एकदम मुसीबत हो गयी।'

'भैया तैयार हो गए ?'

'सो रहे हैं कुंभकर्ण महाराज। उन्हीं को जगाने के लिए तो आयी हूँ। और हाँ, मौसी ने कहा है, 'मिलन स्वीट्स' के यहाँ ऑर्डर दे रखा है, जल्दी से मिठाई ले आओ। और देखो, पीछे से आना।'

पलटकर मैं देहरी तक ही जा पायी थी कि उन्होंने पुकारा, 'ए मीता, सुन इधर !'

'क्या है बाबा ! हमें देर हो रही है।'

'लड़की कैसी है ?'

'एकदम हेमा मालिनी है।' मैंने कहा और भाग आयी। हेमा मालिनी के नाम से ही हरि भैया का कलेजा धक्-धक् होने लगता है।

बड़े भैया आराम से सो रहे थे। चारखाने की लुंगी और बनियान पहने। सुबह ही नाइट पुलमन से पहुँचे थे। शेव भी नहीं बनाया था। खाना खाकर जो सोये थे, तो अब तक...अभी जो लड़की वाले आकर देख जाएँ तो दुबारा इस घर का रुख न करें।

माँ और मौसी भी खूब हैं। कम-से-कम सुबह इन्हें संकेत तो दे देतीं। कोई

घर से भाग तो नहीं जाते। उन्हें फँसाने में खुद फंस गयी हैं। अच्छा हुआ, ऐसा ही होना चाहिए।

'भैया, उठिए, माँ बुला रही हैं।' मैंने उन्हें झकझोरते हुए कहा।

उन्होंने तुरंत ही आँखें खोल दीं। डॉक्टरी पढ़ने का यह एक अच्छा लाभ है। हरि भैया की तरह घंटों प्रभाती नहीं गानी पड़ती।

'क्या है ? क्यों परेशान कर रही है ?' उन्होंने अलसाये स्वर में पूछा।

'माँ बुला रही हैं।'

'कह दे, आ रहा हूँ।' उन्होंने अँगड़ाई लेकर उठते हुए कहा।

'जल्दी आना...और सुनिए, जरा ढंग से तैयार होकर आइएगा।' मैंने रहस्यमय ढंग से कहा।

'तैयार होकर आऊँ ? क्यों ?'

'नीचे लोग-बाग आए हैं।'

'कौन लोग ?'

'लड़की वाले। पिछली बार आप आए थे, तो आपको फोटो दिखायी थी न माँ ने। उज्जैन वाली ? इतनी सुंदर लड़की है। माँ तो एकदम खुश हो गयी हैं। कह रही हैं—अगर दिन अच्छा होगा, तो आज ही शगुन भी कर देंगी।'

मैं उत्साह में कहे जा रही थी, पर देखा—सामने वाले पर कोई अपेक्षित प्रतिक्रिया नहीं हो रही है। कंघी करते-करते उनका हाथ एकदम रुक गया था। माथे पर गहरी लकीरें खिंच आयी थीं। मैं चुप हो गयी।

'लड़की के साथ कौन-कौन हैं ?' उन्होंने धीरे से पूछा।

'माँ हैं, पिताजी हैं, भाई हैं। पूरा कबीला है।'

'भाई को जरा ऊपर भेज दे, मेरे पास।'

मैं असमंजस में वहीं खड़ी रही, तो खीझकर बोले, 'सुनाई नहीं दिया क्या ?'

'जी, अच्छा।' मैंने मुँह फुलाकर कहा और जीना उतरने लगी। सारा उत्साह फीका पड़ गया था।

हॉल में खनकती हुई हँसी के साथ संभाषण पूरे यौवन पर था। मौसी एक-दो बार उज्जैन हो आयी थीं। लड़की के भाई, पिता भी घर देखने और माँ से मिलने के बहाने एक-दो बार आ चुके थे। इसीलिए अपरिचय की कोई दीवार बीच में नहीं थी।

मैं एकदम सबके बीच में जाकर खड़ी हो गयी। लड़की के भाई की तरफ मुखातिब होकर बच्चों की तरह ठुनकती आवाज में कहा, 'आपको भैया बुला रहे हैं। ऊपर कमरे में।'

क्षण-भर को बातचीत जैसे जम गयी। वे पिता की मौन सम्मति पाकर उठे और मैं गाइड की तरह साथ हो ली।

ऊपर जाकर देखा, भैया पतलून और कमीज पहन चुके हैं। मुँह पर पानी

के छींटे देकर नींद भगाने का भी प्रयास किया गया है। बिखरे बाल भी अब तरतीब से सँवारे हुए लग रहे थे।

दोनों ने अपना-अपना परिचय देते हुए गर्म-जोशी से हाथ मिलाया। भैया ज्यादा उत्साहित नहीं लगे। शायद सफर की थकान और नींद का बोझिलपन अब भी उन्हें छोड़ने को तैयार नहीं था।

'तू जा, मीता ! मैं मि. पाठक को नीचे ले आऊँगा।' भैया ने कहा। यह आदेश था, नरम स्वर में कहे जाने के बावजूद मैं उसे टाल नहीं सकी।

मि. पाठक ज्यादा देर ऊपर नहीं रुके। हॉल में लौटे, तो उनका चेहरा भारी था। सबकी आँखें उन पर टिक गयीं।

'क्या बात है, ललित ?' पिता ने व्यग्रता से पूछा।

मि. पाठक ने एक बार अपनी और एक बार मेरी माँ की ओर देखा। फिर सख्ती से होंठ भींचते हुए बोले, 'डॉ. मनीष चाहते हैं कि उनकी माँ के सामने यह रहस्य न खोला जाए, मगर मेरी बला से ! पापा, इन महाशय का कहना है कि इनकी सगाई हो चुकी है।'

'क्या ?' कितने कंठों ने एक साथ प्रश्न किया।

'मनीष !' माँ किस बुरी तरह से चीखीं।

'क्या है, मां ?' भैया ने कमरे से आते हुए शांत स्वर में पूछा।

'ये...ये ललित भाई क्या कह रहे हैं ?'

'ठीक कह रहे हैं।'

'किस लड़की से शादी कर रहा है तू ?'

'यह सब चर्चा बाद में भी हो सकती है, माँ !' भैया ने उसी शांत स्वर में कहा और फिर मेहमानों से माफी माँगते हुए कहा, 'मुझे बहुत-बहुत अफसोस है, इन लोगों ने अगर जरा भी संकेत दिया होता तो शायद...'

'ओह, जरा इन्हें सँभालिए।' कहते हुए वयोवृद्ध मेहमान एकदम उठ खड़े हुए थे। हम सबने चकित होकर देखा, माँ बेहोश होकर कुर्सी पर ही लुढ़क गयी थीं। मैं तो चीखकर उनसे लिपट जाने को हुई, पर भैया ने सख्ती से मुझे दूर खड़ा कर दिया। उस समय उनका चेहरा ऐसा लग रहा था, जैसे पत्थर में तराशा गया हो। अपनी मजबूत बाँहों में माँ का दुर्बल शरीर समेटते हुए उन्होंने भीतर जाते हुए इतना ही कहा, 'मौसी ! मेरे साथ आना जरा।'

पीछे-पीछे जाने की इच्छा को बहुत मुश्किल से रोक पायी मैं। वहीं सोफे पर बैठकर दोनों हाथों में मुँह छिपाकर सिसकने लगी। मिसेज पाठक मेरा सिर सहलाती रहीं। अजीब असमंजस की स्थिति थी। एकाएक ललित ने कहा, 'हम सब चलें, पापा।'

'ना बेटे, ऐसे अच्छा नहीं लगता। बहनजी की हालत जरा ठीक होने...

'तो आप रुकिए ! मैं जा रहा हूँ।'

'ठहरो, दादा ! मैं भी आपके साथ चलूँगी।'

उस दर्प-भरे स्वर से चौंककर मैंने सिर उठाया। कमरे में उस सजीधजी मूर्ति का अस्तित्व ही मैं भूल गयी थी। लेकिन क्या यह वही चेहरा था, जो कुछ समय पहले तक शर्मीली मुसकान से दमक रहा था। भैया का चेहरा अगर काले संगमरमर में बदल गया था, तो यह पूरी की पूरी प्रतिमा बर्फ हो गयी थी।

'अरे, ये लोग जा रहे हैं। अंदर चाय लग गयी है न !'

खुशबू का एक भभका आया और लजीली मुसकराहट लिये हरि भैया कमरे में दाखिल हुए। एक क्षण को अनचाहे सबकी निगाहें उन पर टिक गयीं। गोरे-चिट्टे हरि भैया नेवी ब्लू पैंट और क्रीम कलर की मनीला पहने सचमुच बड़े प्यारे लग रहे थे। उन्होंने अपनी सजावट पर काफी समय खर्च किया था। टाई पिन से लेकर जूतों तक सब कुछ लकदक कर रहा था। सबको अपनी ओर घूरते देखा तो वे कुछ सचेत हो गये।

'और लोग कहाँ हैं ? चाय बिलकुल तैयार है।'

बेचारे हरि भैया ! इतना तरस आया उन पर। दीन-दुनिया से बेखबर वे चाय की मेज ही सजाते रह गये थे।

'आपकी तारीफ !' ललित के पिताजी ने पूछा।

'ये हरि भैया हैं।' मैं बच्चों की तरह इतना ही कह पायी।

'पढ़ते हैं ?'

'जी हाँ। बी. कॉम. फाइनल में हूँ।' उन्होंने लजीले अंदाज में कहा।

ललित और सुलक्षणा इस बीच कब चले गये, पता नहीं चला।

कुछ देर बाद तौलिये से माथे का पसीना पोंछते हुए भैया बाहर आये।

'अब वे कैसी हैं ?' मि. पाठक ने व्यग्रता के साथ पूछा।

'अब अच्छी हैं। थैंक गॉड !'

'क्या ऐसा अकसर होता है ?' मिसेज पाठक ने पूछा।

'जी, पहले अकसर होता था। दरअसल मेरे पिताजी और मुझसे छोटी एक बहन, एक साथ एक एक्सीडेंट में चल बसे थे। उस हादसे ने माँ का मन बहुत तोड़ दिया है। किसी भी आघात को सह नहीं पातीं। मुझे अफसोस है, सब मेरी वजह से हुआ।'

'कोई बात नहीं।' मि. पाठक ने उनकी पीठ को थपथपाते हुए कहा।

'आप लोगों को मेरी वजह से इतनी परेशानी उठानी पड़ी, मैं अपनी शर्मिंदगी का बयान नहीं कर सकता।' भैया ने भर्राये कंठ से कहा।

'नहीं, इसमें तुम्हारी कोई गलती नहीं थी।' मि. पाठक ने सांत्वना के स्वर में कहा। मुझे वे पति-पत्नी सज्जनता की प्रतिमूर्ति लगे।

आत्मग्लानि से उबरकर अब भैया ने सिर ऊपर उठाया, 'अरे हरि, तुम कहाँ थे अभी तक ? जज साहब, यह मेरा छोटा भाई हरीश है।'

'हाँ, अभी नमिताजी ने परिचय कराया था।'

'भैया, चाय यहीं मँगायी जाए, या...' हरि भैया कहते-कहते रुक गये। प्रसंग का गांभीर्य अब भी उनकी समझ में नहीं आया था। और सबके सामने उन्हें समझाया भी नहीं जा सकता था। पर शायद वातावरण के तनाव को वे कुछ-कुछ अनुभव कर रहे थे।

'एक-एक कप चाय भी हम आपको न पिला सके, तो हमें बहुत दुःख होगा। मुझे उम्मीद है, आप ना नहीं करेंगे।'

भैया इतने विनम्र हो सकते हैं, यह मेरी कल्पना से भी परे था। शायद वे अब भी अपने आपको क्षमा नहीं कर पा रहे थे। उनके अनुरोध को पाठक दंपति टाल नहीं सके।

मेज दुल्हन की तरह सजी हुई थी। सबने निःशब्द चाय के घूँट भरे और उठ खड़े हुए। भैया, मैं और हरि भैया गाड़ी तक उन लोगों को छोड़ने गए। मौसी माँ की शुश्रूषा का बहाना लिये कमरे में ही बैठी रहीं।

गहमागहमी में बीता हुआ दिन शाम को यूँ चुपचाप उदास होकर लौट गया था।

'माँ, मुझे कुछ कहना है।'

माँ के तलुओं में घी की मालिश करते हुए मैंने सिर उठाकर देखा, भैया छाती पर दोनों हाथ बाँधे विवेकानंद की मुद्रा में खड़े थे। माँ ने कुछ जवाब नहीं दिया और मुँह फेरकर लेटी रहीं। इतना रोष हो आया माँ पर। पिछले दो दिनों से उन्होंने भैया से एक बार भी बात नहीं की थी। बेचारे चुपचाप उनकी शुश्रूषा करते रहे थे। इन दिनों उनका चेहरा इतना करुण लगता था कि दया हो आती थी।

'मैं सोचता हूँ माँ, अब तुम्हारी तबीयत इस लायक हो गयी है कि मेरी बात सुन सको, सह सको। वैसे भी मेरे पास अब समय नहीं है। सुबह की बस से मुझे चले जाना है।'

भैया ने कहा और दरवाजा बंद करके कुर्सी पर बैठ गये। कुछ क्षण तक वे कलाई-घड़ी को गोल घुमाते रहे, शायद अपनी बात ठीक से कह पाने का साहस सँजो रहे थे। पर माँ ने उन्हें मौका ही नहीं दिया। बोलीं, 'मीता, दरवाजा खोल दे, मेरा दम घुट रहा है।'

मैं उठने लगी, तो भैया ने हाथ पकड़कर मुझे रोक दिया, 'दरवाजा मैंने जान-बूझकर बंद किया है, मीता। इस घर में प्रायवेसी नाम को नहीं रह गयी है। दो दिन से छटपटा रहा हूँ, पर इतने सारे लोगों के बीच मैं अपने मन की बात नहीं कह सकता।'

'उस दिन कह तो चुका था मन की। क्या अब भी कोई कसर बाकी है?'

माँ एकदम उठ बैठीं। उत्तेजना से उनकी माथे की नसें फड़कने लगी थीं।

'उस दिन कहाँ कुछ कह पाया था ! तुम सुनने की स्थिति में ही नहीं थीं। आशा थी कि तुम स्वयं पूछोगी कि मैं यूँ एकाएक कैसे चला आया हूँ। सोच रहा था कि शादी की बात सुनकर तुम्हें कुछ तो उत्सुकता होगी। पर लगता है, तुम्हें अपने बच्चों में उतनी भी दिलचस्पी नहीं रह गयी है।'

'दिलचस्पी नहीं होती, तो तेरे लिए दुनिया-जहान की लड़कियाँ देखती फिरती मैं ? चार भले आदमियों के सामने मेरा अच्छा तमाशा बनाया तूने।'

और माँ ऐसे काँपने लगीं, जैसे जूड़ी चढ़ आयी हो।

'भैया, प्लीज ! अभी ये सब बातें रहने दो। माँ की हालत देख रहे हो न !'

'देख रहा हूँ, बरसों से देख रहा हूँ। अपनी बड़ी-से-बड़ी समस्या को मँझधार में छोड़कर, पहले दौड़कर इन्हीं को देखना पड़ा है, इन्हीं को सँभालना पड़ा है। सारी जिंदगी यही करता आ रहा हूँ। तभी तो पचीस साल की उम्र में एकदम बुढ़ा गया हूँ।'

माँ का हिलता हुआ शरीर एकदम काठ की तरह स्थिर और निस्पंद हो गया था। वे फटी-फटी आँखों से भैया को देखने लगी थीं। पर वे एक क्षण को भी वहाँ नहीं रुके।

माँ देर रात तक तकिये में मुँह छिपाए सुबकती रहीं। मौसी ने तरह-तरह से मुझसे तर्क-वितर्क किये, पर मैंने कुछ नहीं बताया। और बताने के लिए था भी क्या !

सुबह भैया बस के लिए घर से निकले, उस समय माँ सो रही थीं। काफी रात गये वे सो पायी थीं, इसी से उन्हें जगाया नहीं गया था।

जाते हुए कमरे में चुपचाप बुलाकर उन्होंने मुझे एक लिफाफा पकड़ाया था। 'रात देर तक सो नहीं सका था। काफी बातें इकट्ठा हो गयी थीं मन में। तू पढ़कर फाड़ देना, शायद तेरे संदूक में भी यह सुरक्षित न रहे...और यह तेरी भाभी की फोटो।'

मैंने झपटकर फोटो उठा ली थी। एक भरा-भरा चेहरा और दो हँसती हुई आँखें। मौसी की ब्यूटी-परेड में खड़ी होतीं, तो शायद फेल हो जातीं, पर कुल मिलाकर मुझे अच्छी लगीं।

''कितनी स्वीट हैं न ! क्या नाम है, भैया ?'

'बेला।'

'ओ लवली !'

'ये लोग पंजाबी क्रिश्चियन्स हैं।'

भैया की इस घोषणा से मेरी खुशी वहीं जम गयी।

'क्यों ? बुरा लगा सुनकर ?'

'अपने लिए नहीं। मैं माँ के लिए सोच रही थी।'

'मुझे मालूम था, माँ नाराज होंगी। मैं अपने को उस विस्फोट के लिए तैयार

करके आया था। लेकिन बिना कुछ जाने उन्होंने जो उपेक्षा बरती है, वह बहुत तकलीफदेह है।'

'भैया, आटो रिक्शा ले आया हूँ। चल रहे हैं न ?'

हरि भैया कमरे में आए और भैया ने चेहरे पर फैलती उदासी की चादर को एकदम समेट लिया। दोनों भाई एक-दूसरे के कंधों पर झूलते हुए स्कूटर की ओर चले गये। मैं डबडबाई आँखों से उस ओर देखती रही। भैया पिछले छह सालों से बाहर थे। मेडिकल उन्होंने ग्वालियर से ही किया था और वहीं अब हाउस जॉब भी कर रहे थे। पर कभी उनके जाने का इतना दुःख नहीं हुआ। इस बार पता नहीं क्यों ऐसे लगा, जैसे वे हमेशा के लिए जा रहे हों।

मौसी की पैनी दृष्टि सारे घर को नापे रहती है। भैया के जाते ही बोलीं, 'आज तो बड़ी प्राइवेट बातें हो रही थीं। क्या कह रहा था मनीष ?'

'भाभी की फोटो दिखा रहे थे।' मैंने तुनककर कहा।

भैया ठीक ही कह रहे थे, इस घर में जरा प्रायवेसी नहीं है।

'कहाँ है फोटो, दिखाना जरा ? इतना घुन्ना लड़का है ! दो दिनों में मैंने बीस बार पूछा होगा, पर मुझे जरा सुराग नहीं दिया उसने।'

'मेरे कमरे में आकर देख लेना फोटो।' मैंने कहा और अपने कमरे में चली आयी। मेज पर शिव-पार्वती का एक फोटो था। वह चंदन के फ्रेम में मेरे लिए सुपर्णा मैसूर से लायी थी। मैंने उसी में वह फोटो सजा दिया। लड़की बहुत सुन्दर नहीं थी, उसके क्रिश्चियन होने की बात सुनकर दुःख भी हुआ था, पर मन-ही-मन एक निर्णय ले लिया था कि मुझे भैया का साथ देना है, उनका बचाव करना है। इसी निश्चय के बल पर मैं घर में उठते तूफान का सामना कर सकी, सहेलियों के बीच गर्वोन्नत होकर इस अंतर्जातीय विवाह की सूचना दे सकी।

माँ की प्रतिक्रिया तो अपेक्षित ही थी। वे दिन-भर बेहोश होती रहीं, लेकिन मौसी बहुत ही जल्दी सँभल गयीं और माँ को सांत्वना भी देने लगीं। उनकी आलोचना का तीखापन परिचित था, पर उनकी यह समझदारी...लगा, जैसे भीतर-ही-भीतर वे भैया के इस विवाह से प्रसन्न हैं। कौन जाने ?

दिन-भर उधेड़बुन में पत्र को हाथ भी नहीं लगा पायी। मौसी के देख लेने का अंदेशा बराबर बना रहता। रात को माँ के सो जाने के बाद ही खोल सकी।

पत्र क्या था, यादों का एक लम्बा सिलसिला। नैरोबी के सुहावने दिनों की ढेरों स्मृतियाँ थीं। नैरोबी जहाँ पापा थे, सुनीता दीदी थी, सुख था, सम्पन्नता थी, ठहाके थे, किलकारियाँ थीं। यहाँ आने के बाद वे सारी स्मृतियाँ मुहरबन्द करके रख दी गयी थीं; क्योंकि उनसे माँ को तकलीफ होती थी। पता नहीं, किस संजीवनी से भैया ने उन्हें अपने मन के भीतर यों तरो-ताजा रखा हुआ था। मैं तो सब भूलभाल गयी थी। दस साल पुरानी बातें थीं। एक सात-आठ साल की लड़की

याद भी क्या रख पाती।

भैया ने लिखा था—माँ का दुःख बहुत बड़ा था, मैं मानता हूँ। पर अपने शोक से उबरकर उन्होंने क्षण-भर को तो हम बच्चों का खयाल किया होता। जिन्हें काल यूँ निर्ममता से छीन ले गया था, वे क्या सिर्फ उनके पति थे, हमारे पिता नहीं थे ? सुनीता क्या हमारी कोई नहीं थी ? क्या हमारी उम्र मृत्यु को अंतिम सत्य के रूप में स्वीकार करने की थी ?

चाहिए तो था कि माँ अपनी ममता का आँचल कुछ और फैलाकर पापा का भी स्थान ले लेतीं, पर वे तो माँ भी नहीं रह पायीं। इस पराये देश में, पराये घर में, पराये हाथों में हमें छोड़कर निश्चिंत हो गयीं। 'पराया' शब्द शायद तुम्हें ठीक न लगे। मीता, मौसी लाख उनकी बहन थीं, पर हम उन्हें कितना जानते थे !

हर बार, हर काम के लिए उनका मुँह जोहना मुझे कभी अच्छा नहीं लगा। फीस के लिए, कपड़ों के लिए, किताबों के लिए उनके आगे हाथ फैलाते हुए मेरी आत्मा को कष्ट होता था। उन्होंने कभी किसी चीज के लिए मना नहीं किया, क्योंकि जो पैसा खर्च हो रहा था, वह हमारा था; फिर भी मेरा संकोच कभी नहीं टूटा। माँ किसी चीज के लिए झिड़क भी देतीं, तो मुझे इतना दुःख नहीं होता। इस सिर-दर्द से बचने के लिए ही मैंने ग्वालियर में दाखिला लिया था। रोज-रोज अपने स्वाभिमान की हत्या मैं नहीं कर पाता था।

मौसी ने हम लोगों के लिए बहुत किया हैं। मेरी परीक्षा के दिनों में वे रात-रातभर मेरे लिए चाय बनाती रही हैं। सुबह-सवेरे अलार्म लगाकर मुझे जगाती रही हैं। मेरे लिए उन्होंने स्वेटर बुने हैं, पिकनिक के लिए खाना बनाकर दिया है, मेरी बीमारी में दिन-रात मेरी सेवा की है। पर उनकी इस ममता के भीतर ईर्ष्या की एक हल्की-सी पर्त है। उसे मैं बर्दाश्त नहीं कर पाता। कई बार इच्छा होती है कि अपनी सारी अच्छाइयाँ किसी जादू के जोर से हरि को दे डालूँ। तभी शायद इस संत्रास से मुक्ति मिले।

इसके बाद भैया ने बेला से अपने परिचय की कहानी लिखी और अंत में लिखा था—वह घर नहीं है, ज्वालामुखी है। किसी दिन तुम भी उस गर्भगृह से बाहर आने के लिए छटपटाओगी, मीता। तब मुझे खबर करना। जहाँ भी रहूँगा, दौड़ आऊँगा।

पत्र का कई-कई बार पारायण करके मैंने उसे अपने ट्रंक में छिपाकर रख दिया। सोच लिया था कि किसी दिन माँ को जरूर दिखाऊँगी। भैया के मन की अँधेरी गुफाओं में एक बार उन्हें फेरी लगानी ही होगी, नहीं तो माँ किसलिए बनी थीं।

भैया के पत्र का अंतिम वाक्य मैंने मन के कागज पर अंकित कर लिया था। मेरे लिए वह दीप-स्तंभ हो गया था।

मैं और हरि भैया निश्चय कर चुके थे कि घरवालों के विरोध को ताक पर रखकर भैया के विवाह में अवश्य भाग लेंगे। पर उन्होंने हमारे इस निश्चय पर पानी फेर दिया। इस बार भी उन्होंने विवेक का पल्ला नहीं छोड़ा था। शादी की सूचना तब मिली, जब आठ दिन ऊपर हो चुके थे। सूचना क्या थी, अच्छा-खासा पार्सल था। मेरे और हरि भैया के लिए दो कलाई घड़ियाँ थीं—एच. एम. टी. की, जिनके पीछे लिखा था—'भाभी की ओर से।'

और साथ दर्जन-भर लड़कियों की तस्वीरें थीं, जो समय-समय पर यहाँ से भेजी गयी थीं। भैया की सख्त हिदायत थी कि वे सारी तस्वीरें सही पतों पर वापस भेज दी जाएँ।

माँ और मौसी को अब इन कामों में कोई रस नहीं रह गया था, इसलिए यह दिलचस्प काम हमीं लोगों के सिर पर आ पड़ा। एक सुबह चाय की मेज पर ही हमने इस वापसी अभियान का शुभारंभ कर दिया। डाइनिंग टेबुल का काला टॉप किसी अल्बम की तरह लग रहा था। हरि भैया बिखरे हुए फोटो में से एक-एक चुनकर नाम और पते मिलाते जाते, मैं लिफाफों पर बड़े-बड़े अक्षरों में उन्हें लिखती जा रही थी।

आखिरी लिफाफे को सीलबन्द करते हुए हरि भैया बोले, 'और दो-एक साल बाद हमारी मीता की फोटो भी इसी तरह जगह-जगह भेजी जाएगी।'

'और इसी तरह लौटायी जाएगी।' मैंने उनका अधूरा वाक्य पूरा करते हुए कहा।

'लौटाकर देखे कोई, तबीयत दुरुस्त कर दूँगा !' और उन्होंने एक काल्पनिक मुक्का हवा में उछाल दिया।

'अरे वाह, कोई जबरदस्ती है। मान लो, तुम्हारे पास कोई दस-बीस फोटो आ गए, तो क्या सबसे शादी करोगे ?'

'शादी तो खैर एक से ही करूँगा, पर तस्वीरें सब सँभालकर रखूँगा। बीवी ने जरा अकड़ दिखायी कि अपना अल्बम दिखाकर कहूँगा कि देवी देखो, श्रीमान हरिप्रसन्न शर्मा की अर्द्धांगिनी बनने के लिए कितनी बालिकाएँ लालायित थीं।'

'तब तो और भी उसके पाँव जमीन पर नहीं पड़ेंगे कि इतनी सारी लड़कियों में से उसे चुना गया है।'

'बाई री ! क्यों मन के लड्डू फोड़ रही हो। साबुत हाथ-पाँव की एक ही मिल जाए, तो भाग समझना। दस-बीस तो क्या आएँगी अपने दरवज्जे।' मौसी की बात से हमारी हँसी मुँह में ही जम गयी।

माँ भी नाराज हो गयीं। बोलीं, 'छोटी, तू जब करेगी, उल्टी बात करेगी। कोई मेरा लड़का लँगड़ा-लूला है, जो लड़की नहीं मिलेगी ?' और उन्होंने हरि भैया के गोरे-गुबरैले चेहरे की बलाएँ ले लीं।

'लँगड़े-लूले की क्या शादी नहीं होती, जिज्जी ! शादी होना और बात है,

और अच्छे खानदान से रिश्ता होना और बात। लड़की वाले घर देखते हैं, घराना देखते हैं, कोई हमारे माँ-बाप की तरह लड़की को घूरे पर नहीं फेंक देता।'

'त्वमेव केवलं हर्तासि, त्वमेव केवलं धर्तासि, त्वं सर्व खल्विदम् ब्रह्मासि।' पूजाघर से मौसाजी का गुरु-गंभीर स्वर कुछ ऊँचा ही आने लगा था। गणपति अथर्व शीर्ष का ओट लेकर वे मौसी के वाग्बाणों से बचना चाहते थे। उनकी यह जानी-पहचानी आदत थी। पर कितना बच पाते थे, वे ही जानें !

टेबुल पर सारा सामान यूँ ही बिखरा छोड़कर हरि भैया उठकर चल दिए थे।

माँ कह रही थीं, 'पैसे से ही क्या सब सुख मिल जाते हैं। छोटी, मुझे देख, कितना दुःख छाती में छिपाए बैठी हूँ। पति तो भाग्य ने छीन ही लिया, बेटे को पता नहीं कौन कहाँ की लड़की मोहकर ले गयी। अब इस घर को, घराने को ओढूँ कि बिछाऊँ ! तेरे साथ तो तेरा सब-कुछ है। उनकी बदौलत तू सिर उठाकर तो चल सकती है, फिर क्यों उस देवता आदमी की आत्मा जलाती है ?'

'मेरी आत्मा जलेगी, तो मुँह पर बात आएगी ही। राजकुमार-सा मेरा लड़का किसी लायक नहीं बन सका। लोग-बाग ठाकुरजी के आगे घंटी भर बजाना जानते हैं।'

इतनी खीझ ! इतनी ऊब हो आयी मुझे। पता नहीं, इन दोनों बहनों को अपने दुःखों से इतना लगाव क्यों है ? खुद भी रोएँगी, साथ वाले की जिंदगी भी जहर करके रख देंगी।

पूजाघर से अब विष्णु सहस्रनाम सुनायी दे रहा था।

'हरि भैया, चलिए, 'घर-घर की कहानी' देख आएँ। वीणा कह रही थी, खूब अच्छी पिक्चर है।' मैंने आँधी की तरह उनके कमरे में प्रवेश करते हुए कहा।

'अपने घर की कहानी से तो क्या अच्छी होगी !' वे पुस्तक में आँखें गड़ाए ही विषण्ण स्वर में बोले।

'बेकार ही फिलॉसफी तो मत झाड़िए, चलिए न ! लौटते हुए कविता के यहाँ होते आएँगे। मुझे अपनी कॉपियाँ लेनी हैं।'

मेरी सहेलियों के नाम से खिल उठने वाला उनका चेहरा वैसा ही सख्त बना रहा। वे पूर्ववत् पुस्तक के पन्ने पलटते रहे।

'चलिए भी। हमारे साथ कोई नहीं है, इसी से इतनी खुशामद कर रहे हैं। आप साहब, ज्यादा ही स्कॉलर बने जा रहे हैं।' और मैंने पुस्तक छीनकर परे फेंक दी।

'मैं कोई तुम्हारा बॉडीगार्ड हूँ, जो हर जगह तुम्हारे साथ घिसटता फिरूँगा। प्लीज, मेरे कमरे से दफा हो जाओ।'

ये आँखें ! यह चेहरा ! यह आवाज ! चाहिए तो था कि क्रोध से मेरा

तन-बदन जल उठता, पर विस्मय और दुःख से भरकर मैं फटी-फटी आँखों से उन्हें निहारती रह गयी। पाँव मन-मन भर के होकर वहीं जम गए। किसी तरह अपने को ठेलकर मैं दरवाजे तक ले गयी, पर उतनी देर बाद उस जाने में कोई प्रतिष्ठा नहीं रह गयी।

'सॉरी, मीता !'

मैं अनचाहे ही ठिठककर रह गयी थी।

'मुझे बहुत अफसोस है, मीता। इस तरह तुम्हें जलील करने का मुझे कोई हक नहीं था। इस कमरे पर मेरा अधिकार ही क्या है। यह कमरा, यह घर... ये सब तुम्हारा ही तो है। हम तो केवल...क्या हैं हम लोग, यही समझ नहीं आता। नौकरों की भी अपनी कुछ औकात होती है। लेकिन हम तो सिर्फ...पैरासाइट्स हैं।'

सॉरी होना क्या इसे ही कहते हैं ?

उसके बाद वहाँ रुकना असंभव ही था। सीधे अपने कमरे में आकर बिस्तर में पड़ रही। दुःख, अपमान, रोष, ममता—सब-का-सब सिमट आया था मन में।

तीन-चार साल पुराना एक प्रसंग याद आ गया। हरि भैया का हायर सेकंडरी का परिणाम आया था। बेचारे जनता क्लास में पास हुए थे। माँ कह-कहकर हार गयीं, पर मौसी ने सवा रुपये के लड्डू भी नहीं बाँटे। दो साल पहले ही मनीष भैया के पास होने पर मिठाई, पार्टी और बधाई पत्रों की कितनी धूमधाम लगी रही थी। भैया मेरिट लिस्ट में चौथे नंबर पर आए थे। उसके मुकाबले में हरि भैया का परिणाम सचमुच फीका था, पर मौसी के वाग्बाणों ने तो उसे करुण बना दिया था। आखिर माँ ने ही डाँटा था, 'चुप कर, छोटी ! तेरी बातों से तंग आकर लड़का कहीं नदी-कुआँ कर बैठेगा, तो जिंदगी-भर को रोती रहेगी।'

तब कहीं मौसी का अनवरत भाषण समाप्त हुआ था।

शाम की आरती के बाद मौसाजी ने मुझे पूजाघर में बुलाकर मेरे हाथ पर दो पेड़े रखे थे, 'ये मेरे बेटे के पास होने की मिठाई है, बिटिया ! गरीब आदमी हूँ न ! ज्यादा जश्न तो नहीं मना सकता।'

सातवीं-आठवीं क्लास की बेवकूफ-सी लड़की थी मैं। उनकी बात का मतलब नहीं समझ सकी। पर उनकी आँखों की पीड़ा, उनके स्वर का वात्सल्य मुझसे छिपा नहीं रहा।

वह थोड़ी-सी मिठाई लिये मैं प्रतीक्षा में बैठी रही। बहुत रात गए लौटे थे हरि भैया। आकर छत पर अपने बिस्तर पर चुपचाप लेट गए थे। मैंने दबे पाँव जाकर पेड़ा उनके मुँह में ठूँस दिया था।

'क्या है यह ?' वह हड़बड़ाकर उठ बैठे थे।

'मिठाई है।'

'किस बात की मिठाई ?' उन्होंने मरी हुई आवाज में पूछा।

'एक हमारे हरि भैया हैं, उनके पास होने की।' मैंने शरारत से आँखें नचाकर कहा।

कुछ क्षण वे चुप रहे, फिर बोले, 'किसने बांटी है ?'

'मौसी ने।'

'मेरे सिर पर हाथ रखकर कहो।'

कैसी कहती ! चुप होकर रह गयी।

'बाबूजी ने अपने ठाकुरजी को भोग लगाया होगा। ठीक है न ! अपने नालायक बेटे के पास होने की खुशी सिर्फ वे ही मना सकते हैं।'

और फिर एकाएक उनका चेहरा तमतमा उठा था, 'क्यों आए थे तुम लोग यहाँ ! क्या उतने बड़े अफ्रीका में तुम लोगों के लिए जगह नहीं थी ! आते ही तुम लोगों ने मेरा घर, मेरी माँ, मेरा सुख—सब-कुछ छीन लिया...छोटा-सा घर था हमारा। पर उस घर में मैं राजकुमारों की तरह पलता था। उस समय मेरी हर इच्छा पर अम्मा बिछ-बिछ जाती थीं। उस समय मैं उनकी आँखों का तारा हुआ करता था...और अब, अब दुनिया में बस एक ही नाम रह गया है, मनीष-मनीष-मनीष !'

और पलँग की पाटी पर सिर रखकर वे सिसक-सिसककर रो पड़े थे।

छोटी थी मैं उस समय, पर नारी की सहज ममता ने उम्र का व्यवधान कब माना है ! उनके आँसू सोख लिये थे मैंने, उनका दर्द बाँट लिया था। तब से उनकी हर व्यथा को अपने संपूर्ण संवेदन के साथ जीने की जैसे मेरी आदत हो गयी थी। अधिकार हो गया था।

और इस अनाम रिश्ते की पृष्ठभूमि पर आज उनका यह व्यंग्य कैसी चोट कर गया था ! भीतर तक तिलमिला उठी थी मैं।

तीसरे पहर मैं अपनी बुनाई लेकर छत पर बैठी हुई थी। हरि भैया पास में आकर बैठ गए, जैसे कुछ हुआ ही न हो। मैं भी जान-बूझकर फंदों के उलटफेर में उलझी रही।

'मीता !'

'हूँ।'

'मेटिनी तो अब शायद नहीं मिलेगा। फर्स्ट शो में चलोगी ?'

'नहीं, रहने दो।'

'यानी कि नाराज हो गयी, यही न। ठीक तो है, इस घर में हर एक को नाराज होने का अधिकार है, सिवाय मेरे।'

'नाराज होने की बात नहीं है, हरि भैया ! बस, मूड नहीं रहा।' मैंने कुछ तल्खी के साथ कहा। वे चुप हो गए।

फिर कुछ देर बाद बोले, 'अच्छा चलो, नेहरू पार्क चलते हैं। वहाँ से लौटते हुए किशन के यहाँ चलेंगे। उसकी माँ तुम्हें बहुत याद करती है।'

'आज रहने दो।'

'अच्छा तो तुम्हारी कविता के यहाँ चले चलते हैं। या फिर वह कौन है अपर्णा-सुपर्णा, उसके यहाँ हो आते हैं।'

'कहा तो भई कि मुझे कहीं नहीं जाना है।' मैंने खीझकर कहा। वे फिर चुप हो गए और इस बार उनके चेहरे पर एक अजीब-सी असहायता उतर आयी। मेरे रूठ जाने का दुःख उन्हें साल रहा था। परन्तु मुझे मनाने का कोई उपाय भी वे खोज नहीं पा रहे थे। उनकी उदास डबडबायी आँखों को मैं अधिक देर तक नहीं सह पायी। अपने स्वर को यथाशक्ति नरम बनाकर मैंने कहा, 'सच कहूँ हरि दा, आजकल किसी के घर जाने की इच्छा ही नहीं होती। कहीं भी जाती हूँ, तो तुलना में अपना घर उभरकर सामने आ जाता है। सोचती हूँ, इतने अभाव में, दुःख में भी ये लोग खुश कैसे रह लेते हैं ? दुनिया-भर की मनहूसियत हमारे ही यहाँ क्यों है ? कविता की माँ छह महीने से खाट पर पड़ी है। सुपर्णा का इतना बड़ा परिवार इतनी-सी आय के सहारे चल रहा है। तुम्हारे किशन के यहाँ तीन-तीन अनब्याही बहनें बैठी हुई हैं, फिर भी इन लोगों के यहाँ कुछ ऐसा है, जो मन को बाँध लेता है। जाती हूँ, तो लौटने की इच्छा नहीं होती। और यहाँ तो हरदम भाग जाने का मन होता है।'

'इसमें आश्चर्य की क्या बात है ! यह कोई रहने की जगह थोड़े ही है। यह तो कब्रिस्तान है। यहाँ आदमी नहीं रहते, उनकी छाया रहती है। अपने-आपको दफनाकर उन पर पत्थरों की तरह जड़ी हुई ये छाया भर हैं।'

'छिः ! क्या ये नवकवियों जैसी उपमाएँ दे रहे हो ! क्या इससे अच्छी कोई बात तुम्हारे दिमाग में नहीं आती ?'

'मैं कॉमर्स का विद्यार्थी, उपमा-उत्प्रेक्षा क्या जानूँ ! जैसा सोचता हूँ, कह डाला। और तुम जानती हो, मीता, कब्रिस्तान में कभी-कभी कोई प्यारा-सा पेड़ उग आता है। अपने सिर पर ढेर सारे खुश्बूदार फूलों का मुकुट धारण किए हुए। यह अनोखा पेड़ वातावरण की उदासी को सुगंध में भिगोता रहता है। इस पेड़ का नाम जानती हो ?'

मैंने प्रश्नार्थक दृष्टि से उन्हें देखा। उनकी आँखों में उस फूल का नाम पढ़ लिया मैंने।

इसके बाद भी रूठे रहना क्या संभव था !

'मीता !' थोड़ी देर बाद वे बोले, 'तुम्हें वह जूनी कसेरा बाखल वाला हमारा घर याद है ?'

'नहीं तो।'

'कभी-कभी वह घर बहुत याद आता है। उस घर के साथ कितना कुछ

छूट गया है...तुम्हें याद है मीतू, तुम लोग आए थे न तब, तुम दिन-भर कहा करती थीं—यह घर गंदा है, हमें यहाँ नहीं रहना।'

'मैं बहुत छोटी थी न उस समय।' मैंने अपराधी स्वर में कहा।

'हाँ, तुम बहुत छोटी थीं, इसलिए मन की बात कह सकीं। जो बात मनीष भैया और मौसी अनुभव करके रह जाते थे, वह तुम बेझिझक कह डालती थीं। धीरे-धीरे सबको लगने लगा कि वह घर छोटा है, गंदा है। अम्मा को भी...और तब से इस मनहूस कोठी से बँध गए हैं हम।'

'यह घर क्या शुरू से ही ऐसा मनहूस लगता रहा होगा !' मैंने विस्मय में भरकर कहा।

'क्या पता ! तब इतना समझने की अक्ल कहाँ थी ! इतना याद है, बाबूजी यहाँ नहीं आना चाहते थे। साल भर तक वे पुराने मकान का किराया भरते रहे...पर अंत में उन्हें भी हथियार डाल देने पड़े। वे मुझसे अलग होकर नहीं रह सकते थे, मैं अम्मा के बिना नहीं रह पाता था। और अम्मा ! उनके लिए इतना बड़ा घर, इतने सारे नौकर, इतना ऐश्वर्य, इतनी हुकूमत छोड़ना बहुत कठिन हो गया था। वैभव की इस दौड़ में मैं और बाबूजी कब पीछे छूट गए, पता ही नहीं चला। बाबूजी के पास तो फिर भी उनके ठाकुरजी हैं, लेकिन मैं क्या करूँ ! अपने निष्प्रयोजन जीवन का क्या करूँ ?'

'तुम्हें क्या हो गया है आज ! कैसी ऊटपटाँग बातें कर रहे हो जब से।'

'माँ की नजरों में जो बेटा घूरे से भी गया-बीता हो गया हो, उससे अच्छी बात की तो अपेक्षा नहीं की जा सकती।'

ओह, अब समझी। सुबह वाली बात फाँस की तरह चुभ रही है मन में अब तक।

मैंने अपने स्वर में ढेर-सी ममता उंड़ेलकर कहा, 'मौसी की बातों का बुरा मानने चलेंगे, तो हो चुका। दिन-भर मातम ही मनाना होगा। जानते तो हो उनकी आदत।'

'जानने से ही क्या पत्थर बना जा सकता है ? हाड़-माँस का मनुष्य जितना सह सकता है, उतना ही तो सह पाऊँगा। सच कहता हूँ मीतू, पढ़ते हुए भी कभी-कभी इसी खयाल से काँप उठता हूँ कि क्या होगा इतनी मेहनत का। अम्मा को खुश करने लायक परिणाम तो मेरा कभी बन नहीं सकता। तब फिर हफ्तों तक पुस्तक को हाथ लगाने की इच्छा नहीं होती।'

पुरुष जब भीतर से टूटने लगता है, तो नारी का सहज स्नेह ही उसे संबल दे पाता है। इसी स्रोत से वह शक्ति ग्रहण करता है। नारी चाहे वह माँ हो, पत्नी हो, बहन हो, मित्र हो...

कहाँ पढ़ा था यह वाक्य ? किसी नाटक में ? उपन्यास में ? या शायद भैया के पत्र में। कहीं भी पढ़ा हो, आज इस बेला उसका स्मरण हो आना ही

सार्थक हो उठा था।

उस बार बी. कॉम. में हायर सेकंड क्लास पाने पर जब मैंने उनका अभिनंदन किया, तो बोले, 'अभिनंदन की असली हकदार तो तुम हो। परिणाम का सारा श्रेय तुम्हीं को जाता है।'

शनिवार की शाम को मैं हमेशा की तरह पूजाघर में बैठी सुन्दर कांड का पाठ कर रही थी। पैरों की आहट सुनकर सिर उठाया, मौसाजी नहाकर शाम की संध्या-वंदना के लिए अंदर आ गए थे। मेरी उपस्थिति से निर्लिप्त होकर उन्होंने सूती धोती उतार खूँटी पर टँगी लाल रंग की रेशमी धोती पहनी। आसन लेने के लिए इस ओर मुड़े, तो मुझे एकटक अपनी ओर देखते हुए पाया। अपनी झेंप मिटाते हुए बोले, 'कहिए पंडितानीजी, क्या निरीक्षण हो रहा है ?'

'निरीक्षण यह हो रहा है कि इस पूजावाली धोती का काफी पहले रिटायरमेंट हो जाना चाहिए था।' मैंने दबंग स्वर में कहा।

'एक बार और कायाकल्प कर दो इसका। अब की तनखा मिलने पर पहला काम यही करूँगा, ठीक है न !'

मैंने सिर हिला दिया। वे आसन पर बैठ गए। आचमन लेकर ध्यानस्थ होने को ही थे कि सहसा मुझे कुछ याद आ गया, 'मौसाजी, आज आपके वे तिवारीजी आए थे। गोरखपुर से किताबें मँगायी थीं न आपने, वे दे गए हैं।'

'अच्छा ? कब लौटे थे वे लखनऊ से ?'

'कल ही आए हैं। और कह रहे थे—शर्माजी से कहना, मेरी मिठाई तैयार रखें। दफ्तर में पार्टी दे देने से ही आप बच नहीं जाएँगे।'

एक शर्मीली मुसकान उनके चेहरे पर तैर गयी।

'अच्छा मौसाजी, दफ्तर में तो आपने प्रमोशन की पार्टी दे दी और हमें बताया तक नहीं। चाहिए तो था कि सबसे पहले घर में मिठाई आती।' मैंने मुँह फुलाकर कहा।

'घर में बतलाने जैसी कोई बड़ी बात नहीं थी, बिटिया। मेंढक कितना भी फूल जाए, बैल तो बनने से रहा। दफ्तर का बाबू हूँ, प्रमोशन हो गया तो बहुत-से-बहुत ओ. एस. बनूँगा और क्या !'

हँसकर कही थी उन्होंने यह बात, लेकिन उसमें छलकती हुई व्यथा को मैंने पा लिया और मैं भी उदास हो आयी। सुख में हो या दुःख में मनुष्य को सबसे पहले घर ही याद आता है। कैसे जब्त कर पाए होंगे इतनी बड़ी खुशी को वे मन-ही-मन में ! तिवारीजी बता रहे थे, दफ्तर में, उन्होंने बहुत शानदार दावत दी थी। बाहर की दुनिया में जो इतना लोकप्रिय है, उसका अस्तित्व घर में इतना नगण्य क्यों है ? मुझे तो कई दिनों तक यह भी नहीं पता था कि वे दफ्तर भी जाते हैं। उनके ऑफिस आने-जाने को लेकर घर में कोई गहमागहमी नहीं होती

थी। जूनी कसेरा बाखल वाले घर की एक धुँधली-सी याद है कि मौसाजी बाहर से लौटे हैं, तो मौसी ने आगे बढ़कर हाथ से झोला लिया है। उनके लिए चाय बनायी है, उनके लिए पान लगाया है। अब तो मौसी के पास इतना समय ही कहाँ है। मिसरानी है, रामदीन है, वे ही सब देखभाल लेते हैं।

प्राणायाम की मुद्रा में बैठे मौसाजी पौराणिक चित्रों के शिव की तरह लग रहे थे। ठाकुरजी के पास जलते हुए दीपक का मंद प्रकाश उनके सुदर्शन व्यक्तित्व को रहस्यमय बनाए दे रहा था।

रहस्यमय ही तो थे वे। कितना जानते थे हम लोग उनके विषय में ! घर से बाहर की दुनिया में उनका क्या रूप था, कभी जाना ही नहीं।

पिछले साल की एक बात याद आयी। नया-नया कॉलेज था, नयी-नयी सहेलियाँ थीं। सबसे ज्यादा अच्छी लगी थी मधूलिका। श्रीनगर कॉलोनी में बड़ा-सा बँगला था उनका। रोज गाड़ी छोड़ने आती थी, लेकिन बातचीत में अमीरी की जरा भी बू नहीं थी। बहुत जल्दी घुल-मिल गयी थीं हम दोनों। दो-चार बार उसके घर हो आने पर मैंने उसे अपने घर भी आमंत्रित किया था। तीन-चार घंटे तक गपशप की महफिल जमने के बाद जब वह जाने को हुई, तो मैं फाटक तक उसे छोड़ने गयी थी।

उसी समय मौसाजी अपनी साइकिल लिये दफ्तर से लौट रहे थे।

'अच्छा, तो ये पंडितजी तुम्हारे यहाँ भी आते हैं ?' मधूलिका ने पूछा।

'कौन-से पंडितजी ?'

'यही जो अभी अंदर गए। हमारे पीछे सर्वेंट्स क्वार्टर्स हैं न, वहाँ हर रविवार को इनका चक्कर लगता है। खूब भक्तिनें जोड़ रखी हैं। दो-दो घंटे तक भविष्य बाँचते हैं। यू नो, ही इज ए लेडी-किलर।'

इससे ज्यादा मुझसे सुना नहीं गया था, 'मधु ही इज माय...वे मेरे मौसाजी हैं। ज्योतिष बहुत अच्छा जानते हैं और किसी से कुछ लेते भी नहीं। तुम तो जानती हो, ऐसे लोगों के लिए हिंदुस्तान में भक्तों की कमी नहीं रहती।'

'सॉरी नमिता, मुझे मालूम नहीं था।' मधु ने झेंपते हुए कहा था। बात आयी-गयी हो गयी थी, पर जब भी मधु को देखती, वही बात याद आ जाती। क्या वह सच कह रही थी ? ऐसा होना असंभव भी तो नहीं है ? मुनष्य ही तो हैं आखिर वे। कहीं तो उनके अहं की तुष्टि होनी चाहिए। पत्नी द्वारा निरंतर लांछित और अपमानित व्यक्तित्व को कहीं तो सिर उठाने का अवसर मिलना चाहिए। नहीं तो कोई जिएगा कैसे !

'बिटिया !'

'जी ?' मैंने चौंककर कहा।

'पाठ कर रही हो न !'

'कर तो रही हूँ। आपने बीच में टोक दिया।'

'तुम कर नहीं रही थीं, इसीलिए टोका था। पता है, तुम कितनी देर से एक ही पन्ना खोले बैठी हो।'

'आज मन ही नहीं लग रहा।' और मैंने रामायण बंद करके रख दी।

'मन अपने से लगता थोड़े ही है, उसे तो कान पकड़कर लगाना पड़ता है।' और उनकी इस बात पर हम दोनों ही हँस पड़े।

'बिटिया !' वे एकाएक गंभीर होकर बोले।

'कहिए।'

'अपना मन अच्छे से टटोलकर देखा है तुमने ? तुम कहोगी, तो अब भी सारा आयोजन उखाड़कर फेंक सकता हूँ। बुराई जो भी आनी होगी, मेरे सिर आएगी, तुम चिंता मत करो।'

'आप पता नहीं क्या कह रहे हैं।'

'यह मत सोचो मीता बेटी, कि मैं भी तुम्हारी मौसी की तरह अंधा हो गया हूँ। मेरी आँखें सब कुछ देखती हैं। तुम एक बार संकेत भर कर दो, फिर देखो मैं क्या करता हूँ।'

'मौसाजी, आप तो गलत-सलत पता नहीं, क्या सोच लेते हैं।' मैंने बेसुरी खिलखिलाहट के साथ कहा और भाग आयी। पूजाघर के बाहर खड़ी होकर पहले अपनी उफनती साँस को सामान्य किया, फिर धीरे-धीरे माँ के कमरे की ओर चल पड़ी।

हॉल में मौसी रंग-बिरंगे कपड़ों के अंबार लेकर बैठी थीं।

'ऐ छोकरी, कहाँ थी अब तक ?'

'शनिवार की शाम को मैं क्या करती हूँ, मालूम है न।'

'हाँ, सो तो सब मालूम है। एक वह नरसी भगत कम थे घर में ! अब ये एक मीराबाई बनी जा रही है।'

'काम क्या है, बोलो न !'

'काम क्या एक है, इन साड़ियों पर फाल लगाने हैं। इनमें मोती टाँकने हैं, इनमें गोटा लगेगा, इन पर फूल लगेंगे...'

'एक दर्जी बिठा लो न घर में, चुटकी में सब काम हो जाएगा।' मैंने बेजारी से कहा।

'दर्जी तो बिठा लूँ, पर फिर तू नेग किस बात का लेगी बता तो। बहन-बेटी के यही तो काम होते हैं। और यह कार्डों का डिब्बा ले जा। सब नमूने देखकर, छाँटकर अच्छा-सा ब्लाक बनवा दे...तेरे मौसाजी कहाँ हैं ?'

'पूजा में।'

'बस, और किया ही क्या है जिंदगी भर। उनसे कहो कि जल्दी से फैक्टरी चले जाएँ। आज के दिन लड़का जरा जल्दी घर आ जाता, तो टेलर के यहाँ हो

आता। सूट का ट्रायल लेना है। दिन-भर तो फैक्टरी में चला जाता है...'

फैक्टरी-फैक्टरी-फैक्टरी...सुन-सुनकर मेरे कान पक गए। वेडिंग कार्ड्स का डिब्बा उठाकर मैं माँ के कमरे में आकर बैठ गयी। अपने कमरे में जाते हुए डर लगता है। अकेलेपन में कभी-कभी कितने ऊटपटाँग विचार आते हैं।

मौसी की तेज आवाज यहाँ तक आ रही है। शायद फैक्टरी में फोन किया जा रहा है। फैक्टरी–द शर्मा स्टील वर्क्स। प्रोप्रायटर एण्ड जनरल मैनेजर श्री हरिप्रसन्न शर्मा, बी. कॉम.। उद्घाटन के फोटोज का अच्छा-खासा अल्बम तैयार हो गया है। कोई स्थानीय अखबार नहीं बचा होगा, जिसमें फोटो नहीं छपे होंगे। अविवाहित, युवा, मेधावी जनरल मैनेजर की प्रशंसा में किराये से लेख लिखवाए गए थे। समझ में नहीं आ रहा था कि इतनी प्रचार की आखिर क्या जरूरत थी !

लेकिन मौसी की दूरदर्शिता का लोहा मानना पड़ा, जब धड़ाधड़ वधू-पिताओं के पत्र आने प्रारंभ हुए। हर पत्र के आने पर बाकायदा सिलेक्शन कमेटी बैठती। लाभ और हानि की मदों पर विचार-विनिमय होता। मौसाजी हमेशा की तरह तटस्थ बने रहते।

संभावित पुत्रवधुओं की चित्र-प्रदर्शनी में एक दिन परिचित चेहरा भी सम्मिलित हो गया और मौसी ने निर्णय ले ही लिया। वह चित्र था सुलक्षणा पाठक का।

यद्यपि रिटायर होने के बाद जज साहब का वैभव पहले का-सा नहीं था, फिर भी यही रिश्ता और सबसे बेहतर था। मौसी का एक चिरसंचित स्वप्न पूरा हो गया था कि हरि के लिए भी ढेर-सारे रिश्ते आए थे। सुलक्षणा को स्वीकार करते हुए उन्होंने कहा था, 'उसने यही देहरी पूज रखी होगी, तभी तो अभी तक कुँवारी बैठी है।'

शायद ठीक ही कह रही होंगी वे।

'क्या कर रही है मीता ?' माँ के पलँग से क्षीण स्वर में प्रश्न आया।

'निमंत्रण-पत्र का मसौदा बना रही हूँ।' मैंने ठंडे स्वर में जवाब दिया।

'तेरी मौसी क्या कर रही है ?'

'साड़ियों का ढेर लेकर बैठी हैं।'

'वह साड़ियों में फाल लगाने को कह रही थी, लगा दिए ?'

'लगा दूँगी, जल्दी क्या है।'

'हाँ, जल्दी क्या है, अभी तो पूरा महीना पड़ा है...लेकिन देख तो, अभी से ऐसी रौनक हो गयी है घर में और...' और बात खत्म करते-करते माँ सुबकने लगीं।

'अब इसमें रोने की कौन-सी बात है ?' मैंने खीझकर पूछा। आज जैसे सबने मेरी सहनशक्ति की परीक्षा लेने की ही ठान ली थी।

'मनु के लिए दुःख होता है रे। उसके लिए कुछ भी नहीं किया जा सका।

पता नहीं, कहाँ, किस मंदिर में जाकर फेरे पड़वा लिये थे बेचारे ने। क्या-क्या सोच रखा था, पर कुछ नहीं हो सका।'

'आज उसके लिए आँसू बहाने की क्या तुक है, माँ !' मैंने बुझे स्वर में कहा। मन तो हो रहा था कि चीखकर कहूँ—माँ, रोना ही है, तो आज मीतू के लिए रोओ। मनु के लिए रोने का समय तो बहुत पीछे छूट गया।

पुरुष होते हुए भी मौसाजी ने जो जान लिया था, उससे माँ होकर भी माँ अनजान कैसे रह गयीं ! अपनी व्यथाओं के झुरमुट से एक बार तो बाहर आकर झाँकतीं कि कहाँ क्या हो रहा है !

माँ के स्वभाव का भी कुछ पता नहीं चलता। कहाँ तो बेला भाभी के लिए एक चेन भी उन्होंने नहीं दी थी; नलिन के जन्म पर एक अँगूठी तक हम लोग भेज नहीं पाये थे, और अब...गहनों-कपड़ों का अंबार लग गया है। यह सब कहाँ से हो रहा है, क्या मैं जानती नहीं !

जिस फैक्टरी का इतना ढोल पीटा जा रहा है, उसकी पोल भी मुझसे छिपी नहीं है। नानाजी की जमीन एकाएक ऊँचे दामों पर बिक गयी थी और माँ ने अपना हिस्सा भी मौसी के नाम कर दिया था। स्टील फर्नीचर का कारखाना खोल लिया गया था। और बी. कॉम. के बाद क्लर्की के लिए वांटेड के कॉलम्स पढ़ने वाले हरि भैया एकाएक जनरल मैनेजर की कुर्सी पर पहुँच गए थे।

और उस कुर्सी ने उन्हें भीतर-बाहर कितना बदल डाला था।

और मेरा सारा रोष माँ पर उमड़ पड़ा, 'तुम्हारा भी तो जवाब नहीं है, माँ। मर्जी आएगी, तो दूसरों के लिए घर लुटाकर रख दोगी। नहीं तो पेट-जाए लड़के के नाम तुम्हारे पास कौड़ी तक नहीं निकलेगी। लोग भी कैसे चंट होते हैं, मीठी-मीठी बातों से किसी को फुसलाकर अपना काम खूब बना लेते हैं।'

'मीता !'

माँ के स्वर में अप्रत्याशित कड़क थी। मैं सहमकर चुप हो गयी।

'यह तुझे क्या हो गया है, लड़की ! आजकल तू इतनी जहरबुझी बातें कहाँ से सीख गयी है ? ये अपने-पराये की भाषा कौन सिखा गया है तुझे ? मैं किसी को कुछ नहीं दे रही हूँ, रे। सिर्फ पुराना कर्ज उतार रही हूँ। इतना भी नहीं करूँगी, तो सुख से मरना भी नसीब नहीं होगा मुझे।'

माँ दिन में तीन बार तो मरने की तैयारी कर ही लेती थीं। इसलिए मुझ पर कोई विशेष प्रतिक्रिया नहीं हुई। 'और तुझे मौसी पर इतना गुस्सा क्यों आता है, री ! बरसों के बाद तो सुख के दिन देख रही है वह। सारी जिंदगी सिवा गरीबी के देखा ही क्या है उसने। कभी मन भरकर ओढ़ा नहीं, पहनां नहीं। कितनी कसमें दे-दिलाकर कभी एकाध चीज दे पायी हूँ उसे। इतनी स्वाभिमानी है वह।'

माँ एकदम गलत भी नहीं कह रही थीं। इस सारे ताम-झाम के बीच भी मौसी एकदम सादगी से रहती थीं। तीज-त्यौहारों पर माँ जिद करके उन्हें अपने

गहने-कपड़ों से सजातीं, फिर उनका चेहरा अपने दोनों हाथों में उठाकर कहतीं, 'छोटी, सच भगवान ने कैसा राजरानी-सा रूप देकर भेजा है तुझे धरती पर।'

'लेकिन दीदी, किस्मत तो भिखारियों की दी है न, उसका कोई क्या करे।' मौसी अपने को छुड़ाकर कहतीं। यह बात खूब जोर से कही जाती, जिससे मौसाजी उसे जरूर सुन लें। तब मौसाजी का चेहरा व्यथा से काला पड़ जाता और हमारी सारी सहानुभूति उन्हीं के साथ होती।

माँ की बनारसी साड़ियाँ मौसी लौटाने आतीं, तो माँ कहतीं, 'रहने दे न ! यहाँ भी तो पड़ी-पड़ी सड़ ही रही हैं।'

'न, जीजी ! इतने अच्छे कपड़े मुझ पर सजेंगे भला ! अपनी औकात भी तो मुझे देखनी चाहिए। मैं तो तुम्हारे चरणों में पड़ी हूँ, इसलिए कि लड़के की जिंदगी बन जाएगी। नहीं तो पता नहीं कहाँ भीख माँगता फिरेगा।'

यह तो बड़े होने पर ही पता चला कि ये बातें माँ से कहने का बहाना भर होता था, असली लक्ष्य होते थे लड़के के पिता।

मैंने तिक्त स्वर में कहा, 'पता नहीं नानाजी ने दोनों लड़कियों के साथ इतना पक्षपात क्यों किया। वे तो कन्यादान करके छुट्टी पा गए, जिंदगी-भर का काला पानी भुगतना पड़ा है मौसाजी को।'

'कोई खुशी से अपनी बेटी कुएँ में नहीं फेंक देता, री ! उसका इतना बड़ा सर्वनाश तो मेरे कारण हुआ है।'

'तुम्हारे कारण ?'

'हाँ, तुम्हारे पापा के कारण।'

कमरे में कुछ समय तक केवल चूड़ियों की खनक ही सुनाई देती रही।

'मनु के जन्म के समय की बात है। मैं सातवाँ लगते ही माताजी के पास हैदराबाद आ गयी थी। तेरे पापा बैंगलौर में थे। वहाँ और कोई नहीं था, इसलिए मनु चार-पाँच महीने का हो गया, तब भी मुझे उन लोगों ने भेजा ही नहीं। मैं भी मजे में थी, क्योंकि तेरे पापा हर पंद्रह-बीस दिन बाद आते रहते थे। वे आते थे, तो घर में रौनक-सी आ जाती थी। माताजी रसोई में घिरी रहतीं। छोटी अपने जीजा के आगे-पीछे घूमती रहती। घर में छोटा और कोई था नहीं। सेवा का सारा भार उसी पर था। वे दिन-भर शामली-शामली का जप किए रहते।'

'तुम्हें बुरा नहीं लगता था ?'

'बुरा लगने जैसा तो इसमें कुछ था ही नहीं। साली-बहनोई का रिश्ता तो ऐसा ही होता है। फिर मैं तो उस समय अपने रूप-लावण्य पर रीझी हुई थी। एक बेटे को जन्म देकर सोचती थी, मैंने स्वर्ग का राज्य जीत लिया है। यह अकल नहीं थी कि कर्तृत्ववान पुरुष सिर्फ सौंदर्य पर नहीं रीझा करते। बुद्धिमती नारी का आकर्षण भी उतना ही प्रबल होता है। वे इतने विद्वान थे और मेरे पास बात करने के लिए सिर्फ एक ही विषय था—मनु, हमारा मुन्ना। छोटी और वे दिन-रात

गपशप किया करते और मैं दिन-भर अपने लाडले को दुलराया करती, उसके लिए स्वेटर बुनती रहती। अपनी इस बेवकूफी का ध्यान आया तो...मगर तब तक बहुत देर हो चुकी थी

'यानी ?' मैंने धड़कते हुए हृदय से पूछा, पर माँ को शायद मेरा प्रश्न सुनाई ही नहीं दिया।

'जब सारी बात पता चली, तो पिताजी बुरी तरह घबरा गए। माताजी तो खाट से ही लग गयीं। मैंने पहले तो उसे खूब कोसा, फिर समझाया-बुझाया, मनु को उसके पैरों घर डाल दिया। पर वह शेरनी की तरह अडिग रही। बोली—मैं तुम्हारा कोई हक छीन नहीं रही, जीजी। लेकिन अपना अधिकार भी मैं नहीं छोड़ूँगी। बाबा रे, उसकी हिम्मत देखकर तो हम दाँतों-तले उँगली दबाकर रह गए थे।'

'फिर ?'

'फिर क्या, जिस विश्वास पर वह पैर जमाकर खड़ी हुई थी, वही जब भरभराकर गिर पड़ा, तब कहीं जाकर वह अबॉर्शन के लिए राजी हुई थी।'

'उफ !'

'दूसरा उपाय ही क्या था! तेरे पापा तो मुँह छिपा गए थे। कंपनी में उन दिनों वे चीफ एडवाइजर के पद पर थे। और भी ऊँचा उठने के स्वप्न देख रहे थे। यह बदनामी उनका भविष्य खराब कर सकती थी। उन्होंने नैरोबी ब्रांच में टांसफर माँग लिया। मुझे लिवाने भी नहीं आए। उनकी चिट्ठी पाकर पिताजी का कारकून ही मुझे छोड़ आया था।'

'इतनी निष्ठुरता!'

'ऐसा ही होता है, मीता ! महत्त्वाकांक्षी पुरुष पता नहीं, कितनों की भावनाओं को रौंदता चला जाता है। उसे जरा भी मलाल नहीं होता। घर के पुरोहित का लड़का उसके आगे-पीछे घूमता रहता था। पिताजी ने बहला-फुसलाकर उसी से छोटी को ब्याह दिया। लड़की एक बार बदनाम हो जाए, तो शादी में कितनी मुश्किलें आती हैं, तुझे पता नहीं है।'

'मौसाजी को पता था सब ?'

'क्या पता, उनके मन की थाह किसी ने पायी भी है कभी।'

'वे जरूर जानते होंगे। वे सबके मन की जान जाते हैं। तभी न इतनी दूर आकर बस गए हैं।'

अपनी लंबी कहानी सुनाकर माँ निढाल होकर पड़ गयी थीं। मेरे मन में एक हाहाकार-सा उठा। मैंने मचलकर कहा, 'माँ, यह सब मुझे सुनाने की क्या जरूरत थी ! पापा की कितनी प्यारी इमेज थी मेरे मन में। उसे यूँ नष्ट करके तुम्हें क्या मिला ?'

और मुझे सचमुच लगा कि माँ ने पुराने अन्याय का नये सिरे से प्रतिशोध

लिया है। लेकिन मरे हुए व्यक्ति से प्रतिशोध, छिः !

'पापा की प्रतिमा के बनने-बिगड़ने से अब क्या फर्क पड़ता है, मीतू ! लेकिन मौसी के लिए तू थोड़ा सहृदय होकर सोच सके, इसीलिए यह सब कहना पड़ा है। जरा सोच तो, वह अपनी बाजी जीत जाती, तो आज कहाँ होती ! और मैं ...अपने मनु को लेकर उसी की शरण में आने को बाध्य नहीं होती क्या ? जरा सोच तो।'

क्या सोचना था मुझे। माँ ने तो सारी रामायण इसलिए कह सुनाई थी कि मौसी के प्रति मेरा आक्रोश कुछ कम हो। कुछ सहानुभूति उमड़े। सहानुभूति उमड़ी तो पर माँ के लिए। कैसा लगा होगा, फिर उस व्यक्ति के साथ दाम्पत्य निभाना ! उसके बच्चों को जन्म देते समय क्या मौसी के अजन्मे शिशु की याद नहीं आयी होगी ! मौसी से मुँह छिपाकर तो अफ्रीका चले गये ये लोग। पर क्या अपने आपसे बच सके होंगे ? अपने आपको छल सके होंगे ?

विचारों का एक रेला-सा उमड़ आया था मन में। उसे सप्रयास दूर हटाकर मैं पुनः कुर्सी पर आकर बैठ गयी थी। राइटिंग पैड सामने खिसकाकर बड़े-बड़े अक्षरों में लिखा—'हरिप्रसन्न और सुलक्षणा का शुभ विवाह।'

रसोई में आकर मैंने चाय का कप उठाया ही था कि मौसी ने कहा, 'आज हरितालिका है न, मीतू !'

'ओह, मुझे याद ही न रहा।' मैंने खिसियाकर कहा और कप वापस रख दिया।

'पता है, काकी, मीता इतनी-सी थी, तब से तीज उपासी रहती है, पानी की बूँद तक नहीं लेती।' मौसी ने मिसरानी से कहा।

'हूँ जाणू नइ काँई। तबई तो संकर भगवान् परसण होइ गिया है।'

'मुझे तो उनके परसन्न होने की कोई खबर नहीं मिली। तुम्हारे पास क्या शंकर भगवान का टेलीफोन आया है ?'

'हे म्हारा बाप। तमे मालम नी पड़ी काँई। अब्बे हाल तारवालो कागद दे गियो नी नानी बाई ?'

मुझे सचमुच ही कुछ मालूम नहीं था। मैंने धड़कते दिल से मौसी की ओर देखा।

'इसे कहाँ से पता होगा, काकी ! सीधी बिस्तर से उठकर चली आ रही है।'

'किसका तार था ?'

'मनीष का। पंचमी को तेरी सगाई हो रही है। वाजपेयी लोगों को लेकर वह आ रहा है।'

'कौन ? भैया आ रहे हैं ?'

'हाँ, फिर श्राद्ध पड़ जाएँगे, तो सारे काम धरे रह जाएँगे न। इसी से इतनी जल्दी है।'

मैं चुप ही रही। गर्मियों में भैया के यहाँ रायपुर में जिस युवक का साक्षात्कार हुआ था, उसकी आकृति आँखों के सामने लाने का यत्न करने लगी।

'लुगाइयाँ को जलम बापड़ो ऐसोज है हो। बाप को घर को सुख चार दिण को, फेर तो...पर या नानी बाई चली जावेगा, तो सुन्नकार हो जावेगा हो।' और काकी तो यूँ बिसूरने लगी, जैसे मेरी डोली उठने ही वाली है। मैं मुश्किल से अपनी रुलाई रोक पायी। अपने कमरे में लौट जाने में ही मैंने कुशल समझी। 'बाई तो चाल्या रे ससुराल' की करुण स्वर-लहरी सीढ़ियों पर भी मेरा पीछा करती रही।

'मीता !' मौसी ने आवाज दी।

'अपनी भाभी से कहना, ग्यारह बजे पंडितजी पूजा करवाने के लिए आयेंगे। वह तैयार होकर नीचे आ जाए।'

दरअसल यह बात मौसी ने इतनी जोर से कही थी कि अपने कमरे में भाभी ने उसे जरूर सुन लिया होगा। इतनी सुबह उनके कमरे में जाने की मेरी इच्छा भी नहीं थी, पर मौसी नीचे पहरे पर खड़ी थीं, इसलिए यह काम टाला नहीं जा सका।

दो बार हल्की दस्तक देने के बाद 'कम इन' का संदेशा पाकर मैंने दरवाजा खोला और स्तब्ध रह गयी।

भाभी अपनी छोटी-सी डाइनिंग टेबुल पर नाश्ता कर रही थीं—वह भी आमलेट का। भाभी अंडे लेती हैं, हम लोग जानते थे। उनके छोटे-से फ्रिज में दो-चार अंडे हमेशा रखे रहते थे। अपने कमरे में अकसर ही वे मनपसंद नाश्ता बनाकर लेती रही हैं, पर आज...

'भाभी, आप शायद भूल गयीं कि आज हरतालिका है।' मैंने किसी तरह इतना कहा।

'नहीं नमिताजी, भूली तो नहीं हूँ। कुछ भी भूलने की सुविधा आपके यहाँ कहाँ है ?'

मैं प्रश्नार्थक दृष्टि से उनकी प्लेट को देखती रही।

'नाश्ते की बात सोच रही हो न। वह तो एक 'एंटीडोज' के रूप में ले रही हूँ। इस जन्म में जो सौभाग्य मिला है, उसे जन्म-जन्मांतर तक वहन करने की सामर्थ्य नहीं है मुझमें।'

स्तब्ध रह गयी मैं। मन हुआ, बेडरूम में झाँककर देख लूँ, हरि भैया सुन तो नहीं रहे। भाभी ने किसी अंतर्यामी की तरह मेरे मन की बात पढ़ ली। हँसकर बोलीं, 'ननदरानी, क्यों अपने मन को क्लेश दे रही हो। तुम्हारे भैया अस्सल सूर्यवंशी हैं। सूर्य जब तक सिर पर नहीं चढ़ आता, वे नहीं उठते। रात भर सड़कें नापने के बाद अभी-अभी तो सोये हैं बेचारे।'

मुझसे यह निर्दय परिहास अधिक नहीं सुना गया। अपनी मुद्रा को यथाशक्ति कठोर बनाकर कहा, 'मैं तो मौसी का संदेश देने के लिए आयी थी। ग्यारह बजे पंडितजी आएँगे, आप तैयार होकर नीचे पहुँच जाएँ।'

'आ जाएँगे भाई, पूजा की फार्मेलिटी भी हो जाए, क्या फर्क पड़ता है। लेकिन नमिता, इस घर में बालूरेत के महादेव की इतनी प्रतिष्ठा क्यों है ! हमारी पूजनीया अम्माजी का अपने जीते-जागते महादेव के साथ जैसा...'

अधिक सुनना मेरी सामर्थ्य के बाहर था। बाहर आकर मैंने दरवाजा जोर से बंद कर दिया, ताकि आगे की बात मेरे कानों तक न पहुँचे।

कमरे में आकर मैं सुन्न होकर बैठी रही। अभी शादी को दो साल भी नहीं हुए, भाभी में इतनी कड़वाहट आ गयी है। शादी होकर आयी थीं, तब वे ऐसी नहीं थीं। अपनी लजीली मुसकान से तब घर-भर को एक उजास से भर देती थीं वे। हरि भैया तब भी कितने खिले-खिले से रहते थे।

लेकिन हथेली की मेंहदी भी न उतर पायी थी कि यह रंग उतरने लगा था। ये मुसकानें बुझने लगी थीं।

और इसके लिए सिर्फ मौसी ही उत्तरादायी हैं। एक-दूसरे में खोया हुआ यह सारस का जोड़ा उन्हें फूटी आँखों नहीं सुहाता था। दिन भर दरवाजों को देखकर वे क्रोध में भुनभुनाती रहतीं। कभी-कभी ऐसी बातें भी कह बैठतीं कि पास बैठी मैं शर्म से गड़ जाती।

एक दिन अकेले में मौसाजी ने मेरे हाथ में एक लिफाफा पकड़ाकर कहा था—'बिटिया ! हरि से कहो, कहीं घूम-घाम आए। घर में तो फिर सारी जिंदगी रहना ही है।'

'लेकिन यह है क्या ?'

'थोड़े से रुपये हैं, बेटा !' उन्होंने अत्यन्त संकुचित होकर कहा था। मैं फिर ज्यादा कुछ नहीं पूछ सकी थी। अपनी छोटी-सी नौकरी में बड़े यत्न से जोड़ी हुई यह पूँजी उन्होंने बेटे की खुशी के नाम कर दी थी।

लेकिन खुशी मिली कहाँ ! हिम्मत करके हरि भैया ने गोवा घूमने का इरादा किया, तो घर में जैसे तूफान आ गया। एक तो उन्होंने अपने मन से ऐसा इरादा किया—मौसी को नाराज होने के लिए यही बहुत था। फिर मौसाजी के अनुदान ने तो आग में घी का काम किया था। बाप-बेटे दोनों ही एक साथ कटघरे में खड़े हो गए थे।

गोवा तो खैर वे लोग गए ही क्योंकि पहली बार मौसी को पति के दृढ़ निश्चय से टक्कर लेनी पड़ी थी। और वे हार गयी थीं। लेकिन घूमने का आनंद निर्मल नहीं रह सका। लौटने पर भी प्रेमी-युगल का जैसा स्वागत हुआ, उससे बिखरे हुए हृदयों को पास आने का संबल नहीं जुट सका था।

शायद मौसी को सबसे ज्यादा ईर्ष्या उस प्रेम के आवेग से थी, जो उनके दांपत्य जीवन को कभी सराबोर नहीं कर सका। संभवतः इसीलिए उनका रुख बेटे-बहू को लेकर इतना विकृत हो गया था।

लेकिन हमेशा निर्लिप्त रहने वाले मौसाजी इस विवाह के बाद घर में रस लेने लगे थे। मौसी का कोई वाक्-शर सीधा बहू पर न पड़े, इसके लिए वे बड़े सजग रहते थे। बरसों बाद उनके स्वाभिमानी और निरीह व्यक्तित्व का मूल्यांकन हुआ था—बहू ने किया था। उनके कपड़े, उनका पूजाघर, उनकी पुस्तकें, उनका कमरा—बहू के सुघड़ हाथों के स्पर्श से दमकने लगे थे। जैसा अकृत्रिम स्नेह वे देते थे, वैसा ही प्रगाढ़ आदर उन्हें मिलता था। मुझे यह सब देखकर बड़ा अच्छा लगता था।

लेकिन इसके आगे भाभी का अधिकार नहीं था। शुरू-शुरू में उन्होंने बगीचे का कायाकल्प करना चाहा था, रसोई नये सिरे से जमानी चाही थी, ड्राइंगरूम की सजावट बदलने का प्रयास किया था, पर कहीं भी कुछ भी करने की अनुमति नहीं मिली। उनके साथ आया बहुमूल्य फर्नीचर भी उनके कमरे में कैद होकर रह गया था।

'यह आकाशवाणी है...' दूर कहीं से प्रसारक की जुकाम में भीगी आवाज आयी, तो मैं चौंकी। बाप रे ! आठ बज गए। ऊटपटाँग बातों को सोचती रह गयी मैं और यहाँ कॉलेज का समय हो चला था। दनादन सीढ़ियाँ उतरकर नीचे आयी। रसोई में झाँका, पूजा-पाठ से निवृत्त होकर मौसाजी पहली चाय ले रहे थे। मिसरानी काकी आज सुबह से ही मौसी की हाजिरी में थी। चाय उन्होंने खुद ही बनायी थी शायद।

'प्लीज मौसाजी, फिफ्टी-फिफ्टी ! आपको मैं दोबारा बना दूँगी।'

'आज तो बिटिया का उपवास होगा न ?' उन्होंने मेरे मग में चाय उड़ेलते हुए पूछा।

'सब छोड़-छाड़ दिया है। दरअसल अब इन चीजों में बचपन की-सी आस्था नहीं रही। मैंने दोबारा चाय का पानी चढ़ाते हुए कहा। मौसाजी के सामने यह सब कहते हुए झिझक भी न हुई। उनसे छिपा ही क्या था !

'उड़ते-उड़ते खबर मिली है कि परसों तुम्हारी सगाई है। भई, मुबारक हो।'

'अब मुझे थैंक्यू भी कहना पड़ेगा। ठीक है न ?...वैसे मौसाजी, सबसे खुशी की बात तो यह है कि भैया इतने दिनों बाद घर आएँगे।'

'हाँ बिटिया, मनीष को देखे अरसा हो गया। तू तो कभी-कभार जाती भी रही है उसके पास, पर बहनजी तो तरस गयी होंगी।'

'क्या कहने हैं बहनजी के ! इतना ही प्यार होता, तो क्या बात थी ?' मैंने कड़वाहट से भरकर कहा और विषय वहीं समाप्त कर दिया। आज सुबह-सुबह

यह अच्छी खबर मिली थी और मैं खुश रहकर उसे 'सेलिब्रेट' करना चाहती थी।

पर कहते हैं न, मेरे मन कछु और है...

पूजा-सामग्री और दक्षिणा पोटली में बाँधकर पंडित ने दरवाजे के बाहर पैर दिया ही होगा कि मौसी बरस पड़ीं, 'तीज-त्यौहार पर तो ढंग से पहन-ओढ़ लिया करो। जिनके पास नहीं होता, वे नकली गहने-गुरियों से घर भर लेते हैं। इनके पास हैं, तो ये दलिद्दर दिखाने में ही धन्य होती हैं।'

चौकी के आसपास रंगोली बनाती हुई भाभी का हाथ क्षणभर को काँप गया, चेहरे की रेखाएँ कठोर हो आयीं, पर दूसरे ही क्षण उनकी उँगलियाँ पूर्ववत् चलने लगीं, जैसे कुछ हुआ ही नहीं। उनका यह पथरीला मौन ही मौसी को सहमा देता है। सामने बोलने वाले को तो वे चुटकियों में उड़ा देती हैं।

मैंने उस अप्रिय प्रसंग को समाप्त करते हुए कहा, 'माँ, भैया के लिए अपना कमरा खाली कर दूँ ? मैं तुम्हारे कमरे में आ जाऊँगी।'

'अरे, वह कौन-सा महीना-भर रहने आ रहा है। कहीं भी पड़ा रहेगा। लेकिन दिल्ली वालों को कहाँ टिकाएँगे। पता नहीं, कितने लोग हैं, हॉल में इंतजाम कर लें, या किसी होटल में ठहरा लें। क्यों, छोटी ?'

'मुझसे क्या पूछती हो जीजी, घर का मालिक जाने और उसका काम जाने। अपन हुकुम के गुलाम हैं।' मौसी ने रुखाई से कहा।

'वाह री, घर के मालिक तो गऊ-से सीधे हैं। वे कब हुक्म चलाते हैं। सारा तो तुम पर सौंप रखा है। बेचारे अपने ठाकुरजी को लेकर मगन रहते हैं। कभी किसी काम में दखल नहीं देते।'

'तुम घर का मालिक किसे समझ रही हो, मीतू के मौसा को ? वाह जीजी ! तुम्हारा भी जवाब नहीं है।' और मौसी विद्रूप भरी हँसी हँस उठीं।

'तो क्या हरि के लिए कह रही है ? उसकी तो आठ-आठ दिन मुझे सूरत नहीं दिखाई देती। पता नहीं, कहाँ रहता है। अच्छा, लौटे तो उससे कह देना, जल्दी से कुछ व्यवस्था कर ले। अब समय ज्यादा नहीं है।' माँ का उत्साह देखकर मुझे खुशी हो रही थी।

'हरि कुछ नहीं करेगा, जीजी !'

'क्यों ?' मौसी के कंठस्वर से आशंकित होकर माँ ने पूछा।

'क्योंकि वह घर का मालिक नहीं है। घर का मालिक मनीष है। उसे आने दो, जैसा कहेगा, कर देंगे।' मौसी ने जैसे दो-टूक बात कह दी।

'तू हमेशा उल्टी बात करेगी, छोटी !'

'इसमें उल्टा क्या है, जीजी ! अपनी मर्जी का मालिक नहीं होता, तो क्या यूँ पर-भारे शादी तय करता। मैं तो खैर, कोई नहीं हूँ, पर तुमसे तो पूछ सकता था। बताओ भला, तुम्हें एक बार लड़का तो दिखा सकता था।'

ओह, अब समझी।

मैं सब कीन्ह तोहि बिनु पूछे
तेहि ते परेउ मनोरथ छूछे।

वाली बात थी। माँ का तो बहाना भर था। ठेस तो मौसी के अभिमान पर लगी थी। उनके सहज अधिकार की भैया ने सीधे उपेक्षा कर दी थी। इस अपराध को थोड़ा सौम्य बनाने की गरज से मैंने कहा, 'पूछताछ की गुंजाइश थी ही कहाँ? तुम्हारी काली-कलूटी लड़की को किसी ने पसंद कर लिया, यही गनीमत थी। तुम लोग ठीक से देख-परख सको, इसीलिए तो यहाँ आ रहे हैं, नहीं तो यह प्रोग्राम भी रायपुर में नहीं हो सकता था क्या ?'

'पहले से कुछ पत्र तो देना चाहिए। एकदम तार ठोंक दिया।' मौसी अब कुछ-कुछ नरम पड़ती जा रही थीं।

'उन्हें विश्वास है तुम्हारी कार्यकुशलता पर, इसीलिए तो निश्चिंत हैं।' मैंने मस्का मारा, 'उन्हें विश्वास है कि सारी व्यवस्था ठीक-ठाक मिलेगी।'

'व्यवस्था कौन बड़ी बात है ! सगाई का क्या, मैं तो चार दिन में शादी खड़ी कर सकती हूँ। पर तेरे भैया से डर लगता है। पूरा सनकी है, सनकी। और जिद्दी एक नंबर का। पाठक लोग पहली बार आए थे, तब कैसा तमाशा किया था, याद है न !'

मैं सहम गयी। मौसी क्या सहज भाव से यह सब कह गयी थीं। मैंने कनखियों से भाभी की ओर देखा। उनका गुलाबी चेहरा सफेद पड़ गया था। होंठ इतनी सख्ती से भिंचे थे कि लगता था, अब खून ही आ जाएगा। स्मृति का वह अध्याय निश्चय ही किसी भी लड़की के लिए अपमानजनक था। वे कुछ देर बुत बनी बैठी रहीं और फिर एक झटके के साथ उठकर ऊपर को चल दीं।

उनसे दृष्टि हटाकर मैंने माँ को देखा। वे एकटक भाभी को देख रही थीं। उनकी आँखों में क्या था ? और मैं समझ गयी कि मौसी ने यह सब सहज भाव से नहीं कहा था। भाभी के स्वाभिमान को डंक मारने का चाहे उनका उद्देश्य न रहा हो, पर भैया के प्रति माँ के मन में जहर घोलना उनका मंतव्य था। यह काम योजनाबद्ध तरीके से वे बरसों से करती आ रही हैं। दर्जन-भर लड़कियों में से सुलक्षणा को चुनने के पीछे भी शायद यही हेतु था। दिन-भर वह माँ के सामने इसी घर में रहेंगी और माँ कभी न भूल पायेंगी कि मनीष ने उनके साथ क्या किया है !

दूसरे दिन सुबह-सुबह मौसी ने कहा, 'मीता, भाभी से कहो कि जल्दी आरती कर ले, तो पूजा सिरा दें। बिना उसके गणेशजी कैसे विराजेंगे ?'

मैंने तुनककर कहा, 'बार-बार मुझे उनके कमरे में मत भेजा करो, मौसी। अच्छा नहीं लगता।' दरअसल मुझे उस कमरे में जाते डर लग रहा था। रात घनघोर बारिस होती रही थी। मैं पढ़ने का बहाना करके नीचे जागरण में भी शामिल नहीं

हुई थी। अपने कमरे की सांकल लगाकर चुपचाप पड़ी रही थी। पर बंद किवाड़ों को भेदकर भी बगल वाले कमरे की आवाजें अनचाहे सुनाई पड़ रही थीं। निश्चय ही वह प्रेमालाप नहीं था। भाभी को पहली बार मैंने इतनी ऊँची आवाज में बोलते हुए सुना था। बार-बार एक प्रश्न हवा में तैरता आ रहा था, 'आखिर मुझे भी बताइए, इस घर में हमारी स्थिति है क्या ?'

क्या उत्तर दिया था हरि भैया ने, सुन नहीं पायी मैं।

जब रात ऐसी महाभारत वाली थी, तो सुबह का आलम पता नहीं कैसा होगा, इसी से ऊपर जाना टाल गयी मैं।

रतजगे के लिए मिसरानी काकी यहीं रुक गयी थीं। वे ही इस समय काम आयीं। बड़े उत्साह से ऊपर गयीं और कुछ देर में लौट आयीं।

'लाड़ी उजीन जा रही दीखै। कहै कि म्हारा दाजी बैमार ह।'

'हरि !' मौसी की धारदार आवाज घर में गूँजी।

'क्या है ?' सीढ़ियों के सिरे पर खड़े होकर हरि भैया ने पूछा। पता नहीं, कितने दिनों बाद उन्हें देखा था। एक ही छत के नीचे रहते हुए हम लोग एक-दूसरे से हफ्तों नहीं मिल पाते थे। वे सोकर उठते, तब मैं कॉलेज जा चुकी होती। वे रात को लौटते, तब तक सारा घर सो चुका होता। जब-जब उन्हें देख पाती, हर बार लगता, वे पहले से अधिक सँवला गए हैं, दुबला गए हैं। तब प्राणों में कैसी तो मरोड़ उठती...

'बहू कहाँ जा रही है ?' मौसी का प्रश्न मेरी विचारधारा को तोड़ गया।

'मैं क्या जानूँ ! पूछ लो उसी से !' हरि भैया ने सपाट स्वर में कहा।

'उसी से क्यों पूछूँगी, मैं तो तुझी से पूछूँगी।'

'यह आग का गोला मेरे पल्ले बाँधने से पहले पूछा था ? अब क्यों पूछती हो ?' और मुँह फेरकर वे वापस अपने कमरे में चले गए। उनके आरोप से जड़ बनी मौसी वहीं खड़ी रह गयीं।

'मैं भाभी साब के लिए रिक्शा लेने जा रहा हूँ।' माँगीलाल ने कहा और छाता लेकर सबके सामने निकल गया। मौसी फटी-फटी आँखों से देखती भर रह गयीं।

घबराकर मैं पूजाघर की ओर दौड़ी। मनोयोग से चंदन घिसते हुए मौसाजी 'मानस पूजा' का पाठ कर रहे थे।

'मौसाजी ! जरा बाहर आइए, जल्दी से। भाभी पता नहीं क्यों, एकदम उज्जैन चली जा रही हैं। आप कहेंगे, तो रुक जाएँगी। आपका बहुत आदर करती हैं। आपकी बात नहीं टालेंगी।'

किंतु वे वैसे ही बैठे रहे।

'चलिए न !' मैंने व्यग्रता से कहा।

'यह तुमसे किसने कह दिया कि वह मेरा आदर करती है। उस जैसी

मनस्विनी का आदर पाने के योग्य मैं कहाँ हूँ। वह सिर्फ मुझ पर दया करती है।'

उस समय यह सारी चर्चा निरर्थक मालूम हो रही थी।

'हरि कहाँ है ?'

'अपने कमरे में।'

'रोकना अगर चाहे, तो वही उसे रोक सकता है। चाहे प्यार से, चाहे अधिकार से' मेरे कहने का कोई मतलब नहीं निकलता...'

रिक्शा रुकने की आवाज आयी और मैंने हताश होकर ऊपर देखा। बाँहों पर रेनकोट और हाथ में सूटकेस लेकर भाभी उतर रही थीं।

लेकिन दरवाजे के भीतर जिसने प्रवेश किया, वह माँगीलाल नहीं था, वे भैया थे। आते ही चिल्लाए, 'गुडमार्निंग, एवरीबडी।'

'माँ, भैया आए हैं !' मैंने खुशी से किलककर कहा और उनके कंधे से झूल गयी। माँ और मौसी दौड़ी आयीं और हम तीनों-चारों प्यार के सैलाब में बह-से गए। सीढ़ियों पर बुत बनी खड़ी भाभी की ओर किसी का ध्यान नहीं गया।

'भाभीजी, रिक्शा आ गया।' माँगीलाल ने एकदम आकर कहा और तब हमें होश आया।

'किसके लिए रिक्शा आया है ? सुलक्षणा के लिए ? क्यों ? कहाँ जा रही है ?' भैया ने जैसे प्रश्नों की झड़ी लगा दी।

'उज्जैन जा रही हैं।'

'क्यों ? कोई खास बात ?'

'नहीं...ऐसे ही...पिताजी से मिलने जा रही हैं।' मैंने यत्नपूर्वक कहा।

'तब तो वह रुक सकती है। यह फंक्शन हो जाए, फिर मैं खुद जाकर उसे छोड़ आऊँगा। माँगीलाल, यह रुपया दे और रिक्शा लौटा दे।'

दूसरे ही क्षण भाभी के कमरे का दरवाजा इतनी जोर से बंद हुआ कि मैं काँप उठी। सोचा, भैया से कह दूँ—उन्हें जाने दो। जबरदस्ती किसी को रोकने में क्या तुक है।

लेकिन आते ही सारी रामायण सुनाकर उन्हें परेशान करने की इच्छा नहीं हुई।

लेकिन इतना सब्र शायद औरों से नहीं हो सका था।

शाम को भैया ने कहा, 'चल मीतू, थोड़ा घूम आएँ।'

बरसात में इंदौर घूमने लायक कतई नहीं रह जाता, पर भैया साथ थे, इसलिए सब-कुछ सुहावना लग रहा था। ओवर ब्रिज पार कर हम लोग 'आइडियल' में जाकर बैठ गए। और स्थानों की अपेक्षा यहीं थोड़ा एकांत था। भैया शायद इसके लिए तरस गए थे। ऑर्डर दे चुकने के साथ ही बोले, 'अब थोड़ा चैन आया। घर में तो जरा भी प्रायवेसी नहीं है। कहने को इतनी बड़ी कोठी है।' फिर थोड़ा

रुककर बोले, 'मीता ! हरि को क्या हो गया है ?'

'क्यों ?'

'नहीं, मुझे लगा कि सब-कुछ ठीक-ठाक नहीं है, खासकर उसकी पत्नी। मौसी बता रही थीं कि उसका व्यवहार एकदम...'

'वह बिलकुल ठीक हैं, बस भ्रांति की शिकार हुई हैं और यही सारे असंतोष की जड़ है। जो सब्जबाग उन्हें दिखाए गए थे, सब-के-सब नकली थे।'

'फैक्टरी का क्या हुआ ?'

'अभी चल रही है, जैसे-तैसे। पर हरि भैया वहाँ हफ्तों तक झाँकते भी नहीं। दिन-भर पता नहीं कहाँ-कहाँ भटकते रहते हैं। रात गए घर लौटते हैं। अजीब-अजीब-से दोस्त पाल रखे हैं।'

'बेचारा ! दरअसल वह लड़का बिजनेस के लायक था ही नहीं। वैसी सामर्थ्य उसके पास नहीं है। इससे तो कहीं नौकरी में लग जाता, तो ठीक रहता।' भैया के स्वर में सहानुभूति का पुट था।

'उनकी अम्मा की महत्त्वाकांक्षाओं का भी तो पार नहीं है।' मैंने कड़वाहट से कहा।

'यही तो रोना है। बीवी से भी तो उसका स्वभाव मेल नहीं खाता। उसे तो कोई घरेलू लड़की ही सूट करती। लेकिन वह काफी महत्त्वाकांक्षी है। पता है, उसने हरि से कहा है कि अब वह दूसरों की छत के नीचे नहीं रहेगी।'

कल का सारा इतिहास मेरी आँखों के सामने घूम गया। मैंने हौले से पूछा, 'आपने कैसे जाना ?'

'मौसी ने ही बताया है...और मीता, एक बात मेरे मन में आयी है।'

'क्या ?'

'तुम्हें अगर कोई आपत्ति न हो, तो यह मकान मैं हरि के नाम करना चाहता हूँ...अर्थात् तुम्हारी शादी के बाद।'

दर्द का एक बड़ा-सा घूँट मेरे गले में अटक गया। बरबस अपने आँसू रोकते हुए मैंने पूछा, 'और माँ ?'

'माँ मेरे पास रहेंगी। किसी-न-किसी दिन तो उन्हें यह फैसला करना ही था। जितनी जल्दी कर लें, उतना अच्छा है।'

'उनसे पूछ लिया है ?'

'हाँ, एक तरह से यह प्रस्ताव उनकी ओर से आया है।'

'पता नहीं, माँ यह किस जन्म का कर्ज उतारती जा रही हैं।' मैंने तड़पकर कहा, 'आपको इस तरह बेघर करने का उन्हें क्या हक है ?'

'जिस दिन पापा की मृत्यु हुई थी मीता, बेघर तो मैं उसी दिन हो गया था। यह घर कभी मेरी आत्मा को स्वीकार नहीं हुआ। इसके साथ जुड़ी हुई सारी स्मृतियाँ उदास कर जाती हैं...सिवा तेरे।' और उन्होंने मेरे माथे को प्यार से थपकिया

दिया, 'और यह मत भूलो मीतू, कि यदि मौसी जीवन की बाजी जीत गयी होतीं, तो यह घर आज उन्हीं का होता। मैं और माँ आश्रय के लिए शायद उन्हीं का मुँह जोहते होते।'

'भैया, आप...आप भी यह सब जानते हैं ?' मैंने अस्फुट स्वर में कहा।

'हाँ मीता, और दुःख की बात तो यह है कि यह सब मैं अपने आप जान गया। कितनी छोटी आयु में मैंने घर के वातावरण से इस कहानी के बीज चुन लिये थे। माँ ने पापा को कभी क्षमा नहीं किया था। उनकी इस इकलौती भूल का वे किसी अमोघ अस्त्र की तरह समय-असमय प्रयोग करती रहीं। पापा बेचारे तब कितने असहाय नजर आते थे।'

'सच कह रहे हैं ?'

'हाँ, सच ही तो कह रहा हूँ। और वह एक दिन तो आज भी ज्यों-का-त्यों मेरे मन में अंकित है। उस दिन ड्राइवर नहीं आया था। पापा सिरदर्द के कारण ऑफिस से जल्दी लौट आए थे। माँ चाहती थीं कि वे सुनीता को स्कूल से लिवा लाएँ। पापा कह रहे थे, स्कूल में फोन कर दो, किसी के साथ चली आएगी।

बस इसी जरा-सी बात को माँ ने इतना तूल दे दिया। क्या-क्या तो कह डाला। पिछले सारे आरोपों को फिर से दोहरा गयीं वे। कह डाला कि बच्चों के प्रति उनमें जरा भी ममता नहीं है।...मजबूर होकर पापा ने गैरेज से गाड़ी निकाली थी और वे सुनीता को लिवाने चले गए थे—और स्कूल से लौटा था उनका और सुनीता का छिन्न-विच्छिन्न शरीर।'

सिहरकर मैंने दोनों हाथों से मुँह ढाँप लिया। स्मृति की क्षीण रेखाएँ कल्पना के सहारे कैसे-कैसे चित्र बनाने लगी थीं !

'रोओ मत, मीता ! अब यह बिसरा हुआ अतीत है।' भैया ने खुरदरे स्वर में कहा। मैंने भीतर-ही-भीतर अपने आँसू सोख लिये। एक गहरा मौन हम दोनों के बीच फैल गया।

'माँ शायद अपने को अब तक क्षमा नहीं कर सकी हैं—बेचारी !' कुछ देर बाद कॉफी सिप करते हुए मैं कह रही थी।

'हाँ, और यह पछतावा उनके साथ जीवन भर रहेगा।'

'अन्याय तो माँ के साथ भी कम नहीं हुआ था। पर परिस्थितियाँ सारा दोष उन्हीं के सिर मढ़ गयी हैं।' मैंने माँ के प्रति आर्द्र होते हुए कहा।

'अन्याय तो हुआ था, पर उन्होंने जिस तरह पापा को सताया, वह भी कम भयानक नहीं था। अगर क्षमा नहीं कर सकती थीं, तो उन्हें रास्ते से हट जाना चाहिए था। कम-से-कम वे दो प्राणी तो सुख से जी लेते—मैं तो हैरान हूँ, मौसी भी अपने मन की आवाज क्यों नहीं सुन सकीं। इस अनमेल विवाह से तो एकाकी जीवन कहीं अधिक अच्छा होता। कम-से-कम उस जीवन में शांति तो होती, सुकून तो होता।'

'अकेले रह लेना क्या इतना सरल है भैया ? हम लोगों को इतनी आजादी कौन देता है ! विवाह भी कई बार एक विवशता बन जाता है...' कहते-कहते मेरा कंठ इतना भीग उठा कि भैया मुझे देखते रह गए। उनकी पारदर्शी आँखें मेरे भीतर तक उतर आयीं। एकाएक मेरे दोनों कंधे पकड़कर बोले, 'सच कहना, मीता—क्या तुम हरि को लेकर भावुक हो रही हो ?'

क्या उत्तर था मेरे पास ?

'तुमने मुझसे कभी कुछ कहा नहीं, पगली ! वहाँ मैं अपनी घर-गृहस्थी में खोया रहा और यहाँ तुम अपने आप में इस तरह घुलती रहीं...क्या कभी क्षमा कर पाऊँगा मैं अपने आपको ?'

'जो भी हो भैया, हम लोग यह विषय समाप्त नहीं कर सकते। प्लीज !' और यह कहते हुए मेरा स्वर काँप-काँप गया।

'विषय तो सचमुच समाप्त कर ही देना है। बीते हुए को साथ घसीटने से सिर्फ दुःख ही हाथ आता है और उसकी आँच तुम्हारे हमराही को भी लग सकती है। यह अन्याय तुम कभी मत करना, क्योंकि इसकी विभीषिका तुम रोज देख रही हो। मेरे लिए इतना करोगी न, मीता ?'

भैया मेरे सिर पर धीरे-धीरे हाथ फेर रहे थे। जीवन में पहली बार लगा कि मैं अनाथ नहीं हूँ, मेरे सिर पर भी पिता का छत्र है।

सगाई का मुहूर्त तो शाम का निकला था, पर पंचमी के दिन सुबह से ही घर में चहल-पहल हो गयी थी। नौकरों को दम मारने की फुर्सत नहीं थी—कभी मौसी और कभी भैया की पुकार पर इधर-उधर दौड़ रहे थे। भैया की दौड़-धूप का तो अन्त ही नहीं था। निमंत्रणों से लेकर बिछायत की व्यवस्था तक—सब उनके जिम्मे था। मौसी भी कम व्यस्त नहीं थीं। भैया ने बड़ी चतुराई से सर्वाधिकार उन्हें सौंपकर खुश कर दिया था, आश्चर्य तो यह था कि माँ भी छुटपुट कामों में हाथ बँटा रही थीं। करने को इतना सारा काम था, पर संकोच के मारे मुझसे कुछ करते नहीं बन रहा था। और सब ओर से आँख मूँदकर कमरे में बैठना भी अच्छा नहीं लग रहा था। इसीलिए मैटी का टेबल क्लॉथ लेकर वहीं बरामदे में बैठ गयी थी।

भैया हॉल में बिछायत लगवा रहे थे। मिसरानी काकी के बच्चे गुब्बारे फुलाने का काम बड़े शौक से कर रहे थे।

'मनीष !' एकाएक मौसी ने दरवाजे में खड़े होकर कहा, 'यह तूने क्या किया ?'

'क्यों ? क्या हुआ ?'

'यह कालीन इस कोने में क्यों लगा दिया ? लड़की का मुँह दक्षिण को हो जाएगा न।'

'अब यह उत्तर-दक्षिण मुझे नहीं आता, मौसी ! तुम लोगों से कहता हूँ, पाँच मिनट यहाँ खड़ी रहो, तो पता नहीं अन्दर क्या करने लग जाती हो। अब यह काम होने तक यहाँ से जाना नहीं।'

'अन्दर कितना काम पड़ा है, भैया ! टेंट हाउस से क्रॉकरी आकर पड़ी है, उसे पोंछना है। मिठाइयों की पेटियाँ खोलनी हैं, थाल जमाना है, पंडितजी का सामान तैयार करना है...'

'घर में बहू के होते हुए तुम इन छोटे-मोटे कामों में सिर क्यों खपाती हो ?'

'क्या कहने हैं ! एक बार नीचे उतरकर झाँका भी है उसने ?'

'अच्छा ! मीतू, भाभी को बुलाकर तो ला।' भैया ने कहा तो इतना गुस्सा आया मुझे।

'मैं सुबह से यहाँ फालतू बैठी हूँ, मुझसे कोई काम करवाइए न आप लोग। मैं नहीं बुलाने जाऊँगी किसी को।' मैंने तुनककर कहा।

'ठीक है, तो मैं जाता हूँ।' और सचमुच वे दनादन सीढ़ियाँ चढ़कर चले गए। बड़ी मुश्किल से उनके साथ-साथ पहुँच पायी मैं।

'भाभी !' मैंने जल्दी से उनके कमरे में जाकर कहा, 'आपको नीचे बुला रहे हैं।'

'कौन बुला रहे हैं ?' उन्होंने उपन्यास से सिर उठाकर बेफिक्री से पूछा।

'मैं बुला रहा हूँ।' दरवाजे से भैया का दबंग स्वर आया, तो हम दोनों क्षण-भर को सकपका गयीं।

'शाम को मीतू की सगाई का कार्यक्रम है। तीन बजे तैयार होकर तुम नीचे आ जाना। और अभी अगर मौसी चाहें, तो उनका भी हाथ बँटा लो।' इतना कहकर भैया नीचे जाने के लिए उतर चुके थे कि भाभी तेजी से बाहर आयीं और बोलीं—'यह मालिक मकान का आदेश है ?'

'हाँ, आदेश ही समझ लो। मालिक न सही, घर का बड़ा लड़का तो मैं हूँ।' बड़ी सहजता से भैया ने कहा और नीचे उतर गए।

बाद का नाटक देखने की मेरी इच्छा नहीं थी, इसलिए मैंने कमरे में अपने को बंद कर लिया। नियोजित वर महोदय की तस्वीर को सामने रखकर देखती रही, उसे मन में उतारने का प्रयास करती रही। पता नहीं कब भैया इस कमरे में रख गए थे।

ढाई बजे से ही माँ-मौसी मुझे तैयार करने का संकल्प ले बैठीं। कभी जूड़ा, कभी चोटी, कभी ढीली, कभी कसी—ऊँह, किसी तरह संतोष नहीं हो रहा था। माँ ने अपने तीनों-चारों सेट निकालकर रख दिए थे। दोनों ने अपनी कीमती चटख साड़ियों का मेरे सामने अंबार लगा दिया था। दोनों बहनें 'चंपई वरन' की थीं। ये साड़ियाँ उन पर सचमुच फबती थीं, पर मेरा नाम तो कॉलेज में 'ब्लैक रोज

ऑफ अफ्रीका' पड़ा हुआ था, यह उन्हें कैसे समझाती। उन साड़ियों की ओर तो झाँकते भी डर लगता था। माँ का तो सारा वार्डरोब ही पुराने फैशन का था। बरसों बंद रहने के कारण उन कपड़ों में अजीब-सी गंध भर गयी थी।

भैया किसी काम से अंदर आए, तो मैंने याचना की दृष्टि से उनकी ओर देखा। वे मेरी परेशानी समझ गए और खुद उस ढेर को उलट-पलट करने लगे।

तभी सुगंध का एक झोंका-सा भीतर आया और उसके साथ ही यह प्रश्न भी—'मेरे लिए क्या आज्ञा है ?'

हम सभी की आँखें एक साथ दरवाजे की ओर उठ गयीं। वहाँ जैसे महालक्ष्मी की अलंकृत प्रतिमा ही उतर आयी थी। नाजुक जरी वर्क की साड़ी में भाभी को पहली बार देखा था। पिछली दीवाली पर यह उनके पीहर से आयी थी, पर एक बार भी उन्होंने पहनी नहीं थी। एक अजीब-सा विराग उन पर आ गया था। पहनने-ओढ़ने का कोई शौक ही नहीं रहा था। महीनों उनके चेहरे पर मेकअप की हल्की-सी पर्त भी दिखाई नहीं देती थी।

पर आज जैसे उन्होंने सारी कसर निकाल ली थी। गर्वोन्नत मुद्रा में द्वार पर खड़ी वे पल भर को सबको अभिभूत कर गयी थीं।

उनके इस आयोजन को सार्थक करते हुए सबसे पहले भैया ने ही सहज स्वर में कहा, 'वाह, इसे कहते हैं तैयार होना। सुलक्षणा, अब जरा मीतू को सँभालो तो। ये दोनों बहनें तो उसका कार्टून बनाने पर तुली हुई हैं।'

इतना कहकर जब वे बाहर चले गए, तो लगा, मैं एकदम अजनबी हाथों में सौंप दी गयी हूँ।

चार दिन पता नहीं कैसे फुर्र-से उड़ गए और भैया के जाने का दिन आ पहुँचा। मैं भारी मन से उनके आस-पास ही मँडरा रही थी। सोच रही थी उनके साथ का एक भी क्षण व्यर्थ न जाने दूँगी।

'आपने बुलाया था ?' दरवाजे के बाहर खड़े होकर भाभी ने कुछ इस अंदाज में पूछा, जैसे उन्हें बुलाकर कोई अपराध किया गया है।

'आओ सुलक्षणा, बैठो। कुछ जरूरी बातें करनी थीं तुमसे।'

भाभी भीतर तो आ गयीं, पर बैठीं नहीं । दीवार के सहारे खड़ी ही रहीं, मानो कह रही हों—जो कुछ कहना है, जल्दी से कह-सुन लीजिए।

'मैं तुम्हें एक जिम्मेदारी सौंपना चाह रहा हूँ। दहेज का सारा सामान तुम लोगों को ही खरीदना है। मैं तो बिल्कुल समय पर ही आ पाऊँगा। माँ और मौसी के भरोसे यह काम नहीं छोड़ सकता। ऊटपटाँग सामान खरीदकर घर भर देंगी...ये अभी कुछ रुपये रख लो। जाते ही और भेज दूँगा।'

भैया ने उनकी ओर लिफाफा बढ़ाया भी, पर वे उसे अनदेखा कर काठ की तरह खड़ी ही रह गयीं।

'सुलक्षणा ! क्या सोच रही हो ?'

'आप यह काम उन्हें नहीं सौंप सकते थे ?' भाभी ने सीधे उनकी आँखों में देखते हुए पूछा, 'या आप भी उन्हें किसी लायक नहीं समझते ?'

उनके स्वर की तल्खी परेशान कर देने वाली थी, पर भैया ने बड़े ही शांत स्वर में कहा, 'चाहता तो यही था। पर तुम्हारे 'उन' का पता-ठिकाना कहाँ से पाऊँगा ! मुझे तो शक है, तुम्हें भी उसके बारे में कुछ नहीं पता।'

भाभी के पास कोई उत्तर नहीं था।

'आया था, उस दिन सिर्फ एक झलक उसकी देखी थी...और देखकर खुशी नहीं हुई थी। चाहता था, पास बिठाकर कुछ बात करूँगा, लेकिन उसके पास शायद फालतू बातों के लिए समय नहीं है। ठीक है न ?' और फिर एकाएक गंभीर स्वर में बोले भैया, 'मैं तुमसे बहुत नाराज हूँ, सुलक्षणा।'

भाभी की बड़ी-बड़ी आँखें प्रश्न बनकर फैल गयीं।

'अपनी गृहस्थी का यह कैसा मजाक बना डाला है तुमने। हरि किस रास्ते से जा रहा है, कुछ पता भी है तुम्हें ? या तुमने कभी सोचने की आवश्यकता ही नहीं समझी।'

उत्तर में भाभी के होंठ सख्ती से भिंच गए। मुझे वहाँ बैठना अजीब-सा लगने लगा। उठकर चला जाना शायद और भी अशोभन लगता। मैं बेमतलब भैया के सूटकेस को उलट-पलट करती रही।

'विवाह कोई बच्चों का खेल तो नहीं है। तुम्हारी बेरुखी देखकर मुझे हैरत होती है।' भैया ने फिर कहा, 'विवाह से पहले तुमने इन दायित्वों के बारे में सोचा तो होगा।'

और भाभी जैसे एकदम फट पड़ीं, 'सोचा क्यों नहीं था, लेकिन विवाह किया था मैंने एक पुरुष के साथ, तब यह नहीं सोचा था कि जिसका वरण कर रही हूँ वह मात्र रबड़ का बबुआ है, जिसके पास न अपनी कोई संवेदनाएँ हैं, न आस्थाएँ, न आकांक्षाएँ। वह न ढंग से प्रेम कर सकता है, न घृणा। इस तरह शून्य में कितने दिन जिया जा सकता है, बताएँगे ?'

उनके प्रबल भावावेग के सामने हम लोग एकदम स्तब्ध रह गए थे। कुछ समय बाद भैया ने स्नेहसिक्त स्वर में कहा, 'मनुष्य का स्वभाव अपने आप नहीं बन जाता, सुलक्षणा ! उसका भी एक इतिहास होता है। हरि का बचपन बहुत सुखद परिस्थितियों में नहीं बीता है। हो सकता है, कुछ ग्रंथियाँ उसके मन में हों...लेकिन यह कोई इतना बड़ा कारण नहीं है कि तुम्हें घर छोड़कर जाना पड़े, बल्कि उसे तो तुम्हारी सहानुभूति की जरूरत है।'

'पूजनीय भाई साहब, मैं कोई फिल्मी हीरोइन नहीं हूँ, जो हमेशा के लिए घर छोड़कर चली जाती।' भाभी का व्यंग्य-भरा स्वर तिलमिला देने वाला था, 'मैं सिर्फ देखना चाहती थी कि उनकी आत्मा में कोई चिनगारी शेष है या नहीं। वे

मेरा हाथ पकड़कर मुझे रोक सकते थे। अगर क्रोध में आकर मेरा रास्ता रोक लेते, तब भी मुझे खुशी होती। लेकिन उनकी मानसिक जड़ता इस हद तक पहुँच चुकी है कि वे टुकुर-टुकर देखते रह गए।...और आप चाहते हैं कि मुझे उनसे सहानुभूति होनी चाहिए। खैर, आपके उपदेशामृत के लिए आभारी हूँ। आशा है, दूसरों को अपनी जिंदगी जीने की सुविधा भी कभी-कभी देते रहेंगे।'

भाभी निमिष भर में कमरे से अलोप हो गयीं। पर उनके दर्प-भरे अस्तित्व का बड़ी देर तक भान होता रहा। और एकाएक मुझे भान हुआ कि वे भैया का कितना बड़ा अपमान कर गयी हैं। रोष में भरकर मैंने कहा, 'आपको क्या जरूरत थी उस पचड़े में पड़ने की। उन्होंने कभी किसी की बात मानी भी है आज तक। हरि भैया उन्हें आग का गोला कहते हैं।'

'आग का गोला ! सचमुच यह तो भभकता हुआ ज्वालामुखी ही है। पता है, उसे मैंने क्यों बुलाया था। मैं घर के बारे में भूमिका बाँधना चाहता था, पर हिम्मत ही नहीं हुई। उसका इतना बड़ा अपमान करने का साहस नहीं बन पड़ा मेरा।' भैया गंभीर होकर बोले।

'इसमें अपमान भला क्या होता ! बल्कि...'

'तू समझती नहीं है, मीतू ! उसकी जाति के लोग दान-पत्रों से अपमानित ही होते हैं।'

'मीतू !'

भैया को सी-ऑफ करके लौटने के बाद, अपने कमरे में बैठी मैं चुपचाप आँसू बहा रही थी। भाभी की आवाज सुनकर चौंक पड़ी। वे मेरे पास ही पलँग पर आकर बैठ गयी थीं। उस अनजाने सामीप्य से ही याद आया कि उन्होंने हमेशा की तरह 'नमिताजी' कहकर आवाज नहीं दी थी।

'क्या है ?' मैंने रुखाई से पूछा। उन्हें मैं अब तक क्षमा नहीं कर पायी थी।

'एक बात कहनी थी।'

'कहिए।'

'अभी-अभी मन में बात उठी, तो कहने चली आयी, बाद में पता नहीं कह भी पाऊँगी या नहीं।'

'कहिए भी।'

'अपने भाई साहब को पत्र लिखोगी न ! तब मेरी ओर से क्षमा माँग लेना। मुझे इतना कटु व्यवहार नहीं करना चाहिए था।'

'यह बात उनके सामने कहतीं, तो शायद वे ज्यादा खुश होते। पता है, कितने बुरे मूड में यहाँ से विदा हुए हैं वह।'

'पता नहीं मुझे आजकल क्या हो जाता है। वे बात कर रहे थे, तो मुझे लगा, अपना अधिकार जता रहे हैं। और मेरा खून खौल गया। यह तो बाद में

ठंडे दिमाग से सोचने पर लगा कि अधिकार तो उनका फिर भी हम पर है, बड़े जो हैं।'

'हाँ, और उसी प्यार के अधिकार से वे दो बातें कर लेना चाहते थे, पर आपके तो मन में पता नहीं कैसा पूर्वाग्रह पैठ गया है।' मैंने तुनककर कहा, 'कितनी बड़ी बात कहने जा रहे थे वे आपसे, पर आपने मौका ही न दिया।'

'क्या बात थी ?'

'यह घर हरि भैया के नाम करना चाहते हैं वह।'

'क्या ?...' भाभी चीखीं और एकदम उठ खड़ी हुईं, 'सच कह रही हो, नमिता ?'

'हाँ, और आपको खुश होना चाहिए कि आपकी जिद पूरी हुई। अब से आपको किसी और के घर में नहीं रहना पड़ेगा।'

'तो यह मेरी शान में हो रहा है...नमिता, अभी-अभी मैं तुम्हारे भाई साहब से क्षमा माँगने आयी थी। लेकिन लगता है, अब कभी क्षमा नहीं कर पाऊँगी। शादी के बाद हर औरत अपना घर चाहती है। इसमें अनहोनी क्या है ? फिर उसके लिए इतना आडंबर रचने की क्या आवश्यकता है !'

'इसमें आडंबर क्या है, भाभी ? यह तो बल्कि...'

'एक और उपकार है, यही न। पिछले अहसानों के बोझ से दबे हुए हैं अब तक हम लोग। इसके बाद तो शायद कभी भी सिर नहीं उठा सकेंगे। एक तरह से मेरी उमर कैद का फरमान होगा यह।'

'क्या अंटशंट बके जा रही हैं आप ! अहसानों की भाषा में हमने कभी सोचा भी नहीं।'

'यही तो आपका बड़प्पन है। देते जाएँगे और कभी जबान पर नाम न लाएँगे, लेकिन हमारे लेते रहने की भी तो कुछ सीमा होनी चाहिए...सच कहती हूँ नमिता, मैं किराये के दो कमरों में भी गुजारा कर लूँगी, बशर्ते वह मेरा घर हो। जहाँ हर पल यह भान न होता रहे, हम किसी और की छत के नीचे खड़े हैं। हर कौर के साथ यह ग्लानि न लिपटी रहे कि हम किसी और का दिया खा रहे हैं। इस तरह का अन्न खाते-खाते इन लोगों का स्वाभिमान जंग खा चुका है। पर मुझमें अभी कुछ स्वत्व शेष है, तभी तक मुझे यहाँ से चले जाना है।' कहते-कहते भाभी बुरी तरह काँप उठी थीं। उनका चेहरा एकदम श्रांत-क्लांत हो गया था। आँखों की कोरें भीग गयी थीं।

'आप बेकार परेशान न हों', मैंने सांत्वना के स्वर में कहा, 'भैया समझ गए थे कि इस बात से आपको दुःख होगा। इसीलिए फिर चुप रह गए थे।'

'भाई साहब बहुत समझदार हैं।' उन्होंने थके स्वर में कहा, 'उन्हें मेरी ओर से धन्यवाद दे देना और कहना—इतने उपकार किए हैं, तो एक और कीजिए, अंतिम। हम लोगों को निकाल बाहर कीजिए।'

'छिः भाभी, कैसी बातें करती हो !' मैंने मीठी झिड़की दी।

'सच कह रही हूँ नमिता, दो पीढ़ियाँ इस घर में राख हो चुकी हैं। तीसरी को मैं आग में नहीं झोंक सकती। नहीं, मैं यह नहीं कर सकती।'

'तीसरी पीढ़ी ?'

'हाँ, महाभारत के अभिमन्यु ने गर्भ में ही चक्र-व्यूह-प्रवेश का तंत्र सीख लिया था। मेरा अभिमन्यु मुझे चक्रव्यूह से बाहर आने का मंत्र दे रहा है।'

'तुम्हारा अभिमन्यु ?...ओ भाभी, हाउ स्वीट !' और मैं दोनों बाँहें उनके गले में डालकर झूल गयी।

हरि के अजन्मे शिशु के प्रति यह कैसी ममता उमड़ आयी थी।

पाषाण-युग

'चल बकुल, तेरे दूल्हे को स्टेशन छोड़ आएँ।' भाभी ने लाड़ भरे स्वर में इसरार किया।

'ना बाबा ! मैं तो यहीं से टाटा कर लूँगी।' मैंने कहा। भाभी ने ज्यादा जोर नहीं दिया, तो समझ गयी कि महज एक फार्मेलिटी निभायी थी उन्होंने। चली जाती तो शायद उन्हें असुविधा हो जाती।

लेकिन जब अपनी तीनों सवारियों को लेकर ताँगा आँखों से ओझल हो गया, तब लगा, चली ही जाती तो ठीक था। कुछ ऊब तो कम हुई होती।

पर दूसरे ही पल इनका रात वाला रौद्र रूप याद आया, तो लगा, अच्छा ही हुआ। कहीं सबके सामने ही कुछ कह बैठते तो ! रात तो खैर, अपने अपमान को मैंने अकेले ही झेल लिया था। भाभियों ने तो इतनी चुहलबाजी के बाद ठेल-ठालकर मुझे कमरे में भेजा था, पर दरवाजा बंद करते ही ये उबल पड़े थे, 'हर बात का अपना एक समय होता है, बकुल ! अपना एक औचित्य होता है। इस घर की जो भी परम्परा रही हो, लेकिन मैं इतना अधीर नहीं कि श्वसुर की तेरही के दिन भी पत्नी की कामना करने लगूँ।'

उनके इस वक्तव्य से स्तब्ध रह गयी थी मैं। जवाब भी क्या देती ! कैसे बतलाती कि आयी हूँ, उसी दिन से इसी कमरे में मेरा बिस्तर लग रहा है। दूसरा ठौर ही कहाँ था ! दोनों भाभियों ने तो अपने-अपने कमरे घेर लिये थे। कभी किसी ने नहीं सोचा कि बकुल अकेली कमरे में घबराएगी। उसके पास कोई सो जाए, या अपने पास ही बुला ले।

दाखीबाई तो रोज बर्तन मलते हुए बड़बड़ाती थी, 'बाप मरे पे भी लुगायाँ नी छोड़ी जायें हो। कसो जमानो आयो है।'

चूड़ियाँ खनकीं, तो मैंने पीछे मुड़कर देखा, दाखीबाई ही थी। सूखे कपड़ों का ढेर समेट रही थी।

'कँवर साब गिया काँई ?' उसने पूछा।

मैंने सिर हिला दिया।

'तम नी गया साथे ?'

'अभी कुछ दिन मम्मी के पास रहूँगी।'

'और ई सब ?'

'यँ लोग तो कल-परसों चले जाएँगे। छुट्टी खत्म हो रही हैं न।'

'हूँ।' उसने मुँह बिचका दिया। उसके मन का सारा अविश्वास, सारा तिरस्कार इस भंगिमा में प्रकट हो गया।

शिशिर की गुनगुनी धूप में छत पर खड़ा रहना बड़ा सुखद लग रहा था, पर दाखीबाई का वाचाल साथ रसभंग करने वाला ही था। इसके लिए कोई भी विषय निषिद्ध नहीं था और कई बार वह मुझसे भी कुछ न कुछ कहलवा ही लेती थी। और फिर देर तक मुझे डर लगा रहता कि किसी ने सुन न लिया हो।

'नीचे कोई आया तो नहीं ?' मैंने जीने की ओर पैर बढ़ाते हुए पूछा।

'आया है नी ! छोटी भाभीजी बैठी हैं बड़ा कमरा माँ।'

मेरा दिल बैठने-सा लगा। इन दिनों आने वालों का ताँता लगा हुआ था। हॉल तो कभी खाली ही नहीं रहता। पापा की लोकप्रियता का सजीव प्रमाण था यह। पहले पहल तो ढेर सारे लोग देखकर खुशी होती थी...लगता था, इतने सारे लोग हमारे दुःख में हिस्सा बँटा रहे हैं। लेकिन अब तो दहशत-सी होने लगी है। बार-बार वही जुमले बोलकर मुँह का स्वाद जाता रहा है और प्रत्येक बार आगंतुक को रिपोर्ट-सी देनी होती है—अजय कब आया ? अभय कब आया ? कितने दिन ठहरेंगे ? शकुन क्यों नहीं आयी ? और फिर दीदी के विवाह की अप्रिय चर्चा।

इन सबसे बचने के लिए मैंने पिछले दरवाजे से जाना ही ठीक समझा। दबे पाँव जीना उतरकर मैं बगीचे की ओर मुड़ गयी। हॉल के नीचे से गुजर रही थी, तभी सुना, छोटी भाभी नाटकीय शैली में बता रही थीं, 'हाय, मैं तो इतनी घबरा गयी थी। डेड बॉडी को लाइफ में फर्स्ट टाइम देखा था न ! ओह, इट वॉज टेरीबल !'

इतनी कोफ्त हो आयी। आखिर यह सब कितनी बार कहा जाएगा और डेड बॉडी क्या रोज देखने की चीज है ! कौन ऐसा अभागा होगा।

सच तो यह है कि इस तरह की बातें कहने से दो काम सिद्ध होते हैं। एक तो अपनी नजाकत का बखान हो जाता है। दूसरे यह भी साबित हो जाता है कि पापा की मृत्यु के समय केवल यही लोग उपस्थित थे...और अगर थे भी, तो आश्चर्य क्या है ! आखिर नागदा से इंदौर की दूरी ही कितनी है ! इन्हें तो समय पर पहुँचना ही था। लेकिन कितनी बार यह प्रसंग सुनाया जाएगा।

यूँ ही जलते-भुनते मैंने पिछले दरवाजे से भीतर पैर दिया, तो मसालों की सुगंध ने स्वागत किया। समझते देर नहीं लगी कि बुआजी किचन में विराजमान हैं। आयी हैं, उसी दिन से उन्हें शिकायत है कि महराज खाना ढंग से नहीं बनाता।

इसीलिए अकसर कुछ-न-कुछ अपनी पसंद का छौंक लेती हैं।

'आज तो बुआजी, बड़ी जल्दी खाना बन रहा है।' मैंने एक कुर्सी खींचकर आसन जमाते हुए कहा।

'अरे, आज गीता भवन जाऊँगी। महराज बोला कि बड़े अच्छे प्रवचन हो रहे हैं वहाँ। और सुन तो, अजय कहाँ गया है ?'

'स्टेशन गए हैं, इन्हें छोड़ने।'

'बहू भी साथ गयी है क्या ? बड़ी देर से दिखाई नहीं दी।' (बुआजी का दिमाग क्या है, पूरा हाजिरी रजिस्टर है)।

मैंने जवाब दिया, तो बोलीं, 'अच्छा लगता है यह ! लोग तुम्हारे दरवाजे मिलने आ रहे हैं और तुम मियाँ-बीवी घूमने जा रहे हो !'

'दरअसल उन्हें बच्चों के लिए कुछ...'

'अरे, वाह ! दुनिया तो बंबई से सामान मँगाती है और ये यहाँ से ले जाएँगी। और बच्चों को साथ ले आतीं, तो क्या छूत लग जाती ? कोई बीए-एमे की पढ़ाई थी, जो मारी जाती। अरे, बच्चों का दादा मरा था, कोई ऐरा-गैरा नहीं था।'

'हम भी तो अपनी सुमा को लाये ही हैं कि नहीं।' छोटी भाभी ने आग में घी छोड़ते हुए कहा। वे पता नहीं कब मेहमानों को विदा करके भीतर आ गयी थीं।

मैंने बेजार होकर मेज पर सिर रख दिया। शोक-प्रदर्शन की जैसे होड़-सी लगी हुई है और हर कोई दूसरे से बाजी मार लेना चाहता है।

और जिस पर यह दुःख का पहाड़ टूट पड़ा है, उसकी ओर किसी का ध्यान ही नहीं है। फूफाजी की मृत्यु पर मैं पापा के साथ बुलंदशहर गयी थी, तब देखा था—बुआजी दिन-भर निढाल पड़ी रहतीं और घर-भर उनके आराम के लिए, सांत्वना के लिए खटता रहता। घर में पचासों लोग आ-जा रहे थे, उन्हें कोई होश नहीं था। कितने रिश्तेदार घर में जुट गए थे, कितने सारे लोगों के लिए रोज खाना बनता था, पर उन्हें कोई परेशान नहीं करता था।

और यहाँ...यहाँ तो सब जैसे मेहमानदारी के लिए ही आए हुए हैं। हर बात के लिए मम्मी के पास दौड़े जाएँगे—मम्मीजी, मच्छरदानियाँ कहाँ रखी हैं ? मम्मीजी, गैस खतम हो गयी ! मम्मीजी, शाम को दूध कितना आएगा ? मम्मी, अमुक का फोन नंबर क्या है ? मम्मी, सामान कौन-सी दुकान से आएगा ?

एक नहीं, सौ-सौ प्रश्न। अपनी जिम्मेवारी पर जैसे कोई कुछ करना ही नहीं चाहता। और पत्थर में तराश-सा चेहरा लिये मम्मी सबके जवाब दिए जाती हैं। जरूरत आ पड़े तो खुद भी दो-चार काम निपटाती रहती हैं। और ऐसे मौकों पर मुँह पर पल्लू की आड़ देकर बुआजी फुसफुसाती रहती हैं, 'उसे क्यों दरद आएगा भला। कौन फेरे पड़कर इस घर में आयी है।'

जैसे दुःख के लिए भी अग्नि-नारायण की साक्षी बहुत जरूरी है।

भला हो महराज का, जो बुआजी को गीता भवन के प्रवचन सुनाने लिवा

ले गया और हम लोगों को पहली बार कुछ प्रायवेसी मिली। देर रात तक हम लोग बैठे बतियाते रहे। पता नहीं, कितने सालों बाद यह संयोग आया था।

दसेक बज चुके होंगे, जब बड़े भैया बोले; 'एक-एक कप कॉफी हो जाती, तो मजा आ जाता।'

मैंने कुछ क्षण प्रतीक्षा की, पर दोनों भाभियाँ बुत बनी बैठी रहीं। तब मैंने ही यह भार अपने ऊपर ले लिया और नीचे आ गयी। मम्मी के कमरे की बत्ती जल रही थी। सोचा, चलकर उनसे भी पूछ लूँ।

'मम्मी, आप...' मैंने कहा तो, पर शब्द जैसे मुँह में ही जम गए। उनकी छोटी-सी राइटिंग मेज पर चिट्ठियाँ बिखरी पड़ी थीं और वे निर्निमेष सामने गुप्ताजी की कोठी की ओर देख रही थीं। एक उजड़ी हुई दुनिया उनके चेहरे पर प्रतिबिंबित हो उठी थी और मुझे यह ग्लानि कचोटने लगी कि इतनी देर तक किसी को भी उनका ध्यान न आया।

सहसा कुछ सम्मिलित ठहाकों की आवाज सामने वाली कोठी से उभरी और कलेजे को चीरती चली गयी। मम्मी ने भी दोनों हथेलियों से कान ढँक लिये। तो क्या उन्हें भी उन ठहाकों में पापा की हँसी की अनुगूँज सुनाई दे गयी थी ?

तैश में आकर मैंने इतनी जोर से खिड़की बंद की कि वे भी चौंक पड़ीं, 'कौन है...बकुल ?'

'क्या ये लोग कुछ दिन तक खेल नहीं बंद कर सकते ?' मैंने गुस्से से उफनते हुए कहा।

'इतने दिनों बाद आज ही तो बैठे हैं बेचारे।' उन्होंने शांत स्वर में कहा, 'खेलने का तो बहाना है। दरअसल ये तो अपनी मॉनोटॉनी से, ऊब से, भागकर यहाँ आते हैं। ऐसा न करें, तो अपने पेशे में ही दफन हो जाएँगे ये सब।'

मुझे इस वक्तव्य में कोई दिलचस्पी नहीं थी, इसलिए मैंने कहा, 'दरअसल आपसे पूछने आयी थी, आप कॉफी लेंगी ? मैं सबके लिए बना रही हूँ।'

'चलेगी। और हाँ, अपनी परम पूजनीया बुआजी कहाँ हैं ? बड़ी देर से उनकी गर्जना नहीं सुनाई दी।'

मुझे आश्चर्य होता है, इतनी तीखी बात भी मम्मी कितने स्वाभाविक ढंग से कह जाती हैं।

'बुआजी आज थोड़ा पुण्य संचय करने गयी हैं।'

'अच्छा ! तब एक काम करो। सबकी कॉफी यहीं ले आओ। कुछ जरूरी बातें करनी हैं।'

बुआजी की अनुपस्थिति का लाभ हर कोई उठाना चाहता है, मैंने सोचा और किचन का रुख किया।

'आप क्यों दिन-भर इन चिट्ठियों में दिमाग खपाती हैं ? एक अच्छा-सा

मैटर प्रिंट करवा लेते।' बड़े भाई ने उस कॉफी-पार्टी का मौन तोड़ते हुए कहा।

'मेरे पास करने को अब है ही क्या। चिट्ठियाँ लिखते हुए कुछ समय तो कट जाएगा।'

'मम्मी, आप मेरे साथ चलिए न।' इतने दिनों से मन में घुमड़ती बात को मैं आज कह पायी।

'पगली ! जाना ही होगा, तो पहले अपने लड़के के पास नहीं जाऊँगी।' मम्मी ने अजीब-से बुजुर्गाना अंदाज में कहा।

'श्योर-श्योर !' बड़े भैया बोल उठे और काफी देर तक भाभी को इशारा करते रहे। पर जान-बूझकर वे एक पत्रिका के पन्ने पलटती हुई उन्हें अनदेखा करती रहीं। बंबई के अपने ढाई कमरों वाले फ्लैट में शायद वे मम्मी को एडजस्ट नहीं कर पा रही थीं...और छोटे भैया से ऐसी उम्मीद ही व्यर्थ थी।

एक अजीब-सी चुप्पी कमरे में फिर घिर आयी थी। मम्मी ने ही उसे तोड़ते हुए शुरुआत की, 'मैं ऊपर की मंजिल किराये पर देने की सोच रही हूँ।'

'किराये पर, क्यों ?'

'इतने बड़े घर में मैं अकेली कैसे रह पाऊँगी ? और मुझे पैसों की भी जरूरत है।'

एक अजीब-सी शर्म से हम लोग भीतर-ही-भीतर सिकुड़ गए। सचमुच मम्मी के हिस्से क्या आया था, सिर्फ यह मकान। पापा की पुस्तकों की रायल्टी भी थी, पर वह कितनी होगी ! गंभीर, विद्वत्तापूर्ण विवेचनात्मक पुस्तकें थीं वे–उपन्यास तो थे नहीं कि हाथों-हाथ बिक जाते। पापा ने अपनी सारी पुस्तकें कॉलेज को दे दी थीं। माँ के भारी-भरकम गहने बहुओं में और मुझमें बँट गए थे। थोड़ी बहुत जमा-पूँजी थी, उसमें सबका हिस्सा था...और एक प्रोफेसर की कमाई होती ही कितनी है ! मम्मी ने ठीक ही तो सोचा है। जीवनयापन के लिए कुछ तो चाहिए।

'मैं यह सोच रही थी कि यहाँ से जो सामान जिसे अच्छा लगता हो, लेते जाओ। उतनी-सी जगह में सारा सामान समाएगा नहीं।' मम्मी शांत स्वर में कह रही थीं।

'लेकिन मम्मीजी', इतनी देर बाद छोटी भाभी का मुँह खुला, 'सब लोग आ जाते हैं, तो घर आज भी छोटा पड़ता है। फिर तो बहुत ही मुश्किल होगी।'

'सब लोग कब-कब आते हैं, अणिमा ! उनके सामने ही कितनी बार आए हो तुम लोग !' मम्मी ने अपने उसी सहज स्वर में चोट की। छोटी भाभी का मुँह इतना-सा निकल आया।

'एक बात और पूछनी थी। इस घर के प्रति तुम लोगों को कोई मोह तो नहीं है ?'

'क्या मतलब ?'

'मैं इसे शकुन के नाम कर जाना चाहती हूँ।'

स्तब्ध रह गए हम लोग। दीदी के नाम ? क्यों ? मम्मी को सबसे ज्यादा तिरस्कार, उपेक्षा, अवज्ञा जिनसे मिली, उन्हीं के नाम इतना बड़ा दान ! क्यों ? (सचमुच कहूँ तो मुझे कचोट-सी हुई। मैं अपने को सबसे ज्यादा मम्मी के निकट पाती थी)।

'हमें कोई एतराज नहीं है, मम्मी, पर मैं नहीं सोचता, दीदी अब लौटेंगी। वे तो वहीं सैटल हो चुकी हैं।' बड़े भैया ने जैसे सबके मन की बात कह दी।

'न आये तो ठीक ही है, वह जहाँ भी रहे, सुख से रहे। लेकिन अगर किसी दिन लौटना भी चाहे, तो यहाँ उसका ठिकाना तो होना चाहिए कि नहीं।'

'अब तो क्या आयेंगी ! शादी भी हो गयी है।' बड़ी भाभी ने कहा।

'शादी हो गयी है, इसी से तो चिंता हो रही है, संध्या ! वह भारत नहीं है, अमरीका है। दो बच्चों को जन्म देने के बाद भी जो पत्नी को तलाक दे सकता है, उसके साथ किस तरह से निश्चिंत हुआ जा सकता है। और शकुन किस मिट्टी की बनी है, तुम लोग जानते तो हो। टकराहट से वह कब तक बच सकती है ! और टकराव क्या एक ही स्तर पर है, देश का, धर्म का, उम्र का, संस्कार का...किस-किस अंतर को पाटना होगा, वही जाने। और भगवान न करे, ब्रेकिंग पाइंट अगर किसी दिन आ गया, तो एक दिन भी वहाँ नहीं रह पाएगी वह। तब ! तब लौटने के लिए एक नीड़ तो चाहिए, जहाँ वह अपना पराजित, अपमानित व्यक्तित्व लेकर जी सके। तुम क्या सोचते हो कि वह कभी यहाँ आश्रय की तलाश में आएगी ?'

नहीं, कभी नहीं, यूँ लुटी हुई, हारी हुई दीदी कभी हमारे पास नहीं आएगी। लेकिन इतनी गहराई में जाकर तो कभी सोचा ही न था। अपने में इतने डूबे रहे हैं हम सब कि कुछ सोचने का अवकाश ही कहाँ है।

'मम्मी आज बहुत भावुक हो रही थीं।' ऊपर जाते हुए बड़ी भाभी ने कहा।

'वे तो जैसे सैडिस्ट हो गयी हैं।' छोटे भैया ने अपना मत दिया।

'लगता है, अपने बॉय फ्रेंड की वजह से कुछ अपसेट हैं।' छोटी भाभी ने छींटा कसा, तो मैं तमतमा उठी, 'कौन बॉय फ्रेंड ! कैसी बातें करती हैं आप !'

'भई, हम पर क्यों बिगड़ती हो। तुम्हारे भैया ही बता रहे थे।'

'क्या बता रहे थे ?'

'अरे, वह रणजीत खन्ना नहीं आया था सुबह। उसी के लिए कह रहा था। मम्मी का क्लासमेट था न वह।' छोटे भैया ने हँसते हुए कहा।

'आपको मालूम होना चाहिए भाई साहब, कि क्लासमेट और बॉय फ्रेंड में बहुत अंतर होता है। और सुबह वह सिर्फ पापा के विद्यार्थी के नाते यहाँ आया था। यू शुड नो दैट।'

'ओह, द हेल विद हिम।' उन्होंने कहा और भाभी की कमर में हाथ डालकर

अपने कमरे की ओर चले गए।

गुस्से में उफनती हुई मैं कितनी ही देर तक छत पर खड़ी रही। कँपा देने वाली ठंडी बयार का भी मुझे होश न रहा।

आखिर इतना उबल पड़ने की क्या जरूरत थी ?

रजाई की गर्माहट से तादात्म्य स्थापित कर लेने के बाद मैंने ठंडे दिल से सोचा। इस कदर बुरा मान जाने जैसी तो कोई बात न थी। निश्चय ही रणजीत खन्ना महज एक 'क्लासमेट' नहीं था। फिर मैं किसे डिफेंड कर रही थी ? मम्मी को ? रणजीत को ? या...अपने को ?

सुबह उस शानदार एंबेसेडर से उसे उतरते हुए देखा था, तो मन में वही पुराना पागलपन कौंध गया था। मक्खन का एक पहाड़-सा बन गयी उसकी बीवी को देखकर वही ईर्ष्या, वही जलन जाग उठी थी। सिर से पाँव तक वह श्वेत 'रंग' में नहायी हुई थी और उसकी इस बेवक्त 'मैचिंग' को लेकर भाभी लोग खूब हँसी थीं, लेकिन अवसाद से भरा मेरा मन उस परिहास का भी मजा न ले सका था। बस, कुढ़ता ही रह गया था कि लाख बेवकूफ है तो क्या, आज 'उसकी' पत्नी होने का गौरव तो उसे है।

'कैसी हो, बकुल !' उसने उसी स्नेहसिक्त स्वर में पूछा था। इस बार उसमें थोड़ा अवसाद का पुट भी था और मुझे लगा था कि मैं रो पड़ूँगी।'

मैं तो नहीं, पर मम्मी जरूर उसके सामने रो पड़ी थीं। शायद पापा की मृत्यु के बाद वह पहली बार इस तरह खुलकर रोयी थीं। हम लोग विमूढ़-से देखते रह गए थे।

'नीरू !' मम्मी का आवेग थोड़ा थमने पर रणजीत ने कहा था, 'तुम कुछ दिनों के लिए घर क्यों नहीं चली जातीं। तुम्हें भी राहत मिलेगी और भाई साहब भी खुश होंगे। जानती हो, तुम्हारे मना करने पर वे कितना महसूस कर गए हैं।'

अपना आँखों से भीगा चेहरा उठाकर मम्मी ने सूखे कंठ से कहा था, 'कुछ मंजिलें ऐसी होती हैं रणजीत, वहाँ से लौटने की राह नहीं होती।'

रात के घुप्प अँधेरे में यह बात एकदम बिजली की तरह कौंध गयी। दीदी की बात कहते हुए मम्मी क्या अपना ही इतिहास नहीं दोहरा रही थीं ! दीदी की शादी तो महज एक अप्रिय घटना थी, पर मम्मी की शादी तो अपने साथ एक तूफान लायी थी। उम्र के इस पड़ाव पर खड़े होकर पता लगता है, मम्मी ने कितना उपहास सहते हुए यह कदम उठाया था। कितना भरा-पूरा ममतामय परिवार पीछे छोड़ आयी थीं और स्वागत को थे चार-चार जवान होते हुए बच्चे, जिनके हृदय प्रतिहिंसा और विद्वेष से धधक रहे थे। और पाटने को कितनी खाइयाँ थीं—जाति की, भाषा की, संस्कारों की और सबसे बढ़कर उम्र की।

कैसे निभाया होगा उन्होंने यह सब ? कैसे काटे होंगे ये लम्बे बारह वर्ष ?

कैसे जीवित रख पायीं अपनी अस्मिता, अपना अहं ?

मन एकदम पीछे दौड़ गया था। मई की उस बेफिक्र सुबह में हम चारों नाश्ते की मेज पर थे। पर रोज की तरह चीख-पुकार, छीना-झपटी, शोर-शराबा कुछ नहीं हो रहा था। महराज को अपनी शालीनता से चौंकाते हुए हम लोग चुपचाप कौर मुँह में ठूँसे जा रहे थे। मेज के बीचोंबीच पड़ा तार का गुलाबी कागज हम सबको मुँह चिढ़ा रहा था।

'नीरजा से शादी कर ली है।

रविवार को पहुँचूँगा।

—पापा'

उस छोटे-से वाक्य ने जैसे हम सबके मुँह के शब्द छीन लिये थे। और फिर एकाएक छोटे भैया मेज पर मुक्का मारकर चीखने लगे, 'मैं उसे घर से बाहर निकाल दूँगा और बुढ़ऊ को शूट कर दूँगा।'

'बकवास मत करो !' बड़े भैया गुर्राये।

'मुझे तो पहले ही पता था।' दीदी बोलीं।

'बकवास मत करो !' बड़े भैया फिर गुर्राये, 'किसी को कुछ पता नहीं था। यह केवल सरप्राइज की तरह हुआ। ए हेटफुल सरप्राइज।'

'बकुल तो बड़ी खुश हो रही होगी। मोस्ट फेवरिट नीरू दीदी...'

'क्या नीरू दीदी तुम्हारी फेवरिट नहीं थी ?' मैंने तड़पकर कहा और सब एकदम चुप हो गए।

मैंने झूठ नहीं कहा था। माँ के बिना भाँय-भाँय करते हुए इस घर के लिए नीरू दीदी सचमुच वरदान थीं। हम सभी अपनी-अपनी जरूरतों के लिए उनका मुँह ताकते थे। बड़े भैया उनका बुना स्वेटर पहने बड़ी शान से कॉलेज जाते थे। कॉलेज से लौटकर छोटे भैया बड़ी शान से चाय-नाश्ते की फरमाइश करते थे। मेरे लिए तो वे सबसे बड़ा आश्रय-स्थान थीं। माँ की याद जब असह्य हो उठती, तब उन्हीं की गोद में मुँह छिपाकर रो लिया करती थी। इसके अतिरिक्त डिबेट्स के लिए पाइंट्स तैयार करना, समारोह के लिए फैन्सी ड्रेस चुनना, रविवार के दिन धुले हुए बालों को सुलझाना—सारे काम उन्हीं को सौंपकर मैं निश्चिंत हो जाती थी। दीदी के पास इन फालतू कामों के लिए वक्त कहाँ था ! एक तो मेडिकल की पढ़ाई, दूसरे किशोर भाई...बस, उनका सारा समय इन्हीं में बीतता था। इसीलिए हर छोटी-छोटी बात के लिए नीरू दीदी का सहारा लेना पड़ता।

इस सबके बावजूद उनका यूँ अचानक माँ की जगह ले लेना किसी को अच्छा नहीं लगा—मुझे भी नहीं।

टैक्सी रुकी, तो हम लोग खिड़कियों से झाँक-झाँककर देखने लगे। अपना

सूटकेस लेकर नीरू दीदी उतरी थीं अकेली। वे चटनी कलर की कामदार चंदेरी साड़ी पहने थीं। प्यारा-सा खूब बड़ा-सा जूड़ा बना रखा था। माथे पर बड़ा-सा गोल टीका था और माँग में दप-दप करती गाड़ी सिंदूर की रेखा थी। नीरू दीदी एकदम अलग लग रही थीं...और खूब अच्छी।

'हलो एवरीबडी !' कुछ ही पल में उनके अभ्यस्त चरण उन्हें डाइनिंगरूम के दरवाजे तक ले आये थे। दोनों भैया तो पता नहीं कब से खिसक गए थे। लेकिन दीदी अपनी नाराजगी का खुला प्रदर्शन करती हुई उसके सामने से निकल गयीं। मुझे कुछ सूझ ही नहीं पड़ा, मैं वहीं कुर्सी से चिपकी बैठी रह गयी। क्षण-भर पहले खिले गुलाब-सा लगने वाला उनका चेहरा एकदम मुरझा गया।

'पापा कहाँ हैं ?' बड़ी देर बाद मैंने पूछा।

'यूनिवर्सिटी गए हैं। डीन ऑफ फैकल्टीज की मीटिंग थी शायद।' उन्होंने बुझी-सी आवाज में कहा।

इतना गुस्सा हो आया पापा पर। यहाँ परिस्थिति से जूझने के लिए उन्हें अकेले भेज दिया और खुद कायर की तरह यूनिवर्सिटी में जाकर दुबक गए।

एकाएक मुझे उन पर ममता हो आयी। अपनी कुर्सी खिसकाते हुए मैंने कहा, 'दीदी, आप बैठिए न ! मैं अभी चाय के लिए कहकर आती हूँ।'

लौटकर देखा, नीरू दीदी टेबुल पर सिर डाले चुपचाप बैठी हैं।

आँखों में एक अजीब-सा सूनापन घिर आया है।

'दीदी, चाय लीजिए। नाश्ता अभी लेंगी या पापा के साथ ?'

मैंने कुछ-न-कुछ बोलते रहने की गरज से कहा।

'तार कब मिला ?'

'अभी-अभी।'

'बहुत नाराज हो न तुम लोग !'

'दीदी, आप चाय ले लीजिए, ठंडी हो रही है।'

'बकुल !' इस बार उनकी आवाज खूब काँप रही थी, 'प्लीज, मुझे मम्मी कह सकोगी ?'

मैं स्तब्ध होकर देखती रह गयी।

'औरों से तो कहने की हिम्मत नहीं है, पर तुम पर शायद थोड़ा अधिकार है।'

'इस औरत के साथ मैं इस घर में नहीं रह सकती।' दीदी ने एक दिन अपना फैसला सुना दिया। उनकी इंटर्नशिप शुरू हो गयी थी। हर महीने एक छोटी रकम उनके हाथ आ रही थी, इसीलिए वे पापा से इस टोन में बात कर सकीं। यह तो अच्छा था कि नीरू दी....सॉरी मम्मी, वहाँ नहीं थीं। वे बहुत ही कम नीचे उतरतीं। पापा भी ऊपर अपने कमरे ही में रहते। पहले की तरह वहाँ दौड़-दौड़

जाना अब मुझे अच्छा नहीं लगता। किसी ने मुझे ये बातें सिखायी नहीं थीं, पर पता नहीं क्यों, अब इच्छा नहीं होती थी। पापा भी अब उतने अपने-से नहीं लगते थे।

दीदी के चले जाने के बाद एक दिन बड़े भैया ने अपने स्वर में कहा—'पापा, इस साल मेरा फाइनल है। सोचता हूँ, होस्टल में रह जाऊँगा, तो ठीक से पढ़ाई हो सकेगी।'

'अच्छी बात है', पापा ने कहा, 'अभय, तुम ?'

'होस्टल।' छोटे भैया का दोटूक उत्तर था।

मुझे डर हुआ, अब शायद मुझसे पूछेंगे। दरअसल मेरी समझ में कुछ नहीं आ रहा था। घर से बाहर रहने का कभी अवसर नहीं आया था। और घर भी अब पहले का-सा नहीं लग रहा था।

सब लोगों के चले जाने के बाद तो एकदम ही खाली-खाली-सा लगने लगा था। खाने की मेज पर हम तीनों ही होते। मेरा खूब लाड़ होता, पर मैं पहले की तरह चहकना ही भूल गयी थी। घूमने जाते समय मम्मी-पापा मुझे साथ ले जाते थे। पर हर बार अपनी उपस्थिति बहुत गैर जरूरी-सी लग उठती थी और सारा उत्साह फीका पड़ जाता था।

यूँ भी घर से बाहर निकलना सुखद नहीं था। लोगों की आँखें और फुसफुसाहटें हमारा पीछा करती होतीं। छुट्टियाँ तो हम लोगों ने ताश-कैरम के सहारे गुजार दी थीं, लेकिन स्कूल-कॉलेज खुलते ही हम लोग परेशान हो उठे। लड़कियाँ इतने ऊटपटाँग प्रश्न पूछतीं, टीचर्स कुछ ऐसी नजरों से मुझे देखतीं कि भाग जाने की इच्छा हो जाती। और जब ये बातें घर के भीतर भी पहुँचने लगीं तो अपमान और लज्जा के ये क्षण बहुत ही कठिन होते। मेरे कारण तो और भी ज्यादा और इसीलिए एक सुबह मेरे लिए भी होस्टल का निर्णय ले लिया गया। दीदी होस्टल में मिलने आयी थीं, छूटते ही बोलीं, 'चलो, यह भी अच्छा हुआ। सारी भीड़ छंट गयी। लोग-बाग अब जी भरकर हनीमून मनाएँगे।'

सुनकर अच्छा नहीं लगा। कम-से-कम पापा का लिहाज तो जरूरी था। लेकिन इतना ऊँच-नीच दीदी रानी कब सोचती थीं।

शुरू-शुरू में होस्टल अच्छा नहीं लगा था। रविवार की बेसब्री से प्रतीक्षा रहती। पापा लेने आते, तो लगता, पिंजरे से छूटकर भाग रही हूँ। घर का दिनोंदिन निखरता रूप अच्छा लगता। बरामदे में खड़ी बाट जोटती मम्मी बहुत अपनी लगतीं।

पर धीरे-धीरे यह कार्यक्रम रुटीन बन गया और उसमें भी ऊब महसूस होने लगी। सहेलियों को छोड़कर घर के उस एकांत सुनसान में जाने से जी कतराने लगा। रविवार की छुट्टी बरबाद करने की इच्छा नहीं होती।

अच्छा हुआ, मम्मी-पापा जल्दी ही इसे समझ गए। वैसे भी इन्हें समझाने के सौ बहाने मेरे पास थे—कभी पढ़ाई का, कभी पिकनिक, तो कभी पिक्चर का।

उस दिन हम सबको स्कूल-बस से पातालपानी ले जाया गया था। फाल के सिरे पर बस के रुकते ही हम सब लोग कूद पड़े थे। एक होड़-सी थी—ऊबड़-खाबड़-सी पहाड़ी सीढ़ियों को लाँघकर कौन सबसे पहले पानी के पास पहुँचेगा। मैं सबसे आगे थी, क्योंकि बीसों बार देखी हुई जगह थी मेरी। लेकिन कुछ दूर जाकर ही मैं ठिठक गयी। सामने कुछ दूर पर किशोर भाई अपनी मोटर साइकिल लिये दोस्तों के साथ खड़े थे।

'जीजाजी !' मैंने आवाज दी और दौड़कर उनके पास पहुँच गयी। दीदी लोग डाँटेंगी, इसका भी ध्यान नहीं रहा।

'जीजाजी, नमस्ते !' मैंने खुशी से किलकारियाँ भरते हुए कहा। उन्होंने पलटकर देखा, चेहरे पर जैसे बर्फ जमी हुई थी।

'मेरा नाम जानती हो, बकुल ?' बहुत ही सख्त स्वर में उन्होंने कहा, 'मुझे मेरे नाम से बुलाया करो।'

मैं फटी-फटी आँखों से देखती रह गयी। पीछे से किसी ने पुकारा, तब जाकर होश आया कि मैं अपना ही तमाशा बना रही हूँ। किसी तरह चलकर अपने ग्रुप तक पहुँच पायी मैं।

आउटिंग का सारा मूड तो हवा हो ही चुका था।

उसके कई दिनों बाद दीदी से मुलाकात हो पायी थी। उन्हें देखते ही अपमान की कड़वी याद ताजा हो आयी और मेरी आँखें डबडबा आयी थीं, 'आपके किशोर भाई ने इतनी इंसल्ट की थी हमारी उस दिन। मैं अब कभी भी उनसे बात नहीं करूँगी।' मैंने मुँह फुलाकर कहा।

'मत करना, वह तुम्हें मनाने भी नहीं आएगा।' दीदी का स्वर और चेहरा इतना रूखा था कि मैं सहम-सी गयी...'और अब वह मेरा किशोर भी नहीं है।' बड़ी देर बाद उन्होंने सपाट स्वर में कहा।

'क्यों ?'

लेकिन प्रश्नों के उमड़ते सैलाब को मन ही में रोक लेना पड़ा। दीदी से कुछ पूछने का साहस नहीं था। और फिर कुछ दिन बाद तो वह बात भूल भी गयी मैं।

फिर पता नहीं कैसी छुट्टी थी, पर इतना याद है दो दिन के लिए घर गयी हुई थी। होस्टल की अनुशासनबद्ध जिंदगी के बाद नौ बजे तक बिस्तर में लेटना बड़ा प्यारा मालूम हो रहा था। नींद तो क्या आती, पर लिहाफ में लेटने का सुख छोड़ते नहीं बन रहा था।

'बकुल, देख तो !' पापा एकाएक मेरे कमरे में आए, तो मैं चौंक पड़ी। एक अरसा हो गया था, वे मेरे कमरे में नहीं आए थे। मैं हड़बड़ाकर उठ बैठी।

'यह कार्ड देख।' उन्होंने एक 'वेडिंग कार्ड' मेरी ओर बढ़ाते हुए कहा।

बचपन में बड़ा शौक था मुझे 'ग्रीटिंग कार्ड्स' और 'वेडिंग कार्ड्स' इकट्ठा करने का। पर अब वे बातें कितनी दूर की लगती थीं, हालाँकि अभी मैं औरों के लिए 'स्कूल-गर्ल' ही थी।

'कितना प्यारा है न !' मैंने उस लंबे-चौड़े कार्ड के सुनहले, मखमली धरातल पर हाथ फेरते हुए, जरी के धागे से खेलते हुए कहा।

'खोलकर तो देख।' पापा ने कहा। मैंने खोला और दो बड़े-बड़े शब्द मेरी आँखों में चुभ गए—

किशोर
और
भारती

जबकि कायदे से यहाँ नाम दीदी का होना था।

'यह कैसे हो सकता है ?' और इसके साथ ही मुझे दीदी से पिछली वाली मुलाकात याद हो आयी।

'तैयार हो जा बकुल, शकुन के पास चलते हैं।' पापा ने कहा और उठकर चले गए।

मैं साथ जाकर क्या करूँगी, मैंने सोचा। पर शायद पापा अकेले नहीं जाना चाहते थे। मन-ही-मन दीदी से डरते थे शायद। और मम्मी के साथ जाने का प्रश्न ही नहीं उठता था।

चले तो थे हम दीदी के होस्टल के लिए। लेकिन पापा ने जब स्कूटर वाले को राज मुहल्ले का पता दिया, तो मैं चौंक पड़ी, 'हम लोग कहाँ जा रहे हैं ?'

'किशोर के यहाँ !' पापा ने जवाब दिया। उनकी आवाज जैसे बहुत दूर से आ रही थी।

राज मुहल्ले के उस आलीशान बँगले पर वैसी ही हलचल थी, जैसी अकसर शादी वाले घरों में हुआ करती थी। ढेर सारे लोग और ढेर सारा सामान इधर-उधर बिखरा था।

जज साहब हमें देखते ही इस कदर झेंप गए कि ढंग से नमस्ते भी न करते बनी। लेकिन पता नहीं कहाँ से माताजी पहुँच गयीं और उन्होंने मौके को बड़ी खूबसूरती से सँभाल लिया। लंबी-चौड़ी मुसकराहट बिखेरते हुए बोलीं, 'अहा, डॉक्टर साहब आए हैं। कार्ड तो मिल गया होगा न। मैंने कल ही पोस्ट करवाए हैं।'

'जी, मिल गया था, तभी तो हाजिर हुआ हूँ।' (क्या यह पापा ही बोल रहे थे ?)

'वह तो आपको आना ही था, घर के आदमी हैं आप तो। यह कौन, आपकी छोटी बेटी है न ! एकदम लंबी हो गयी है। हू-ब-हू अपनी माँ पर गयी है।'

'किशोर की शादी एकाएक तय हो गयी, हमें पता भी न चला।' बहुत ही सधे स्वर में कही गयी इस बात से जज साहब सहमकर रह गए। पर माताजी

बड़ी पुख्ता मिट्टी की बनी हुई थीं। परेशान-सी मुद्रा बनाकर बोलीं, 'अब आपको क्या बताऊँ ! लड़की वालों ने हमारी नाक में दम कर रखा था। पिछले छह-सात महीनों में तो यह हाल रहा कि सुबह एक आ रहा है, तो शाम को दूसरा। किस-किस को मना करें, और मना करने का कोई कारण भी तो हो। इन मसूरी वालों ने तो हद कर दी। लड़की यहाँ दिखाने ले आए और बोले—पसंद हो तो बोलिए, हम शगुन करके ही जायेंगे। दरअसल उन्हें जरा जल्दी थी। दोनों बड़े लड़के इंग्लैंड में हैं। उनकी छुट्टियाँ खत्म होने को हैं। बताइए, बार-बार इतनी दूर से आया जाता है कहीं। फिर हमने भी सोचा, लड़की अच्छी है, घर भी अच्छा है। बेकार देर करने से क्या लाभ ! एक बार लड़कों की उम्र निकल जाए, तो फिर अच्छे संबंध भी नहीं आते।'

'मेरा खयाल था, आप लोग शकुन के बारे में जानते होंगे। फर्स्ट ईयर से दोनों साथ हैं।' पापा ने किसी तरह उनकी मेल ट्रेन को बीच में ही रोककर कहा।

'वह तो कोएजुकेशन का जमाना है जी।' जज साहब ने इतनी देर बाद मुँह खोला, 'और फिर मेडिकल में तो ये लोग इतने फ्री होते हैं कि कुछ पता ही नहीं चलता।'

पापा का चेहरा गुस्से से तमतमा उठा।

माताजी फिर मौके की नजाकत को समझकर बोलीं, 'हाय डॉक्टर साहब, आप इतनी देर बाद आए हैं। कार्ड्स न छपे होते, तो मैं सगाई भी तोड़ देती। शकुन इस घर में आती तो मुझसे ज्यादा खुश कौन होता। देखीभाली लड़की है, फिर घर में सभी उसे चाहते हैं। पर देखिए न, इस तरह की कभी कोई बात ही नहीं उठी। किशोर भी अगर कभी कुछ कहता...'

'किशोर ने भी कुछ नहीं कहा ? तब तो फिर मुझे कुछ नहीं कहना है।' और पापा एकदम उठकर चल दिए। चाय की प्यालियाँ और मिठाई की तश्तरियाँ मुँह चिढ़ाती रह गयीं।

'मैं अपनी शकुन के लिए ऐसा राजकुमार लाऊँगा कि ये लोग देखते रह जाएँगे।' ताँगे में बैठते हुए पापा ने गुस्से में दाँत पीसते हुए कहा। उनके चेहरे पर करुणा, वात्सल्य और रोष का मिला-जुला भाव था। बहुत दिनों बाद वे मुझे पहले वाले पापा लगे थे। पापा, जो बच्चों को बेहद प्यार करते थे—खासकर दीदी को। पहली संतान होने के कारण उनकी सारी ममता, सारी आकांक्षाएँ दीदी पर केन्द्रित थीं। दीदी को लेकर अकसर वे माँ से लड़ पड़ते थे। कहते, 'उसे परेशान मत किया करो। उसे तुम्हारी तरह चूल्हा-चौका नहीं करना है जिंदगी-भर।'

माँ भुनभुनाकर चुप हो जातीं। पर जब भी कोई बात पापा से मनवानी होती, तो दीदी को ही आगे किया जाता। हम भाई-बहनों को भी यह रहस्य ज्ञात था। घर में कोई भी नयी चीज आती, उसके लिए दीदी की सिफारिश जरूरी थी। त्यौहारों पर मिठाई भी बनती, तो उनकी फरमाइश पर। छुट्टियों का प्रोग्राम भी बनता, तो

उनकी पसंद से! माँ की मृत्यु के बाद तो जैसे घर में उनका एकछत्र साम्राज्य हो गया था।

मम्मी के घर में आते ही दीदी अपने उस सार्वभौम साम्राज्य को छोड़कर होस्टल के इस कमरे में आ गयी थीं। उनके प्रति अन्याय से क्षुब्ध, उनकी व्यथा से भीगे पापा जब उस कमरे तक पहुँचे, तब वे सो रही थीं।

'आज हॉस्पिटल नहीं गयीं ?' मैंने पूछा।

'नहीं, आज छुट्टी थी।' कमरे के बीचोंबीच स्टूल पर रखा हुआ किशोर भाई की शादी का कार्ड देखकर छुट्टी का कारण समझ में आ गया और इस बेवक्त की नींद का भी।

अलमारी में एक पत्रिका पड़ी थी। उसे लेकर मैं तो खिड़की पर जा बैठी। एक छोटी-सी जगह में इससे दूर जाना संभव भी नहीं था। पापा ने जैसे प्रश्नों की झड़ी लगा दी थी। बड़ी देर बाद दीदी ने बस इतना ही कहा, 'उसकी इच्छा थी कि दूसरे वधू-पिताओं की तरह आप भी थैली लेकर क्यू में खड़े हो जाते।'

'किशोर की इच्छा थी ?'

'इच्छा शायद उसके माँ-बाप की थी, पर उसने उनका विरोध भी नहीं किया था। इकलौता लड़का है न, माँ-बाप का मन कैसे तोड़ देता बेचारा !'

'और इतनी-सी बात के लिए तूने...?'

'बात छोटी थी, पर अपमानजनक थी। मुझसे सहन नहीं हुआ।'

'मुझसे एक बार कहना तो था, पगली !'

'किसी की बात सुनने की आपको फुरसत ही कहाँ थी !' दीदी ने जैसे पत्थर फेंककर मारा। पत्रिका के पन्नों पर यूँ ही घूमने वाली नजरों को उठाकर मैंने देखा, वेदना से पापा का चेहरा काला पड़ गया था। मुझे भी बहुत बुरा लगा। बात चाहे सच ही हो, उसे क्या इस तरह मुँह पर फेंककर मारना चाहिए।

लेकिन सारा दुःख, सारा अपमान पीकर भी पापा जी-जान से दीदी के लिए वर खोजने में जुट गए थे। हायर सेकंडरी की परीक्षा से निवृत्त होकर घर पहुँची थी, तो पापा ने जन्म-कुंडलियों की कॉपी करने का काम मुझे सौंप दिया था। रोज की डाक में कम-से-कम एक पत्र तो ऐसा होता, जिसमें किसी नये रिश्ते का पता-ठिकाना होता, या कोई फोटो या जन्मकुंडली होती। दस नामों में एक-दो लड़के ऐसे निकलते, जिन्हें दीदी के योग्य समझा जाता। उन लोगों के ही फोटो मँगाये जाते।

मेरे जन्मदिन का बहाना लेकर उस दिन दीदी को घर बुला लिया गया था। खाना खाते हुए पापा बिलकुल सहज स्वर में बोले, 'शाम को दोनों बहनें जाकर एक फोटो खिंचवा आना। यादगार रहेगी।'

स्टूडियो में मैंने मचलते हुए कहा था, 'दीदी, एक फ़ोटो अपनी अलग से उतरवाइए न।'

'पापा ने सिखाकर भेजा होगा. क्यों ?' उन्होंने मुझे घूरते हुए पूछा। फिर हँस पड़ीं और एक प्यारा-सा पोज लेकर कैमरे के सामने बैठ गयीं। अपनी इस सफलता पर मैं फूली न समायी थी। पापा ने भी मुझे खुश होकर शाबाशी दी थी। रात के खाने पर भी उनका मूड बहुत अच्छा रहा था। कई दिनों बाद उनके ठहाके, उनके लतीफे सुनायी दे रहे थे।

छोटे भैया ने तो कुटिलता से व्यंग्य भी किया, 'आज पापा को क्या हो गया है ?'

उठते हुए पापा ने कहा, 'खाना खा लो तो पाँच मिनट के लिए मेरे पास आना। जरूरी काम है।'

'जी, बहुत अच्छा।' दीदी जैसे आज शालीनता की प्रतिमूर्ति बनी हुई थीं। दीदी के पीछे-पीछे दबे पाँव मैं और छोटे भैया भी पहुँच गए थे और पर्दे की आड़ में साँस रोके खड़े रहे।

पापा की मेज पर पाँच-छह फोटो पड़े हुए थे और पापा ब्योरेवार सबका वर्णन कर रहे थे। अंत में बोले, 'मुझे कोई जल्दी नहीं है। आराम से सोच-समझकर मुझे बताना। छुट्टियाँ शुरू होते ही मैं इस मिशन पर निकल जाऊँगा। इस साल मुझे यह काम कर ही देना है।'

दीदी इतनी देर तक मूर्तिवत् बैठी सुन रही थीं। उन्होंने एक नजर भी उठाकर उन तस्वीरों पर नहीं डाली थी। पापा के चुप होते ही बोलीं, 'पापा ! इस जून में मैं कैलिफोर्निया जा रही हूँ।'

'क्या ?' हम लोगों के मुँह से भी हठात् निकल पड़ा और हम डर के मारे भाग खड़े हुए।

'किसी समय पापा का सबसे बड़ा सपना था, दीदी को अमरीका भेजने का। कर्ज लेकर भी वे अपनी जिद पूरी करते। पर दीदी ने जिस तरह अपने आप सब-कुछ तैयार कर लिया था, उससे साफ जाहिर था कि पापा को उन्होंने फालतू सामान की तरह जीवन से अलग निकालकर फेंक दिया था।

इस धक्के से वे एकदम भीतर-ही-भीतर टूट गए थे। एकदम बूढ़े लगने लगे थे।

इस परिवर्तन को अनदेखा करके दीदी अपनी ही तैयारियों में व्यस्त थीं। दिन-भर शॉपिंग में निकल जाता, सुबह-शाम मित्र-परिवारों में। कभी कोई प्रोग्राम बनता, कभी कुछ। जाने से आठ-दस दिन पहले बड़े भैया ही उन्हें घर लिवा लाये थे। पापा ने फिर कुछ नहीं कहा था। सब-कुछ देखते रह गये थे। यह तो बाद में मेहता अंकल ने बताया था कि सिक्यूरिटी का प्रबंध भी पापा ने ही किया था और रुपयों की व्यवस्था भी। पर दीदी के रवैये से डरकर उसे जाहिर नहीं किया था।

और मम्मी ! वे इन दिनों कहाँ थीं ? घर के किसी कोने में जलने वाली

अगरबत्ती की तरह चुपचाप अपने अस्तित्व की सुगंध बिखेर रही थीं। पर हममें से किसी को भी उनका खयाल न था। इस तूफानी दौर में भी घर अपनी सामान्य गति से चल रहा था, इसका श्रेय उन्हीं को था। दिन-भर वे किचन में व्यस्त रहतीं, क्योंकि घर पर दिन-भर लोगों का आना-जाना बना रहता था। इस आपाधापी के बीच भी उन्होंने दीदी के लिए एक शाल काढ़ा था, एक कार्डिगन बुना था। प्यारी-सी दो साड़ियाँ भी वे दीदी के लिए लायी थीं, पर एक छोटी-सी 'थैंक्यू' के अतिरिक्त दीदी ने उसका कोई प्रतिदान नहीं दिया था।

विदा वाले दिन स्टेशन पर बंधु-बांधव, मित्र-परिवारों की अपार भीड़ उमड़ पड़ी थी। उतने-से समय में हर किसी से हँस-बोल पाना बड़ा कठिन काम था। पर दीदी बड़ी चतुराई से, कौशल से यह कठिन काम अंजाम दे रही थीं। अपने गुरुजनों से, सहयोगियों से हमारा परिचय करवा रही थीं। किसी को पत्र लिखने का वचन दे रही थीं, किसी को कोई वस्तु भेजने का वादा कर रही थीं। अजीब-सी गहमागहमी थी वातावरण में।

पापा-मम्मी भीड़ से अलग-थलग एक कोने में खड़े थे। सच तो यह है, उनके इस तरह दूर खड़े होने का भान भी नहीं था। गार्ड की सीटी होते ही दीदी को सबसे पहले याद आया। उन्होंने शीघ्रता से पापा के पैर छुए और मम्मी से कहा, 'अच्छा नीरू, बाऽऽय !' और भीड़ को चीरती हुई कंपार्टमेंट तक पहुँच गयीं। पापा के निःशब्द आशीर्वाद उन तक पहुँचे भी या नहीं, कौन जाने !

गाड़ी जब चली, तब प्लेटफार्म पर कितने ही रूमाल लहरा रहे थे। मेरे हाथों में फूलमालाओं का ढेर था, जो दीदी को पहनायी गयी थीं, और आँखों में आँसू।

दोनों भैया दिल्ली तक दीदी के साथ गए थे। स्टेशन से भारी मन लिये हम तीनों ही लौट आये। घर जैसे काटने को दौड़ रहा था। पिछले आठ-दस दिन तक जैसे यह शादी का घर बना हुआ था। सारी रौनक एक व्यक्ति के जाते ही विदा हो गयी।

दिन भर हम लोग अपने-अपने कमरों में कैद रहे। कहीं जाने की, किसी से बात करने की इच्छा ही नहीं हो रही थी। रात खाने की मेज पर ही हम लोग एकत्र हुए। उतनी बड़ी मेज पर हम तीनों—बस !

पहला कौर लेते ही पापा ने कहा, 'सब्जी में नमक नहीं है क्या ?'

मम्मी ने चखकर देखा, 'ओह ! भूल गयी शायद !'

'यह क्या बेहूदगी है !' पापा एकदम गरम हो उठे, 'एक चीज ढंग से नहीं बना सकतीं तुम ?' जिस दिन महराज नहीं हो, उसी दिन खाना मिट्टी हो जाता है। किससे पूछकर छुट्टी दी उसे तुमने ?'

मम्मी स्तब्ध होकर फटी-फटी आँखों से उन्हें देखती रह गयीं। यह शायद पहला अवसर था, जब पापा ने मम्मी से इतनी कठोर बात कही थी। फिर तो

जैसे यह सिलसिला-सा चल पड़ा। दिन भर मेरा मन घबराया-सा रहता कि पता नहीं कब, किस बात पर पापा गरम हो उठें। उनकी इस बमबारी के सम्मुख मम्मी निरीह लगतीं। कॉलेज की डिबेट्स में हमेशा इनाम जीतने वाली मम्मी पापा के उन तर्कहीन आरोपों का कोई उत्तर नहीं दे पाती थीं। पर लगता था, कोई चीज है, जो धीरे-धीरे उनके भीतर ढहती जा रही है। उनका चेहरा देखकर इसका अहसास होता था।

कितने बदल गये थे पापा ! अब तो यह बात कपोल-कल्पना-सी लगती थी कि इसी आदमी की पीठ पर मैंने कभी घुड़सवारी की है, कंधे पर चढ़कर अमरूद तोड़े हैं, गुड़िया के लिए या गुब्बारे के लिए जिद की है। और माँ की मृत्यु के बाद इसी गोद में विश्राम पाया है।

छुट्टियाँ समाप्त हुईं और साथ ही मेरी परेशानी भी। कॉलेज की रंगीन दुनिया मेरी प्रतीक्षा कर रही थी। बड़े भैया बंबई की एक बड़ी कंपनी में चले गए थे और मेरे लिए अच्छा-खासा जेब-खर्च भेज देते थे। दीदी तो मेरे लिए उपहारों की वर्षा-सी कर रही थीं और मेरे पास इंपोर्टेड कपड़ों, सेंट्स और कॉसमेटिक्स का ढेर लग गया था। जब भी कोई उपहार आता, मुझे बड़ा संकोच होता था। एकाध चीज मम्मी के लिए भेजतीं, तो क्या हो जाता !

पापा के लिए भी उन्होंने वहाँ से सिर्फ पहुँच की चिट्ठी लिखी थी, बस। बाकी तो हमारे पत्रों में प्रणाम भर रहता। बड़े भैया जरूर कभी-कभार एकाध कार्ड पापा को डाल देते थे। पर अक्सर मेरे पत्र में ही दो-चार लाइनें उनके लिए लिख देते। बच्चों के साथ जैसे उनका संवाद टूट-सा गया था। छोटे भैया कभी-कभार दर्शन दे देते—पैसों के लिए। पापा न पिछला हिसाब पूछते, न कारण पूछते। बस जो माँगते, वह हाथ में रख देते। बाप-बेटों में जैसे बस जरूरत भर का ही संबंध रह गया था।

मेरी बहुत इच्छा थी होस्टल ज्वॉइन करने की। दो साल तक होस्टल में रहने के बाद घर पर अच्छा नहीं लगता था। फिर कॉलेज होस्टल का जीवन कुछ स्वच्छंदता से जीने की भी आशा थी। कम-से-कम स्कूल जैसी छोटी-छोटी बंदिशें तो वहाँ नहीं होतीं। पर मम्मी ने मुझे रोक लिया। बोलीं, 'खाली घर काटने को दौड़ता है। तुम रहोगी तो कुछ रौनक रहेगी।'

मजबूर मुझे रह जाना पड़ा। रौनक तो खैर मेरे बलबूते पर क्या होती, पर लगा, मम्मी अकेलेपन से नहीं, पापा से खौफ खाने लगी हैं। इसीलिए अपना मनोबल बनाए रखने के लिए मेरा सहारा लिया जा रहा है। दिन-पर-दिन इसी एकरसता में बीत रहे थे और महीनों की शकल में बदल रहे थे।

सहसा एक दिन लगा कि इस मुर्दा माहौल में भी कुछ हलचल हो रही है। कुछ रौनक, कुछ गहमा-गहमी हो रही थी। मालूम हुआ, पापा की नयी पुस्तक का विमोचन समारंभ है। खूबसूरत कार्ड्स छपकर आ गए थे, जिन पर मोटे अक्षरों

में पुस्तक का नाम चमक रहा था—'वेदकालीन भारत की सांस्कृतिक संपदा'। पापा की इससे पहले भी दो-तीन पुस्तकें प्रकाशित हुई थीं, पर उनके प्रकाशन-समारोह की मुझे याद नहीं थी। शायद इतने बड़े पैमाने पर कुछ हुआ भी नहीं था। इस बार तो सचमुच एक उत्सव का-सा वातावरण था। मैंने बड़े भैया को सूचित कर दिया था और उनका बधाई का तार भी ठीक समय पर पहुँच गया था। लेकिन छोटे भैया जान-बूझकर 'टिंद्द फाल्स' देखने निकल गए थे। उनके जाने से वैसे कोई हानि भी नहीं हुई थी। पापा के ढेरों विद्यार्थी काम में जुट गए थे। बैठने की व्यवस्था से लेकर प्लेटें सजाने तक का काम उन्हीं लोगों ने किया था।

शाम को मम्मी एक रेशमी बातिक की साड़ी और ढीली-सी चोटी डालकर बैठ गयीं। मैं इतना कहती रह गयी, पर न उन्होंने कपड़े बदले, न हेयर स्टाइल। बड़ी मुश्किल से जिद करके एक बड़ा-सा पीला गुलाब उनके बालों में लगा पायी मैं, पर थोड़ी देर बाद देखा, वह भी नदारद था। मुझे देखकर अपराधी भाव से बोलीं, 'ठीक से पिन नहीं किया था क्या ? पता नहीं, कहाँ गिर गया !'

मैं मुँह फुलाकर बैठ गयी। जब उन्हें ऐसे ही अच्छा लगता है, तो ठीक है। मुझे क्या गरज पड़ी है ! पर गुस्से का उबाल धीरे-धीरे कम होने लगा, तो जैसे इस विराग का कारण मेरी समझ में कुछ-कुछ आने लगा। पिछले महीने वार्षिकोत्सव पर मम्मी-पापा को मैं खींचकर कॉलेज ले गयी थी। मुझे पुरस्कार मिलने थे, इसीलिए पापा मेरा अनुरोध टाल नहीं पाए थे।

कॉलेज कैम्पस में प्रवेश करते ही सहेलियों ने मुझे घेर लिया था, 'तेरी दीदी कब आयी रे अमरीका से ? छुट्टी पर आयी है, या हमेशा के लिए आ गयी है ?'

'धत् पगली ! ये तो उसकी मम्मी हैं।' किसी ने बताया था।

'हाय मम्मी ?' वह चीखी थी, 'हाय राम ! कितनी यंग लगती हैं।'

'स्टेप मदर हैं।' कोई फुसफुसाया था।

'सच्ची ? कितनी स्वीट हैं न !'

इस बातचीत से मैं संकोच से भर उठी थी। सचमुच मम्मी उस दिन बड़ी 'स्वीट' लग रही थीं। प्याजी रंग की बनारसी साड़ी में उनका गोरा रंग निखर आया था। मेरी जिद पर उन्होंने अपना बारीक मोतियों वाला सेट पहना लिया था। उनका सजा-सँवरा व्यक्तित्व देखने वालों को बाँध ले रहा था...और उनकी तुलना में पापा एकदम बूढ़े लग रहे थे।

पापा ने घर पहुँचने तक का भी सब्र नहीं किया। टैक्सी में बैठते ही बोले, 'कितना ज्यादा मेकअप किया है तुमने आज। जरा सलीके से साज-सिंगार किया करो। अब कॉलेज में पढ़ने वाली लड़की तो नहीं हो।'

अँधेरे में मम्मी का चेहरा नहीं देख पायी मैं, पर बार-बार यही लगता रहा, पापा यह सब मेरे सामने न कहते तो अच्छा था।

उस प्रसंग को याद करके अपने ऊपर ही खीझ उठी मैं। क्यों बार-बार जिद

करती हूँ मैं; जबकि मालूम है, पापा को यह सब जरा अच्छा नहीं लगता।

शाम से ही मेहमान जुड़ने लगे। प्रिंसिपल साहब थे, कुछ पापा के सहयोगी थे, कुछ मित्र, कुछ विद्यार्थी। चालीस-पचास लोगों का मजमा था। छत पर ही सब लोगों के बैठने की व्यवस्था की गयी थी, जिसे पापा के विद्यार्थियों ने दिन-भर बैठकर सजाया था।

प्रिंसिपल साहब की अध्यक्षता में समारोह प्रारंभ हुआ। धुआँधार भाषण हुए। मेरे पल्ले कुछ नहीं पड़ा। बस, इतना समझ में आ रहा था कि पापा की तारीफ हो रही है। और अंत में पुस्तक का विमोचन प्रिंसिपल साहब के कर-कमलों द्वारा सम्पन्न हुआ। पापा ने वह प्रति बड़े ही विनय के साथ उन्हें भेंट की। ताली की गड़गड़ाहट से आकाश गूँज उठा।

कुछ ही देर में पुस्तक की प्रतियाँ मेहमानों के हाथों में घूम रही थीं। तीस रुपये मूल्य की वह भारी-भरकम पुस्तक थी, कई दुर्लभ चित्रों के साथ। पन्ने उलटते हुए मेरी दृष्टि 'समर्पण' वाले पृष्ठ पर टिक गयी :

शीला को,
जिसका स्नेहमय सान्निध्य
मेरी प्रेरणा था,
जिसकी पवित्र स्मृति
मेरा संबल है।

इतना गुस्सा आया। इस 'हिप्पोक्रेसी' की भला क्या जरूरत थी ! अपनी दिवंगत पत्नी के प्रेम का ढिंढोरा पीटना क्या इतना आवश्यक था ? माँ का स्नेहमय सान्निध्य ! वाह ! कम-से-कम पुस्तकों के संबंध में तो माँ की भूमिका स्नेहमयी नहीं थी। पापा के पढ़ने वाले कमरे में बहुत ही कम जाती थीं। एक तो एकांत के लिए वह ऊपर बनवाया गया था और विद्यार्थियों की सुविधा के लिए जीना भी बाहर की ओर से ही था। दिन-भर अपने पढ़ने-लिखने में ही व्यस्त रहने वाले पापा पर वे अकसर खीझ भी उठती थीं—'घर चलाने का ठेका क्या मैंने अकेले ही ले रखा है ?'

अपने विद्वान् पति पर नाज उन्हें जरूर था। पापा का भाषण सुनने जरूर जातीं और गंभीर मुद्रा बनाकर स्टेज पर बैठी रहतीं। मंत्रमुग्ध श्रोताओं को देखना उन्हें अच्छा लगता। इसी तरह पापा की पुस्तकों में लेखक की जगह छपा हुआ पति का नाम भर पढ़कर वे कृतार्थ हो जाती थीं। उन्हें पढ़ने की कभी उन्होंने हिम्मत नहीं की। पापा को उनसे किस तरह की प्रेरणा मिलती थी, वे ही जानें। लेकिन अगर ऐसा था, तो पहले भी तो उनकी पुस्तकें निकली थीं। उनमें माँ को याद क्यों नहीं किया गया ? या शायद इसके लिए 'स्वर्गीय' की उपाधि जरूरी है।

और माँ की पवित्र स्मृति ? इतना बड़ा मजाक कैसे कर सके पापा ? इतनी

ही उस स्मृति में कशिश थी, तो चार-चार बच्चों के होते हुए भी दूसरा विवाह कैसे कर सके वे ? और वह भी अपने से सोलह वर्ष छोटी अपनी विद्यार्थिनी के साथ !

विवाह कैसी भी परिस्थिति में हुआ हो, पर मम्मी ने अपना कर्तव्य पूरी तरह निभाया था। इस पुस्तक का असली श्रेय उन्हीं को जाता था। शादी से पहले और शादी के बाद भी इस पुस्तक पर उन्होंने अपार मेहनत की थी। लायब्रेरी से पुस्तकें जुटायी थीं, रात-रात जागकर नोट्स तैयार किये थे, टाइपिस्ट के साथ घंटों दिमाग खपाया था। कई-कई बार प्रूफ देखे थे। परंतु पूरी पुस्तक में उनका कहीं नाम भी न था। कृतज्ञता के दो शब्दों की हकदार तो वह भी थीं।

प्लेटें लगाते हुए मैंने कहा, 'मम्मी ! आपके साथ बड़ा अन्याय हुआ है।'

'कैसा अन्याय ?'

'समर्पण तो आपके नाम होना चाहिए था।'

'इससे क्या फर्क पड़ता है। बड़ों का हक तो उन्हें देना ही चाहिए।'

'और काम सारा जो आपने किया है ?'

'तो क्या हुआ ? काम तो मैंने विद्यार्थी की हैसियत से किया है। अब ये इतने लोग नहीं कर रहे हैं ? बस, मेरा भी अंशदान ऐसा ही है। और उन्होंने लिखा तो है—मेरे छात्रों ने बहुत सहायता दी है।'

मन हुआ, जबरदस्ती इस औरत के दिल में झाँककर देखूँ—क्या सचमुच ही कहीं जरा-सी भी खरोंच तक नहीं आयी है !

रणजीत से पहली भेंट इसी पार्टी में हुई थी। पापा ने ही परिचय करवाया था, 'बकुल, ये हैं रणजीत खन्ना। मेरे बहुत अच्छे विद्यार्थियों में से थे। अब आई. ए. एस. हैं और यहाँ डिप्टी कलेक्टर बनकर आए हैं।'

'सर, आप कौन हैं ?'

'अरे, इसे नहीं पहचाना ! यह अपनी बकुल है। उस समय बहुत छोटी रही होगी शायद।'

'अच्छा ! बकुलजी, आप पढ़ती हैं ? कहाँ ? किस इयर में ? क्या विषय हैं ?'

वे प्रश्न पूछते रहे, मैं उत्तर देती रही। पर उस भव्य व्यक्तित्व के सम्मुख बार-बार सिकुड़ी-सिमटी जा रही थी।

'अच्छा तो, बकुलजी, इजाजत है ?' जाते हुए उन्होंने हाथ जोड़कर कहा, तो मैं अभिभूत हो गयी। पहली बार किसी ने मुझे इतना सम्मान दिया था। घर-बाहर सभी के लिए मैं अब तक खिलंदड़ी बकुल ही थी।

'अच्छा नीरू, चलता हूँ। कभी घर पर आओ न !'

'तुम भी आना न मिसेज को लेकर। आज ही ले आते, तो परिचय हो जाता।'

'आज तो वह बोर हो जाती, इसलिए नहीं लाया। किसी दिन जरूर लेकर

आऊँगा। अच्छा !' और हम सबको बड़ी अदा से नमस्कार करते हुए वे चले गए।

'आप जानती हैं इन्हें ?' मैंने मम्मी से पूछा।

'हाँ, हमारे पड़ोसी थे। बाद में बी. ए. भी हम लोगों ने साथ ही किया।' उन्होंने बतलाया।

मुझे बड़ी खुशी हुई कि यह सज्जन मम्मी के परिचित हैं। तब तो कई बार मुलाकात हो सकेगी। पापा के यूँ तो ढेरों विद्यार्थी थे, पर अधिकतर बाहर से ही लौट जाते थे। घर का अनुशासन ही ऐसा था। कई अक्खड़ किस्म के लोग 'भाभी-भाभी' की रट लगाते हुए किचन तक पहुँच भी ज़ाते थे, पर पापा को यह अच्छा नहीं लगता था। मम्मी को बाद में बहुत कुछ सुनना पड़ता था। माँ के जमाने में जो बातें सहज-स्वाभाविक थीं, अब एकदम वर्जित-सी हो गयी थीं।

रणजीत के साथ यह मुश्किल नहीं थी। वे कई बार आए–कभी अकेले, कभी मिसेज को लेकर। उनकी गुड़िया-सी खूबसूरत बीवी मुझे एकदम बेवकूफ-सी लगती। बेबी, किचन, पिक्चर्स और नौकर–ये चार उसके प्रिय विषय थे। शेष समय वह चुप बैठी रहती। बोलने-बतियाने का सारा जिम्मा मैं ले लेती। मम्मी तो अकसर चाय-वाय लगवाती रहतीं।

पापा कॉलेज से लौटकर सहज भाव से पूछते, 'रणजीत आया था शायद आज।' मैं भी उसी सहज भाव से उत्तर दे देती। पर कुछ दिनों के बाद मुझे उन प्रश्नों में जासूसी की गंध आने लगी। शायद मेरे मन का चोर ही मुझे डरा देता था।

एक दिन तो हद हो गयी थी। पापा ने लौटते ही अजीब-से स्वर में पूछा, 'रणजीत फिर आया था आज !'

'नहीं तो।'

'फिर यह सिगरेट कैसी पड़ी हुई है यहाँ ?'

'मुझे क्या पता !'

'मक्कार लड़की, झूठ बोलती है।' और पापा ने तड़ से एक तमाचा जड़ दिया मुझे।

पल-भर को मैं तो काठ होकर रह गयी। आँसू तक सूख गए मेरे। मेरी याद में पहली बार पापा ने मुझ पर हाथ उठाया था और वह भी बिना किसी कारण के। और तभी किचन से मम्मी दौड़ी आयीं, 'क्या पूछना है, मुझसे पूछिए। उसे क्यों परेशान कर रहे हैं ? बेचारी अभी-अभी कॉलेज से लौटी है।'

पापा चुप !

'रणजीत के बारे में पूछना है न ! हाँ, वह आया था। यह जरा-सी बात जानने के लिए इतने घुमावदार रास्ते से जाने की जरूरत नहीं है। मुझसे पूछ लिया होता–और इतनी बड़ी लड़की पर हाथ उठाते हुए शर्म आनी चाहिए आपको। बड़े 'कल्चर्ड' बनते हैं !' और मम्मी जिस तरह आयी थीं, उसी तरह झमाझम

भीतर चली गयीं।

पापा हतप्रभ-से खड़े रह गये। शायद मेरी तरह वे मम्मी के इस रूप को देखकर सहम गये थे।

रणजीत बेचारे को पता ही नहीं था कि उन्हें लेकर इस तरह का कोई कांड हो गया है। वे पहले की ही तरह आते रहे। अकसर दफ्तर से सीधे ही आ जाते, क्योंकि बाद में आने का मतलब होता, बीवी को भी साथ लाना। उस दिन के बाद मैंने उनके सामने पड़ने की हिम्मत नहीं की। एक निरर्थक-सी ग्लानि मन में भर गयी थी। पर जब भी उनकी मोटर का हॉर्न सुनती, तो अपना कमरा छोड़कर ऐसी जगह आकर बैठी जाती, जहाँ उनकी आवाज सुनाई देती रहे और एकाध झलक भी मिलती रहे। एक अजीब-सा पागलपन सवार था मुझ पर। दिन-भर नीरज की कविताएँ पढ़ा करती, तलत की गजलों में खोयी रहती। 'गुनाहों का देवता' तो पता नहीं कितनी बार पढ़ गयी थी मैं। जब श्रीमती रणजीत भी साथ होतीं, तो मुझे पर्दे से बाहर आना ही पड़ता। वे अकसर गाने की फरमाइश कर बैठतीं, क्योंकि बातचीत में तो उन्हें रस नहीं आता था। तब मैं लता की भावप्रवण आवाज की नकल उतारते हुए ऐसे गीत चुन लेती, जो मेरी मनोदशा को व्यक्त कर सकें, जैसे 'तू प्यार करे, या ठुकराए, हम तो हैं तेरे दीवानों में', या 'हम प्यार में जलने वालों को चैन कहाँ, आराम कहाँ' या 'हाले दिन इस तरह सुनाया न गया' आदि।

मार्च का महीना था। परीक्षा की तैयारियों के लिए छुट्टियाँ हो चुकी थीं। पुस्तकों का अंबार सामने रखकर मैं बी.ए. फाइनल की तैयारी में व्यस्त थी। तभी उस परिचित हॉर्न को सुनकर मेरे कान खड़े हो गए। कैलेंडर पर नजर दौड़ायी, तो पता चला, आज दूसरा शनिवार है। तभी श्रीमान दोपहर में पधारे हैं। छुट्टी है, तब तो जरूर मिसेज साथ में होगी। पढ़ाई-वढ़ाई को गोली मारकर मैं डाइनिंग-रूम में अपनी परिचित कुर्सी पर बैठकर आहट लेने लगी। बड़ी देर तक मिसेज रणजीत की पतली तीखी आवाज की प्रतीक्षा करती रही, पर विश्वास हो गया कि वे अकेले ही आए हैं। मतलब मेरे बाहर जाने का कोई उपाय नहीं था। मन मारकर बैठी रही। रणजीत कह रहे थे, 'तुम जानती हो नीरू, मैं यहाँ क्यों आता हूँ। अपनी रुटीन लाइफ से जब ऊब जाता हूँ तब यहाँ आकर कुछ देर को फ्रेश हो लेता हूँ। बस।'

'वह तो ठीक है, जीतू, लेकिन...'

'लेकिन क्या ? क्या सर एतराज करते हैं ?'

'सिर्फ उन्हीं के एतराज की बात होती, तो तुमसे कभी कहती भी नहीं।'

'फिर...?'

'जीतू ! मुझे बकुल का डर लगता है। मेरा मतलब...बकुल के लिए डर लगता है।'

(बकुल ! माय गॉड !)

'बकुल ने क्या किया ? वह तो बड़ी प्यारी लड़की है।'

'वह लड़की तुम्हारे पीछे पागल हुई जा रही है और उसे रोकने का कोई उपाय मेरे पास नहीं है।'

'लेकिन वह तो जानती है, मैं शादीशुदा हूँ।'

'इससे क्या फर्क पड़ता है ! भावनाओं का ज्वार उठता है, तब ये छोटी-मोटी बातें तिनके की तरह पता नहीं कहाँ बह जाती हैं। भावुक लड़कियों के साथ यही तो ट्रेजेडी होती है। बकुल जिस वातावरण में पल रही है, उसमें तो यह आवेग खतरे की सीमा तक पहुँच सकता है। यह तो गनीमत है, कि सामने तुम जैसी शख्सियत है, नहीं तो ड्राइवर, माली, रसोइया....प्रेम फिर पात्र-कुपात्र कुछ भी नहीं देखता।'

'छीः, नीरू ! कैसी बातें कर रही हो आज।'

इससे अधिक सुनना मेरे भी वश में नहीं था। हाँफते कदमों से आकर अपने बिस्तर पर पड़ी रही मैं, सामने दीवार पर माँ का बड़ा-सा चित्र लगा था। आज माँ होती, तब भी शायद इतनी बारीकी से मेरा मन नहीं पढ़ पाती। माँ के विचारों की दुनिया भी उन्हीं की तरह सीधी-सरल थी।

'बकुल !'

'आयी, माँ !' और एकदम याद आया, माँ अब कहाँ है। यह तो मम्मी की आवाज है। ड्राइंगरूम के दरवाजे में खड़े होकर पूछा, 'मुझे बुलाया, मम्मी ?'

'हाँ, महराज शायद आया नहीं अब तक। कॉफी बना सकोगी दो कप ?'

'जी !'

'बकुल !' मैं जाने लगी, तो रणजीत ने रोक लिया, 'बकुल, तुम इन्हें मम्मी क्यों कहती हो, माँ कहा करो। ज्यादा नेचुरल लगता है। अभी तुमने पुकारा था न !'

'नहीं-नहीं, मम्मी ही ठीक है।' मम्मी की आवाज में अनावश्यक तल्खी थी।

किचन की ओर जाते हुए मैंने सुना, वे कह रहे थे, 'नीरू ! मैं सोचता हूँ, बच्चे तुमसे माँ कहेंगे, तो ज्यादा इंटीमेंट हो सकेंगे, जस्ट ट्राई।'

'नो।'

'लेकिन क्यों ?'

'मैं इन बच्चों की माँ बनकर इस घर में नहीं आयी हूँ।'

'तो ?'

'इनके पिता के रंगमहल में एक बौद्धिक कक्ष खाली था, मेरी नियुक्ति वहीं हुई है।'

'नीरू, इसका मतलब है, तुम खुश नहीं हो !'

'मैं दुःखी भी नहीं हूँ। परेशान मत होओ।'

कॉलेज से लौटकर देखा, छोटे भैया बरामदे में विराजमान हैं।

'अरे, आप कब आए नागदा से ?'

'सुबह आठ बजे।'

'एकदम आ गए। कोई सूचना भी नहीं दी।' दरअसल खुशी के मारे मुझसे बोलते ही नहीं बन रहा था।

'सूचना देता, तो तुम लिवाने आतीं स्टेशन पर ?' उन्होंने चुटकी ली।

'अच्छा बताइए, कैसे आए हैं ?'

'बस, ऐसे ही। नहीं तो यहाँ कौन हमारी अम्मा बैठी हैं, जो तीज-त्यौहार पर बुला भेजेंगी। इसीलिए जब मर्जी हुई, चला आया।'

'मैं तो बैठी हूँ अभी, फिर राखी पर क्यों नहीं आए ? मेरा एक साड़ी का नुकसान हो गया।'

'अब ले लेना, बस ! चल, ला दिखा तो, क्या-क्या पढ़ती है ?' और मेरे हाथ से 'चिंतामणि' और 'घनानंद' लेकर देर तक उलट-पलट करते रहे। फिर एकाएक बोले, 'अच्छा बकुल, यह तो बता मौसम का क्या हाल है ?'

'मौसम ?' मैंने सोचने की-सी मुद्रा बनायी, 'तापमान साधारण से कुछ ज्यादा ही रहता है। अकसर धूलभरी आँधियाँ चलती रहती हैं। और कोई ताज्जुब नहीं, शाम को गरज के साथ छींटे भी पड़ें।'

'तब तो बड़ी मुश्किल है।' उन्होंने भी बड़ी गंभीर मुद्रा बनाकर कहा और हम दोनों खिलखिलाकर हँस पड़े। हँसने का दौर समाप्त होने पर मैंने कहा, 'आपको मौसम की चिंता क्यों होने लगी। अब तो भगवान की दया से आपकी जेब भारी है।'

'पैसों की बात नहीं है, पगली !'

'फिर ?'

'दरअसल मैं शादी करना चाहता हूँ।'

'शादी !' मैं चीखी, 'अभी से ?'

'अभी से क्या मतलब ? मैं तेईस का हो चुका हूँ।' उन्होंने इस अंदाज में कहा, जैसे चालीस पार कर गए हों।

'पर बाबा, अभी आपकी लाइन क्लीयर कहाँ है ? अभी तो बड़े भैया बैठे हैं !'

'बैठने को तो दीदी भी बैठी हैं। इन लोगों के भरोसे रह गया, तो जिंदगी भर कुँआरा रह जाऊँगा।'

'चू-च् ! ऐसी भी क्या बेसब्री है ! भला बताइए, आप वहाँ नौकरी करने गए थे, या प्रेम करने ?' मैंने कहा। लेकिन उनकी सिफारिश करना मंजूर कर लिया, क्योंकि वे वाकई सीरियस लग रहे थे। मेरे आश्वासन से निश्चिंत होकर वे मित्रों से मिलने चल दिए।

जिम्मेदारी ले तो ली बड़े मजे से, पर बाद में खुद ही डरने लगी कि यह विषय घर में उठाऊँगी कैसे। मौसम के बारे में मैंने मजाक नहीं किया था। वातावरण सचमुच घर का इसी तरह का हो गया था। कल शाम से तो मैं सहमी-सहमी-सी ही थी कि पता नहीं कब विस्फोट हो जाए।

मम्मी चार-पाँच दिनों से एक टाइपिस्ट की प्रतीक्षा में थीं। यह लड़का उनके पिताजी के ड्राइवर का पुत्र था। वे मदद के रूप में उसे कुछ काम देना चाहती थीं। सारी बातें तय हो गयी थीं और वह भला आदमी गोल कर गया था। कल जब हम लोग पिक्चर देखकर लौट रहे थे, तो 'यशवंत' के फाटक पर ही वह मिल गया। मम्मी तो उसे देखते ही बरस पड़ीं। वह बड़ी कठिनाई से समझा पाया कि वह तो आया था पर साहब ने ही उसे लौटा दिया था। सुनकर मम्मी का चेहरा तमतमा आया था। सारे रास्ते मुझे डर लगा रहा कि आज कुछ होकर रहेगा। ईश्वर की कृपा से कुछ हुआ तो नहीं, पर वातावरण में कुछ तनाव-सा जरूर था।

फिर भी साहस करके मैंने खाने की मेज पर वह बात छेड़ ही दी। छोटे भैया जान-बूझकर बाहर ही रह गए थे।

'सुनो, यह फोटो देखा तुमने।' बड़ी देर तक उस फोटो का निरीक्षण करने के बाद पापा ने उसे मम्मी की तरफ बढ़ा दिया था, 'अभय इस लड़की से शादी करना चाहता है। कैसी है ?'

'आप लोगों को पसन्द आनी चाहिए, मेरा क्या है।' मम्मी ने बेरुखी से कहा।

'वाह भई, तुम्हारा भी तो हक है।'

'मेरा हक ?' मम्मी ने कड़वे स्वर से कहा, 'अपनी पसंद का टाइपिस्ट तक तो मैं रख नहीं सकती। आपके बेटे के लिए बहू पसन्द करना तो बहुत बड़ी बात है।'

'अब यह कहाँ की बात कहाँ ले जा रही हो तुम ?'

'क्यों ? मेरे अधिकार की बात नहीं हो रही थी क्या ?' मम्मी ने सीधा प्रश्न किया।

पापा परेशान हो उठे। थके स्वर में बोले, 'मुसीबत तो यह है नीरू कि तुम ऐसे आदमी इकट्ठा कर लेती हो, जो मेरी रुचि से मेल नहीं खाते।'

'नहीं, मुसीबत तो यह है, बल्कि हकीकत यह है कि आप नहीं चाहते कि मेरी थीसिस कभी पूरी हो। पिछले चार-पाँच सालों से मैं यही देख रही हूँ।'

'क्या बकती हो !'

'ठीक तो कह रही हूँ मैं। आप चाहते हैं कि बस मैं आपकी सेक्रेटरी बनी रहूँ। आपके पत्रों का, पुस्तकों का, धोबी का, दूध वाले का हिसाब रखती फिरूँ।'

'तुम कोई अहसान नहीं कर रहीं मुझ पर। दुनिया की आम औरतें घर में यही सब-कुछ करती हैं।'

'लेकिन मैं तो आम औरतों की तरह नहीं हूँ। इसलिए तो लीक से हटकर चली हूँ। नहीं तो आम औरतों वाला रास्ता मेरे लिए भी खुला था।'

'पछता रही हो अब ?'

अच्छा हुआ, मम्मी ने इस बात का उत्तर नहीं दिया और वहीं पटाक्षेप हो गया। नहीं तो मेरी तो मुसीबत आ गयी थी। उन दोनों को तो मेरी उपस्थिति का होश ही नहीं था और मुझसे न उठते बन रहा था, न बैठना अच्छा लग रहा था।

शाम को छोटे भैया ने उत्सुकता से पूछा था, तो मैंने मुसकराकर छोटा-सा जवाब दे दिया था, 'थोड़ा तो धीरज रखो, बाबा। आज तो अर्जी पेश हुई है।'

छोटे भैया खिसियायी-सी मुसकराहट के साथ बोले, 'उसके माँ-बाप बड़े घोंचू किस्म के हैं, इसीलिए। नहीं तो मैं तो सीधे कोर्ट से शादी करता और यहाँ तार से खबर भेज देता। बस। नो फॉर्मेलिटी।' छोटे भैया ऐसा कर भी लेते, तो किसी को आश्चर्य नहीं होता।

पापा, पता नहीं कब जाकर मेरठ से बुआजी को लिवा लाये और घर में शादी-ब्याह की चर्चाएँ जोर-शोर से चल पड़ीं। पापा की बातों से लगा कि इस बार वे दोनों लड़कों की शादी करके रहेंगे। छोटे भैया की तो कोई चिन्ता नहीं थी, लेकिन बड़े भैया के लिए तो बहू की तलाश अभी बाकी थी।

बुआजी माला फेरते हुए मुझसे कहतीं, 'अरी, तेरा बाप मेरे पास आया और बोला, अजय के लिए एकाध अच्छी-सी लड़की देखनी है। लो, सुन लो, लड़कियाँ क्या बाजार में मिलती हैं ? अरे, तुम चार लोगों में उठो-बैठोगे नहीं, बेटों की बात नहीं करोगे, तो कौन जानेगा कि तुम्हारे यहाँ ब्याहने को लड़के बैठे हैं।'

कभी रसोई में बैठकर महराज से सुख-दुःख की चर्चा चलाते हुए कहतीं, 'भैया रे, पेट जाए की तो ममता ही कुछ और होती है। अब इन बच्चों की माँ होती, तो बताओ क्या अब तक कुँवारे बैठे रहते ये ! वह लड़की क्या मेम बनकर विलायत चली जाती !'

कभी पापाजी शेव करते होते और वहीं बैठकर छालियाँ कतरती हुई बुआजी कहतीं, 'विशन रे, मेरी मानो तो इस छोकरी को भी लगे हाथ निबटा ही दे। आजकल की लड़कियों का कोई ठिकाना है ! कब किसका हाथ पकड़कर चल दें और फिर तेरे यहाँ तो कोई देखने वाला भी नहीं है।' इन वाक्यों में व्यंग्य की दोहरी मार होती मम्मी पर। लेकिन वे किसी बात का उत्तर नहीं देतीं। चुपचाप अपना काम करती रहतीं। या कमरे में बैठकर किताब पढ़ती रहतीं। बुआजी के आ जाने से रसोई का क्षेत्र उनके लिए निषिद्ध हो चुका था। उन्हें इस बात का बुरा लगा भी हो, तो उन्होंने कभी जाहिर नहीं किया। बुआजी की गोलाबारी अकसर चलती ही रहती। पर यह तो मानना होगा कि जिस कार्य-विशेष के लिए उन्हें लाया गया था, उसमें वे सिद्धहस्त थीं। महीने-भर के अंदर ही दूरदराज से वधू-पिताओं की चिट्ठियाँ, फोटो और कुंडलियाँ आने लगीं। बुआजी के

नाते-रिश्तेदारों का जाल भारतीय रेलवे की तरह पूरे देश में फैला था शायद। उनकी प्रसारण-व्यवस्था भी बड़ी ही कार्यक्षम ज्ञात होती थी। तभी तो सब लोग जान गए थे कि उनके विद्वान् प्रोफेसर भाई का सुंदर, सुदृढ़, एक हजार रुपये महीना पाने वाला इंजीनियर बेटा शादी के योग्य हो गया है।

मुझसे ही उन्होंने बड़े भैया को पत्र लिखवाया कि फौरन एक महीने की छुट्टी लेकर आ जाओ। ना-नुकर करने की गुंजाइश नहीं है। तुम्हारी वजह से छोटे की शादी रुकी हुई है। और आश्चर्य की बात, बड़े भैया सचमुच छुट्टी लेकर आ गए। विजय-गर्व से उल्लसित होती हुई बुआजी बोलीं, 'देखो, आ गया न राह पर। अब कोई लड़का तुमसे खुद आकर कहेगा कि मेरी शादी करो ?' बुआजी के भाषणों का एल. पी. दिन-भर चलता रहता। मुझे लगता कि किसी दिन मैं पागल हो जाऊँगी। एक दिन मम्मी से मैंने कहा, तो सूखी हँसी के साथ बोलीं, 'मेरे बारे में कभी सोचा है !'

तब लगा, सचमुच अगर पागल होने की नौबत आयी है, तो मम्मी की। कितना सुनाया जाता है दिन-भर उन्हें। कभी उनकी कोर्ट मैरेज का मखौल उड़ाया जाता है, कभी माँ के रूप-रंग, आचार-व्यवहार से उनकी तुलना की जाती है। नौकरों-चाकरों का, हम बच्चों का कोई लिहाज नहीं बरता जाता। उनकी सूनी कोख पर भी एकाध उसाँस भरा वाक्य कहा ही जाता, जैसे—'भगवान का दिया इसके भी एकाध हो जाता, तो गृहस्थी में मन भी लगता। अब तो क्या है, जैसे होटल वैसे घर।'

दस-बीस लड़कियों को देखने-सुनने के बाद एक रिश्ता सर्वानुमति से पास हो गया। लड़की वाले पूना से लड़की को लेकर आए थे। उन लोगों की भी इच्छा थी और बुआजी ने भी राय दी कि दिन अच्छा है, लड़का अगर राजी है, तो शगुन हो ही जाए तो अच्छा है।

उन्हें तो उन दिनों वीटो पॉवर थी। फौरन पापा-मम्मी बाजार दौड़े गए। एक बनारसी साड़ी, एक अँगूठी, मिठाई, नारियल, फल-फूल—सब कुछ लाया गया। सब चीजों को देख-परखकर बुआजी ने एक थाली में सजा दिया। पास-पड़ोस के दो-चार लोगों को जल्दी में कहलवाया गया। सारी तैयारी होने के बाद बुआजी ने मम्मी से कहा, 'बहू चार बजे के बाद फिर मुहूरत अच्छा नहीं। लोग-बाग आएँगे, जब आते रहेंगे। तू लड़की की गोद भर दे झटपट।'

आज्ञाकारी बहू की तरह मम्मी ने थाली की तरफ हाथ बढ़ाया ही था कि जैसे कुछ याद करके बुआजी बोलीं, 'बकुल ! पड़ोस से मथुराइन को टेर न ले जरा।'

'क्यों ?'

'पहले-पहल खौल भरी जा रही है। किसी लड़कौरी के हाथ से होती तो ठीक था।'

जैसे बिजली का करंट छू जाए, मम्मी ने हाथ थाली से खींच लिया।

हम सभी सन्नाटे में आ गए थे।

एकाएक बड़े भैया गरजे, 'बुआजी ! आज आपने कह दिया, सो ठीक है। भविष्य में कभी इस तरह की बात करेंगी, तो इस घर में आपका निभाव नहीं हो सकेगा।'

हम सब सन्न रह गये। महाप्रतापी बुआजी का अपमान। और वह भी परम संत बड़े भैया के द्वारा।

बुआजी को सँभलने का मौका दिए बिना ही वे बोले, 'इतना शास्त्र-पुराण पढ़ती हैं आप ! इतना तो आपको मालूम होना चाहिए कि हम लोगों के होते हुए मम्मी को इतनी बड़ी गाली आप नहीं दे सकतीं।' भैया ने 'मम्मी' कहा था। उन्हें पहली बार यह संबोधन करते हुए सुना था। काश ! मम्मी ने भी यह सब-कुछ सुना होता ! लेकिन वे तो पता नहीं कब से कमरे के बाहर चली गयी थीं।

ड्राइंगरूम में लड़की वाले बैठे हुए थे और भीतर यह नाटक हो रहा था।

बड़े भैया ने निर्णय के स्वर में कहा, 'मैं मम्मी को लेने जा रहा हूँ। अगर उन्हें मना सका, तो ठीक है। नहीं तो इन लोगों को लौटा दीजिए। मुझे शादी-वादी नहीं करनी है।' और दरवाजे तक जाते हुए फिर ठिठक गए। इस बार अपनी रोषभरी आँखें पापाजी की ओर उठाते हुए बोले, 'पूजनीय पापाजी ! माँ की मृत्यु को तीन साल भी न हो पाए थे कि आप अपनी ही एक छात्रा से ब्याह रचा बैठे थे। लेकिन उस दिन भी आपसे इतनी नफरत नहीं हुई थी, जितनी आज हुई है। बुआजी ने इतनी बड़ी बात कह दी और आप चुप खड़े सुनते रहे, जबकि आप अच्छी तरह जानते हैं कि उनकी कोई गलती नहीं है।'

कोई गलती नहीं है, लेकिन फिर भी यह संतानहीन जीवन बिताने पर विवश होना पड़ा है मम्मी को। क्या शादी से पहले उन्हें यह बात पता थी ? या प्रेम के ज्वार में उस समय यह सब-कुछ बहुत महत्वपूर्ण नहीं लगा था ? चार बच्चों के बाद पापा का मन भर जाना तो स्वाभाविक था। पर क्या मम्मी के मन में कभी ममता का सैलाब नहीं उमड़ा होगा ? तब किस पर बरसाया होगा उन्होंने अपना प्यार-दुलार ! कभी तो तिरस्कार उपजा होगा उस पुरुष के प्रति, जिसने उन्हें नारीत्व के इस गौरव से वंचित रखा था। एकाध बच्चा सचमुच अगर होता, तो आज उनका जीवन यूँ लक्ष्यहीन नाव की तरह लड़खड़ाता नहीं लगता। उनके एकाकीपन को बाँटने वाला कोई होता, तो शायद हम लोग भी स्वस्थ मन से घर लौट सकते थे।

सुबह उठकर यही सब मेरे मन में आ रहा था। दोनों भैया अपना सामान बाँध चुके थे। मम्मी के आदेश को सिर-माथे रखकर दोनों भाभियाँ ले जाने योग्य सामान छाँट रही थीं। बुआजी भी दो-चार चीजें अपने परम प्रिय भाई की 'याद'

में लिए जा रही थीं।

'बकुल, तुम नहीं देख रहीं अपने लिए कुछ ?' मम्मी ने कहा।

'अभी से क्या करूँगी। अभी तो पंद्रह दिन पड़े हैं जाने को।' मैंने कहा।

'लेकिन तब सिर्फ...तलछट ही हाथ आएगी।' उन्होंने मुसकराकर कहा। वे चुपचाप बैठी दोनों बहुओं की 'कुशलता' देख रही थीं। कितनी चीजें पैक की जा चुकी थीं। पति देवता के डर से जो चीजें साथ नहीं जा रही थीं, उन पर रिजर्वेशन स्लिप लगाकर रखा जा रहा था, ताकि अगली ट्रिप में आसानी हो।

मैंने हँसकर कहा, 'मम्मी ! इस स्पीड से अगर हम सब लोग घर को खरोंचना शुरू कर देंगे, तो कुछ दिनों के बाद आपके पास यादगार के तौर पर सिर्फ दीवारें रह जाएँगी।'

'मेरी चिंता मत कर, रे ! मेरे पास इतनी यादें हैं कि ऐसी-ऐसी दो-दो जिंदगियाँ बसर हो सकती हैं।'

मैंने गौर से देखा, समझ ही में नहीं आया कि यह कथ्य विगत स्नेह का सूचक है, या व्यवस्था का। और उत्तर में चुप ही रह जाना पड़ा। तभी पोस्टमैन ने आकर मुझे मुक्ति दिला दी। रजिस्टर्ड लेटर था मम्मी के नाम। पढ़कर ही वे कुछ ऐसी उदास हो गयीं कि मेरा तो मन घबरा उठा। पूछने का भी साहस न बन पड़ा।

बगीचे में बड़े भैया किसी ठेले वाले से बात कर रहे थे। शायद शाम के लिए तय कर रहे थे। मैंने उन्हीं से जाकर बतलाया। वे मेरे साथ मम्मी के कमरे में आए। उसी तरह पत्र हाथ में लिये वे निस्पंद बैठी थीं।

'मम्मी ?'

उन्होंने चौंककर सिर उठया।

'किसकी चिट्ठी है ?'

उन्होंने लिफाफा हाथ में थमा दिया। पापा के कॉलेज से आया था। मम्मी के लिए नियुक्ति-पत्र था। यह तो खुश होने की बात थी। उनके एकाकीपन की समस्या का हल इतनी जल्दी मिल जाएगा, ऐसा सोचा भी न था। फिर मम्मी क्यों उदास हैं ? शायद पापा के ही कॉलेज में जाने की कल्पना उनके लिए असह्य हो उठी हो।

'मम्मी ! नौकरी आपके लिए ऐसी जरूरी भी नहीं है। आपका जी न चाहे, तो आप मना कर दीजिए। आप तो आराम से अपनी थीसिस पूरी कीजिए, कब से रुकी पड़ी है।' मैंने कहा।

'जी न चाहने की तो कोई बात ही नहीं है, रे ! मेरी तो कब से यह अभिलाषा रही थी, अपने ही कॉलेज में पढ़ाने की ?'

'फिर आप इतनी उदास क्यों हैं ?' मैंने बच्चों की तरह मचलकर कहा।

'यह सोच रही थी कि इतनी पुरानी इच्छा अब जाकर पूरी होनी थी। बुरा

तो लगता ही है न !' उन्होंने इतने स्वाभाविक ढंग से कहा कि मुझे चुप रह जाना पड़ा।

'मम्मी !' बड़े भैया गंभीर स्वर में बोले, 'मेरे खयाल में आपका अभी यहाँ रहना ठीक नहीं है। कॉलेज जाने की बात तो और भी नहीं जँचती मुझे। आप छुट्टी-भर मेरे साथ रहें। जुलाई में ज्वाइन कर लें। तब तक कुछ...'

'आऊँगी, अजय, तुम्हारे यहाँ भी आऊँगी, पर अभी नहीं। सहानुभूति से इन लोगों ने जो ऑफर दिया है, दुबारा शायद न दें।'

मम्मी का कहना ठीक ही था। बात पुरानी होने पर फिर उतनी वजनदार नहीं रहती। ऐसा अवसर दोबारा मिले न मिले। पापा की जिद के कारण उनकी यह इच्छा अब तक पूरी नहीं हो पायी थी। पापा नौकरी के सख्त खिलाफ थे।

'मम्मी ! आपकी कोई सहेलियाँ क्यों नहीं हैं ? आती-जाती रहतीं, तो मन बहला रहता।' मैंने कहा।

'जिस उम्र में सहेलियाँ बनायी जाती हैं, वह तो तेरे पापा के चरणों में गुजार दी। और बातों के लिए समय ही कहाँ रह गया था। शादी के बाद तो खैर...सवाल ही नहीं उठता था।'

'न हो, आप कोई क्लब ज्वाइन कर लें।' बड़े भैया बोले।

'क्लब ! पागल हुए हो।'

'मैं तो बड़ी चिंता में पड़ गया हूँ। ऐसा कोई घर भी तो नजर नहीं आता मुझे, जहाँ आप लोगों के घनिष्ठ संबंध रहे हों। उन लोगों के भरोसे कम-से-कम मैं निश्चिंत तो हो सकता !'

'इतने परेशान क्यों हो रहे हो अजय, मेरी समझ में नहीं आता। यह अकेलापन क्या आज का है ? इसकी तो अब आदत-सी बन गयी है...तुम्हारे पिता के साथ रहकर और सीखा ही क्या है। बचपन में तुम लोगों ने उस जादूगर की कहानी तो सुनी होगी, जो एक राजकुमारी को वश में कर लेता है। दिन-भर तो बेचारी पत्थर की मूरत बनी रहती है और रात में...' और सहसा जैसे उन्हें याद आया कि वे क्या कह गयी हैं। दोनों हाथों से अपना चेहरा ढँक लिया उन्होंने।

मैं और बड़े भैया पत्थर की मूर्ति बने उन्हें देखते रह गए थे।

निष्कासन

सारी रात शरीर पर जैसे छिपकलियाँ रेंगती रहीं। चार बजे के बाद तो बिस्तर पर लेटना मेरे लिए असंभव हो गया। शॉवर के नीचे बैठकर देर तक नहाती रही, तब जाकर जी हल्का हुआ।

बाथरूम से लौटकर देखा, डॉ. कोहली अब भी गहरी नींद में सोये हुए थे। नींद में उनका चेहरा बच्चों का-सा लग रहा था—तृप्त, शांत, निर्लिप्त। उनके हल्के खर्राटे दक्षिण महासागर के स्वर में घुल-मिल गये थे। दक्षिण महासागर, जो इस ब्रह्ममुहूर्त में ऊषा का आवाहन कर रहा था। मंद्र सप्तक में आरोह-अवरोह भरती हुई उन लहरों का गंभीर नाद मुझे बाहर आने का निमंत्रण दे रहा था। कमरे की चारदीवारी मुझे जहर-सी लग रही थी। मैंने अपने गीले बालों का एक ढीला-सा जूड़ा बनाया और बाहर निकल आयी। काउंटर पर बैठे क्लर्क ने मुझे 'गुडमार्निंग' किया। गेट पर ऊँघते-से दरबान ने मुझे सलाम भी किया। पर किसी की भी आँखों में मुझे आश्चर्य या कौतूहल नहीं दिखाई दिया। सागर के सम्मोहन से शायद वे लोग मुझसे ज्यादा परिचित थे।

अभी पौ नहीं फटी थी, पर गीली रेत में भीड़ धीरे-धीरे इकट्ठा हो रही थी। सबकी आँखें दक्षिण के प्रसिद्ध सूर्योदय को देखने के लिए ललक रही थीं। उस भीड़ में यद्यपि कहीं कोई परिचित चेहरा नहीं था, फिर भी उस क्षण वे सारे लोग बड़े अपने-से लग रहे थे।

भीड़ से छिटककर मैं कोने में बैठ गयी। जल की सिंदूरी आभा को अपने में भरती हुई मेरी आँखें विवेकानन्द शिला-स्मारक से जा टकरायीं जो धीरे-धीरे आकार ले रहा था। जैसे-जैसे दिशाएँ उजली होती जा रही थीं, उसका एक-एक अंग उद्भासित हो रहा था। पहले शिखर, फिर गर्भगृह, फिर सीढ़ियाँ। लग रहा था जैसे किसी शिल्पी ने तम का पहाड़ चीरकर एक मंदिर ऊपर से नीचे की ओर तराशना प्रारंभ किया हो। बहुत दिनों पहले, गरोठ के पास धर्मराजेश्वर का मंदिर देखा था। उसी की याद हो आयी।

खिलखिलाहट की ध्वनि सुनकर मैंने चौंककर सिर उठाया। कल वाली

स्कूल-पार्टी पूरे तट पर फैल गयी थी। कल यही सब शिला-स्मारक पर भी मिली थी। सारा वक्त मेरी आँखें उन्हीं का पीछा करती रहीं। उनका चहकना, खिलखिलाना, गोल-गोल आँखें घुमाकर बातें करना, एक-दूसरे के कंधों पर झूलकर चलना, टीचर को देखकर जीभ काट लेना—सब-कुछ कितना प्यारा लग रहा था। जब तक वे लोग बोट पर बैठकर रवाना न हो गयीं, मैं अपलक उन्हें देखती रही। होश में आने पर देखा, डॉ. कोहली एक गवाक्ष के सहारे चुपचाप खड़े समुद्र को निहार रहे हैं।

'मुझे अफसोस है...' मैंने उनके पास जाते हुए संकोच में डूबे हुए स्वर में कहा।

'नहीं, अफसोस की क्या बात...' उन्होंने भर्राये कंठ से कहा और आगे चल दिये, जैसे अब तक मेरी ही प्रतीक्षा में खड़े हों। मैं घिसटती-सी उनके पीछे चल दी। मन में एक अपराध-बोध व्याप गया—मेरी वजह से आज की सारी शाम बेसुरी हो गयी है। तरह-तरह से मैंने उस तनाव को तोड़ने का प्रयास किया। स्मारक के दर्शन के बाद जब हम लोग बोट से इस किनारे तक आये, तब तक वे काफी नॉर्मल हो चुके थे।

'सुनिए।' उन्हें सहज जानकर मैंने सफाई देते हुए कहा, 'इन लड़कियों को देखकर मुझे गुड़िया की याद हो आयी थी। मैं जानती हूँ कि यह ठीक नहीं, पर मैं क्या करूँ।'

'इसमें गलत तो कुछ नहीं।' उन्होंने जैसे मुझे आश्वस्त करते हुए कहा, 'लेकिन एक बात मेरी समझ में नहीं आती।'

मैं बुद्धू की तरह उन्हें देखती रही।

'तुम्हें हर बार स्कूली लड़कियों को देखकर ही गुड़िया की याद क्यों आती है ? इन पंद्रह दिनों में मैंने यह बात कई बार मार्क की है। फ्रॉक या स्कर्ट-ब्लाउज वाली किसी लड़की को देखते ही तुम्हारी आँखें पीड़ा से भर उठती हैं। क्या तुम्हारी कल्पना में वह अब भी छोटी-सी बच्ची ही है ? मैंने भी उसे देखा है वह एक सुंदर युवती है—मनोहर और माँसल। तुम पता नहीं क्यों उसे अब तक नन्हीं-मुन्नी गुड़िया ही समझती रही हो। शायद माँ की नजरों में बच्चा कभी बड़ा होता ही नहीं। ठीक है न ?'

'शायद यही बात हो।' उनके लंबे-चौड़े वक्तव्य का मैंने संक्षिप्त-सा उत्तर दे दिया। अब उन्हें कैसे समझाती कि साड़ी में लिपटी हुई सजी-धजी यह लड़की तो बिन्नी (उसकी बुआ) की विधु है। मेरी गुड़िया तो इन्हीं लड़कियों जैसी है, हिरनी की तरह कुलाँचें भरने वाली, चिड़िया की तरह चहकने वाली, झरने की तरह खिलखिलाने वाली—मेरे मन-प्राणों में तो उसका वही रूप है।

कह भी देती, तो क्या वे समझ पाते। पुरुष हैं, फिर इतने वर्ष पश्चिम में बिताकर आये हैं। पश्चिम, जहाँ लोग सिर्फ वर्तमान को जीते हैं, उसे पूरी इच्छाशक्ति

के साथ भोगते हैं। तभी तो इतना खुलकर हँस पाते हैं। कौन कह सकेगा कि डॉ. कोहली अमरीका में अपनी पत्नी और दो बेटे छोड़कर आये हैं। जो बीत गया, उसके लिए कोई कसक नहीं, मलाल नहीं। अतीत के लिए बिसूरना तो हमारे हिस्से में आया है।

बड़ी मुश्किल से अपने को समेटकर मैं पूरे मन से एन्जॉय करने का निश्चय कर चुकी थी पर कन्याकुमारी की प्रतिमा के सामने जाकर फिर बिखर गयी। मन सुदूर अतीत में दौड़ गया, जहाँ स्कूल में वार्षिकोत्सव में 'मदन-भस्म' संगीतिका में अभिनय करने के लिए वह पार्वती के रूप में सज-धजकर तैयार बैठी थी।

'मैं कैसी लग रही हूँ, मम्मी ?' मुझे ग्रीन-रूम में देखते ही उसने पूछा था। तब दोनों हाथों में उसका माथा पकड़कर मैंने उसे चूम लिया था। उस समय उसकी आँखें ऐसी ही हँस रही थीं, ऐसी ही।

'वाह, क्या आँखें हैं, क्या सौंदर्य है !' डॉ. कोहली अभिभूत होकर कह रहे थे। उनकी नजरें बचाकर मैंने अपनी आँखें पोंछ ली थीं।

पर उनकी तीक्ष्ण दृष्टि से शायद यह सब-कुछ नहीं छुप सका था, क्योंकि रात बिस्तर पर आते ही उन्होंने अपने मृदु स्वर में पूछा, 'माया, बता सकती हो मनुष्य शादी क्यों करता है ?'

'यह क्यों पूछ रहे हैं आप ?' मैंने उत्तर में एक प्रश्न ही जड़ दिया।

'इसलिए कि मैं बतलाना चाहता हूँ कि शादी का मकसद सिर्फ शारीरिक तुष्टि नहीं, उसका इंतजाम तो चाँदी के कुछ टुकड़ों में कहीं भी हो सकता है। इंसान जब शादी करता है, तो जरूर ही इससे कुछ ज्यादा चाहता है।'

'तो क्या...तो क्या आपको वह नहीं मिल रहा ?' मैंने काँपते स्वर में पूछा।

'नहीं !' उन्होंने दो-टूक जवाब दिया, 'उल्टे मुझे रोज ऐसा लगता रहा है, जैसे मैंने तुम्हारे साथ बलात्कार किया हो। कोई भी शरीफ आदमी इस भावना के साथ खुश नहीं रह सकता। क्या यह शादी तुम पर थोपी गयी है ?'

मैंने नकारात्मक ढंग से सिर हिला दिया, पर उनकी आँखों में अविश्वास बराबर झलकता रहा।

'दरअसल बात यह है कि...पिछला सब-कुछ एकदम भूलना मेरे लिए मुश्किल है।' मैंने कहने का प्रयास किया। पर मेरी बात काटते हुए उन्होंने कहा, 'भूलने के लिए कौन कहता है ? कम-से-कम हम हिस्सा तो बँटा ही सकते हैं।'

सच तो था। उन्होंने भी तो मुझे अपने प्रेम की, असफल विवाह की दास्तान सुनायी थी। यह भी बतलाया था कि वहाँ की आपाधापी से ऊबकर वे अब एकदम शांत जीवन बिताना चाहते हैं। इसलिए उन्होंने महाराष्ट्र के एक सुदूर ग्राम में अपनी डिस्पेंसरी खोल रखी है।

नरेन्द्र की असमय मृत्यु के दाग को छोड़ दिया जाए, तो मेरे वैवाहिक जीवन की स्मृतियाँ माधुर्य से ओतप्रोत थीं, जिन्हें अपने एकाकी जीवन में भी मैंने अपनी

कल्पना में ही कई-कई बार जिया है। इसलिए मेरा मनोबल कभी टूट नहीं सका। लेकिन अब वे सारी बातें कितनी दूर की लगती हैं। पिछले दो-तीन वर्षों से मन पर एक ही नाम रह गया है। एक ही कसक, एक ही पीड़ा रह गयी है और वह है गुड़िया, मेरी विधु, मेरी बिटिया। कभी कहने पर भी आऊँ, तो क्या सिलसिलेवार वह सब कह पाऊँगी मैं !

बड़े फूहड़ ढंग से रात उन्हें अपने सर्वात्म समर्पण का विश्वास दिलाती रही। उन्हें शायद संतोष हो भी गया हो, पर मुझे अपने से ही संतोष नहीं था। सच तो यह था कि सैकड़ों योजन की मानसिक दूरी के साथ जब दो शरीर मिलते हैं, तो उस मिलन में कोई मांगल्य, कोई सौंदर्य, कोई अर्थ नहीं रह जाता।

सोचती हूँ, जिस तरह उसने मुझे उपेक्षित करके अपने लिए एक नया संसार खड़ा कर लिया है, मैं क्यों नहीं कर सकती ? लेकिन दोनों की स्थितियों में अंतर भी तो है। मैं माँ हूँ, वह बेटी है। उसे तो नदी के जल की तरह हमेशा आगे ही दौड़ना है। मुझे तो किनारों की तरह सिर्फ अपनी बाँहें फैलाए रखना है।

सभी की लड़कियाँ एक दिन परायी हो जाती हैं। इसीलिए तो विधु के जन्म पर मैं फूट-फूटकर रोयी थी। दो बच्चों को मृत अवस्था में जन्म देने के बाद यह सीजेरियन का अंतिम चांस था। तब अम्मा ने समझाया था, 'पगली, रोती क्यों है ? जैसी ममता बिटिया करती है, ऐसी लड़के थोड़े ही करेंगे। लड़की कहीं भी रहेगी, तो तेरे लिए आठ-आठ आँसू रोयेगी। लड़के तो घर में रहेंगे, तब भी आँख उठाकर न देखेंगे।'

शायद अम्मा अपने अनुभव के बोल सुना रही थीं। इसका प्रमाण मुझे मिला जब नरेन्द्र अचानक हमारे बीच से उठ गये थे। बीमारी में बड़े धैर्य से उनकी शुश्रूषा करने वाली मैं एकदम टूट गयी थी। तब इस नौ वर्ष की छोकरी ने मुझे माँ की तरह सहारा दिया था। पिता की मृत्यु का दुःख किसी दार्शनिक की तरह पीकर वह मेरी देखभाल करती रही। शोक-प्रदर्शन करने के लिए आने वाली भीड़ से, रास्ते पर लोगों की करुण दृष्टि से, नाते-रिश्तेदारों के व्यंग्य-बाणों से—बड़े कौशल से मुझे इन सबसे बचाती हुई वह उबार लायी थी। उसकी मजबूत बाँहों का सहारा पाकर मैंने पतवार फिर थाम ली थी और जिन्दगी बड़े आराम से पार हो रही थी।

फिर तेईस मार्च का वह अशुभ दिन आया। हाँ, ठीक तेईस मार्च ही थी वह। इतने दिनों बाद भी वह तारीख ऐसे याद है, जैसे कल ही की बात हो। गुड़िया की परीक्षा चल रही थी—हायर सेकंडरी बोर्ड की।

रोज की तरह दफ्तर से लौटते हुए मैंने पेस्ट्री, संतरे, मक्खन की टिकिया खरीदीं। एक 'माधुरी' का अंक और एक-दो पॉकेट बुक्स भी बैग में छिपाकर रख लीं। कल आखिरी पेपर थे। परीक्षा खत्म होते ही उसे कुछ-न-कुछ पढ़ने को चाहिए।

घर एकदम सुनसान था। आठों पहर चीखने वाला रेडियो भी चुप था और उसकी हर धुन पर थिरकने वाली गुड़िया का कहीं पता नहीं था। सारी चीजें रसोई की अलमारी में रखकर मैंने चाय का पानी चढ़ाया और उसे आवाज दी।

पर कोई उत्तर नहीं आया। चाय छानने के बाद मैं खुद ही दोनों कप लेकर चारों कमरों में घूम आयी। मेम सा'ब सुस्त होकर आरामकुर्सी पर पड़ी हुई थीं। बड़ी ममता हो आयी। दिन-भर पढ़ती रही होगी बेचारी।

'मेम सा'ब, चाय हाजिर है।' मैंने एक स्टूल खींचते हुए कहा। उसने आँखें खोलकर देखा, चुपचाप एक कप लेकर सुड़कना शुरू कर दिया। मम्मी को देख रोज की तरह मुसकरायी भी नहीं—न नाश्ते की फरमाइश, न देर से आने की शिकायत। मुझे बड़ा अजीब-सा लगा।

'पेपर कैसा हुआ, बेटे ?' मैंने उसके सिर पर हाथ फेरते हुए कहा।

'अच्छा ही हुआ।' उसने मरी हुई आवाज में कहा। लेकिन मैं समझ गयी कि अच्छा नहीं हुआ है, नहीं तो वह इतनी उदास क्यों होती। थोड़ा दुःख भी हुआ, पर मैंने जाहिर नहीं होने दिया।

'लता के घर तक घूम आना हो, तो हो आ। मैं अभी खाना तैयार करती हूँ।'

लेकिन उसने कोई उत्साह नहीं दिखाया। मैंने जल्दी-जल्दी सब्जी छौंकी, पराँठे सेंके, थोड़ी-सी बूँदी उतारकर उनका रायता बनाया और उसे आवाज दी।

मेज पर खाना लगाते हुए देखा, सुबह की प्लेटें पड़ी भिनभिना रही हैं। डाँटने की इच्छा हुई, पर सोचा कि जाने दो। परीक्षा के दिन हैं, भूल गयी होगी। खुद मेज साफ करके खाना लगाया।

'खाने के लिए साथ में सुबह कौन था—लता या आरती ?' खाना खाते हुए मैंने पूछा।

कुछ क्षण वह थाली में उँगलियाँ चलाती रही। फिर बोली, 'गंगाधर चाचा थे।'

'अच्छा ! किसी काम से आया था ?'

'नहीं। रास्ते में मिल गये थे। मोटर साइकिल पर घर तक छोड़ गये।'

'खाना तो तुम्हारे ही लायक था, कम तो नहीं पड़ा ? अलमारी में ब्रेड भी रखी थी, निकाल लेतीं न। अच्छा, छाया नहीं आयी अभी ? तीन महीने हो गये। माँ के यहाँ ही जाकर बैठी हुई है। गंगाधर का क्या हुआ, फिर से बहाल होने के ऑर्डर्स आने वाले थे इस महीने ? उसके केस का फैसला हुआ या नहीं ?'

प्रश्नों की झड़ी के बीच ख्याल आया कि गुड़िया चुपचाप बैठी है। मेरी एक बात का भी ज़वाब उसने नहीं दिया। ठीक भी था। इतनी-सी लड़की इन बातों को क्या समझती।

खाना खाते ही वह बिस्तर पर जा लेटी, मैंने पढ़ने के लिए इसरार नहीं किया। सोचा, ठीक से सो लेगी, तो तरोताजा हो जायेगी। वैसे एक रात से फर्क

भी क्या पड़ता था !

'बेटे, अपना गणित का पेपर चाचाजी को दिखा दिया था ? एक प्रश्न पर संदेह हो रहा था न तुम्हें !' मैंने बत्ती बुझाते हुए पूछा। उसने जवाब नहीं दिया। शायद आज के पेपर से उसका मूड ऑफ हो गया था।

'कोई बात नहीं। फिर कभी आयेंगे, तो दिखा देना।' मैंने तसल्ली देते हुए कहा।

'फिर कभी आयेंगे, तो धक्के मारकर निकाल दूँगी घर से !'

क्या यह गुड़िया की ही आवाज थी ! मैंने दुबारा बत्ती जलायी। वह अपने बिस्तर में बैठी गुस्से से तमतमा रही थी।

'ऐसा नहीं कहते, बेटे !'

'उस आदमी को तुमने घर में भी घुसने दिया, तो मुँह नहीं देखूँगी।' उसने दाँत पीसते हुए कहा।

'लेकिन ऐसा हुआ क्या है ?'

'क्या हुआ है, देखोगी ?' कहते हुए उसने तड़ातड़ अपने ब्लाउज के बटन खोल डाले। उफ ! कोई इतना वहशी हो सकता है, मैंने सहमकर अपनी आँखें बंद कर लीं। उजले बल्ब की रोशनी में उसका अनावृत शरीर दीपशिखा-सा दमक रहा था और गंगाधर की हैवानियत के चिह्न उसे धुएँ की लकीर की तरह घेरे हुए थे।

मैंने दुबारा आँखें खोलीं, तब तक वह व्यवस्थित होकर बिस्तर पर जा सोयी थी। पर उतनी-सी देर में जान लिया कि गुड़िया अब बच्ची नहीं रही, बड़ी हो गयी है। माँ की बात याद आयी। पिछली बार वे आयी थीं, तो बार-बार कहती रही थीं—'लड़की तो बाप की तरह लंबोतरी हुई जा रही है। इसे साड़ी या सलवार पहनाया कर। ये उघड़ी-उघड़ी टाँगें अच्छी नहीं लगतीं।'

मुझे इतना गुस्सा आता। खीझकर कहती—'तुम भी गजब करती हो, अम्मा! हम लोगों को तेरह साल की उम्र में साड़ी से बाँध दिया था। इस बेचारी को यह सजा क्यों देती हो ! पता है आज तो कॉलेज में भी कोई साड़ी पहनकर नहीं जाता।'

अम्मा तुनककर कहतीं, 'आजकल के क्या कहने ! इनका बस चले, तो फिराक पहने ही भाँवरें पड़वा लें।'

घर में गंगाधर, डॉक्टर साहब या अन्य कोई परिचित आते, तो वे भुनभुनाती रहतीं, 'लड़की को समझाया कर, जरा इनसे दूर ही रहा करे। ये चौबीस घंटे चोटी खींचना, गला मसलना, पीठ पर धौल जमाना मुझे अच्छा नहीं लगता।'

'गजब करती हो, अम्मा तुम। ये सब उसके चाचा लोग हैं। पता है, इसे कितना लाड़ करते हैं ?'

'तो लाड़ क्या दूर से नहीं हो सकता ?'

अम्मा की इस बात को मैंने हमेशा हँसी में उड़ाया। ऐसी ऊटपटाँग बातों से लड़की का दिमाग खराब करने की इच्छा कभी नहीं हुई।

क्या यह मैंने ठीक किया था ?

उसे अपनी गोद में भरते हुए मैंने काँपती आवाज में कहा, 'डॉक्टर आंटी को आवाज क्यों नहीं दे ली, बेटे ?'

'ओह मम्मी, मुझे क्या मालूम था ? वह विलेनों का-सा व्यवहार करने लगे। बैठे ही बैठे एकदम बदतमीजी पर उतर आये।'

फिर मुझसे अलग होते हुए बोली, 'मैंने भी वह सबक सिखाया है कि जिन्दगी-भर याद रखेंगे। मैं कोई मिट्टी का लोंदा नहीं हूँ कि जो चाहे मुझे रौंदकर चला जाए।'

उसका वह आवेश, वह रोष, वह रूप मेरे लिए एकदम नया था। अनुभव के क्षण उसे एकदम बड़ा कर गये थे। और अनुभव भी कितना भयानक ! बेचारी अब कभी जान नहीं पायेगी कि पुरुष का पहला स्पर्श कितना मंगल, कितना पवित्र, कितना रोमांचक होता है। इस दुर्दिन की स्मृति हमेशा एक काली छाया की तरह उसके अनुभवों के आसपास मँडराती रहेगी।

हाय गंगाधर ! तुमने यह क्या किया ? इसके लिए मैं जिंदगी-भर तुम्हें माफ नहीं कर पाऊँगी।

कल तक गंगाधर मेरे स्नेह का, सहानुभूति का पात्र था। बेचारा आठ-दस महीने से मुअत्तिल होकर घर पर बैठा हुआ था। शासन से तिरस्कृत होते ही संबंधियों की उपेक्षा का दुःख भी उसे सहना पड़ रहा था। आर्थिक संकट भी मुँह बाये खड़ा था। इन सबसे घबराकर छाया भी बच्चों को लेकर माँ के पास चली गयी थी। सारी मुसीबतों के बीच वह एकदम अकेला पड़ गया था। पत्नी के तानों से छलनी बने कलेजे को लेकर विभागीय जाँच से जूझ रहा था।

महीनों से किसी स्नेहिल स्पर्श का प्यासा उसका मन फगुनायी एकांत दोपहरी में विधु का आकर्षण नहीं झेल पाया होगा ! अगर विधु की जगह और कोई होता, तो मेरी सारी सहानुभूति गंगाधर के साथ होती। पर उस समय तो मेरा कण-कण उसे कोस रहा था। लग रहा था कब सुबह हो और...

लेकिन सुबह होने पर ही मैं क्या कर लेती ? क्या उसके दरवाजे जाकर इस विश्वासघात के लिए जवाब तलब करती ? सर्वनाश जो होते-होते रह गया था, मेरी बातों से शायद पूरा ही हो जाता।

तब बहुत याद आये नरेन्द्र। पुरुष के छत्र के बिना कितना पंगु हो जाता है नारी का जीवन ! रात के अँधेरे में हम माँ-बेटी देर तक एक-दूसरे से लिपटी उनकी याद में आँसू बहाती रहीं।

सुबह जब उठी थी, तो एक निश्चय के साथ ही। सारी बात एकदम भूल जाना ही श्रेयस्कर था, जिसमें आज गुड़िया का आखिरी पेपर था। मैंने रोज की

तरह चाय बनायी, नाश्ता बनाया, उसके लिए पानी गरम किया और रोज की तरह सहज भाव से ही उसे जगाया। रोज बिस्तर से उठते ही उसकी जबान शुरू हो जाती थी। उस दिन का चार्ज मैंने ले लिया था। मैं एक क्षण का भी अंतराल नहीं छोड़ना चाह रही थी, जिससे वह कल के बारे में सोचने लगे।

उसे नहाने भेजकर मैं कलम में स्याही भरने चली थी कि घंटी बजी। 'इतनी सुबह कौन होगा'—सोचते हुए मैंने दरवजा खोला। नाइट गाउन पहने पड़ोसी डॉक्टर मित्रा खड़े थे।

'आपका फोन है, भाभी !'

'मेरा ?' मैंने आश्चर्य से भरकर पूछा और उनके पीछे चल पड़ी।

'भाभी, मैं दवे बोल रहा हूँ, तिलकनगर से।' रिसीवर उठाते ही आवाज आयी।

'कहिए !' मैंने उत्तर दिया। और उसके बाद जो कुछ सुना, वह इतना भयानक था कि मेरे हाथ से रिसीवर ही छूट पड़ा।

'क्या बात है, भाभी ?' डॉक्टर दंपति ने घबराकर पूछा।

'गंगाधर ने सीलिंग फैन से लटककर आत्महत्या कर ली।' मैंने सपाट स्वर में कहा।

'क्या ?' वे दोनों भी स्तब्ध रह गये थे।

'कल ही तो गुड़िया को छोड़ने यहाँ तक आये थे।' मिसेज मित्रा ने कहा। मैंने घबराकर उनकी ओर देखा; ईश्वर न करे, आगे का हाल भी वे जानती हों!

'सस्पेंड हो गये थे न ! मैंने सुना कि बीवी भी लड़-झगड़कर चली गयी थी।' डॉक्टर साहब बोले।

'यही तो गलत होता है। ऐसे समय पति को अकेला नहीं छोड़ना चाहिए। पता नहीं कब कैसा मन हो जाए ?'

मैंने मिसेज मित्रा को बात पूरी नहीं करने दी। हड़बड़ाकर उठते हुए बोली, 'सुनिए, मुझे शायद दिन-भर वहाँ लग जायेगा। आप गुड़िया को यहीं रख लीजिएगा। और...और उससे अभी कुछ नहीं बतलाइएगा।'

'आप बेफिक्र रहिए।' उन लोगों ने आश्वासन दिया।

'कहाँ चली गयी थीं मम्मी ?' विधु ने पूछा।

'पड़ोस में कहने गयी थी। आज तुम खाना वहीं खाओगी। मुझे जरा जल्दी दफ्तर जाना है। बना नहीं पाऊँगी।'

मुझे लगा, वह सौ प्रश्न पूछ डालेगी, पर वैसा कुछ नहीं हुआ। चुपचाप नाश्ता करके सीढ़ियाँ उतर गयी। रोज की तरह न भगवान को हाथ जोड़े, न मेरे पाँव छुए, न सड़क से टाटा किया।

उसका वह बदला हुआ रूप देखकर मन भर आया। दुःख करने के लिए समय भी कहाँ था ! वहाँ गंगाधर के बँगले पर मेरी प्रतीक्षा हो रही थी। कहने

को रिश्ता हम लोगों से कुछ भी नहीं था। बरेली में उन लोगों का मकान हमारे घर के मकान से लगा हुआ था, बस। परदेश में आकर यही रिश्ता पक्का हो गया था। नरेन्द्र को वे हमेशा बड़े भाई की तरह मानते रहे थे और उनके बाद भी परिवार को गंगाधर का स्नेह-सहयोग मिलता रहा था। इसीलिए सबसे पहले मुझे ही याद किया गया था।

यह कल्पना कितनी अजीब लग रही थी, कि जिस समय मैं अपने संपूर्ण अंतर्मन से उसे शाप पर शाप दिये जा रही थी, उसका मृत शरीर छत के पंखे से झूल रहा था। मुअत्तिल होने का अपमान उसने दिलेरी से सहन कर लिया था, रिश्तेदारों की उपेक्षा की उसने परवाह नहीं की थी, पत्नी की अवहेलना भी वह पी गया था, पर आत्मग्लानि की यंत्रणा उससे झेली नहीं गयी थी। मृत्यु का निश्चित समय दवे बता नहीं पाया था। दूध वाले ने दरवाजा खटखटाने के बाद बेडरूम की खिड़की से झाँका था, तभी इस दुर्घटना का पता लग सका था। लेकिन मुझे निश्चय था कि गंगाधर यहाँ से लौटकर ही मृत्यु से लिपट गया होगा। जैसा उसे अब तक जाना था, उससे यही लगता था। मेरे मन का सारा आक्रोश करुणा में बदलकर रह गया था।

मेरे वहाँ पहुँचने तक लाश पोस्टमार्टम के लिए जा चुकी थी। मेज पर उसकी लिखी चिट्ठी भी पुलिस ले गयी थी। दवे ने बताया कि उसमें बस इतना ही लिखा था, 'जीवन से ऊब गया हूँ। सब लोग कहा-सुना माफ करें।'

मन का रहा-सहा रोष भी चिट्ठी की बात सुनकर निकल गया और मेरी आँखों से आँसू बह निकले।

दिन-भर कैसे बीता, शब्दों में कहना कठिन है। एक तो मौत का घर, फिर ऐसी भयानक मौत। ढेर सारे लोग इकट्ठा हो गये थे। वे लोग भी थे, जो उससे इन दिनों कतराते थे। वे अफसर भी थे, जो उससे गाँव का घी मँगवाते थे, अपनी बेटियों की शादियों में सरकारी पेट्रोल फुँकवाते थे, हर छह महीने बाद अपना नजराना वसूलते थे। उसके मुअत्तिल होने पर इन सब लोगों ने आँखें फेर ली थीं और अब अर्थी को कंधा देने के लिए तत्परता से हाजिर हो गये थे।

वे रिश्तेदार भी थे, जो उसकी सरकारी जीप में बैठकर यहाँ-वहाँ जाने में बड़ा गर्व अनुभव करते थे। उसी जीप के छिन जाने के बाद, जो उसकी नमस्ते का जवाब भी ऐसे देते थे, जैसे अहसान कर रहे हों।

वे दोस्त भी थे, जो हर तीसरे दिन उसके यहाँ डिनर पर आते रहते थे। पर पिछले छह महीनों से किसी ने उसे चाय पर भी नहीं बुलाया था।

उन लोगों की आहें और आँसू देख-देखकर चिढ़-सी हो रही थी। पर छाया की प्रतीक्षा में मेरा वहाँ बैठना आवश्यक था। तीसरे पहर छाया और गंगाधर की लाश साथ ही पहुँचे। सब-कुछ निबटाते रात को नौ बज गये। छाया की भाभियाँ तो मुझे रोकना चाह रही थीं, पर विधु का बहाना कर मैं वहाँ से निकल आयी।

घर पर पहुँचकर भी ऐसा लगता रहा, जैसे वे सारे दृश्य, सारी आवाजें मेरा पीछा करती रही हैं। नहाकर निकली, तो देखा, मिसेज मित्रा खड़ी हैं।

'भाभी, खाना खाने चलिए। हम लोग रुके हुए हैं।' खाने की जरा इच्छा न थी, पर उनके सौजन्य को ठुकराते नहीं बना। सारी बातें दोहराने की जरा इच्छा न थी। पर सब लोगों की उत्सुक आँखों का लिहाज करना पड़ा। जैसे भी बन पड़ा, उन्हें सब बताती रही। बार-बार डर लगा रहा कि गुड़िया तक ये सारी बातें न पहुँचें। एक-दो बार दबी जबान से इशारा भी किया, तो मिसेज मित्रा बोलीं, 'वह सब सुन चुकी है। उसके क्लास की एक लड़की तिलकनगर ही रहती है। उसने सुबह ही यह खबर उसे दे दी है। ऐसी बातें छिपती थोड़े ही हैं।'

शायद उनका कहना ठीक ही था। पर मैं अपनी तरह से कोशिश करती रही थी कि यह समाचार उस तक सौम्य रूप में पहुँचे। गंगाधर की वह वीभत्स मृत्यु मुझे भी हिला गयी थी। वह तो खैर, बच्ची ही थी।

'मम्मी !' घर में आते ही उसने करुण स्वर में पुकारा।

मुझे मालूम था, वह क्या पूछना चाहती है। बड़े ही संयत स्वर में मैंने कहा, 'देखो बेटे ! अभी मुझसे कुछ मत पूछो। दिन-भर से यही सब कह-सुनकर मैं पागल हुई जा रही हूँ। थोड़ा सो लेने दो मुझे।'

कहने को बिस्तर पर आ लेटी मैं, पर आँखों में नींद नाम को नहीं थी। शायद विधु भी जाग रही थी, पर मैं जान-बूझकर मूर्तिवत् लेटी रही। एकाएक मार्च की वह रात गरम हो उठी और मैं पसीने से नहा गयी। धीरे-से उठकर मैंने पंखा चला दिया।

'बंद करो वह पंखा, मम्मी, प्लीज !' वह इतने आर्त स्वर में चीखी कि मैं भीतर तक सिहर उठी। पंखा बंद कर मैंने खिड़कियाँ पूरी-पूरी खोल दीं। पर्दे ऊपर डाल दिये और अखबार के कागज से हवा करती हुई उसे थपकने लगी।

'मम्मी !' कुछ देर बाद उसका स्वर आया, 'चाचा ने क्यों किया होगा ऐसा ?'

'तुझे मालूम तो है वह मुअत्तिल हो गये थे।'

'मुअत्तिल क्या आज हुए थे।'

'तेरी चाची लड़-झगड़कर चली गयी थीं न ! इसी से उदास हो गये थे।'

'चाची को गये तीन महीने हो गये हैं।'

'शायद कर्जदारों ने परेशान किया हो। अब सो जाओ, बेटा। बहुत रात हो गयी है।' मैंने पीछा छुड़ाते हुए कहा।

वह मेरे हाथों से छिटककर उठ बैठी, 'क्यों अपने को झुठला रही हो मम्मी ? मुझे मालूम है, चाचा ने मेरी वजह से आत्महत्या की है। मैंने उन्हें बहुत बुरा-भला कहा था, उन्हें पापा की खड़ाऊँ से पीटा था, इतनी-इतनी गालियाँ दी थीं मैंने...मुझे बहुत गुस्सा आया था, पर मैंने यह कभी नहीं चाहा था कि वे इस तरह...' और वह फफककर रो उठी। अपनी वजह से एक हँसता-खेलता आदमी

दुनिया से उठ गया है, यह कल्पना उसका नन्हाँ-सा दिल मथ गयी थी। रुलाई का ज्वार इतना प्रबल था कि मेरे सांत्वना के शब्द बह-बह जाते थे।

मुझे खुद पता नहीं था कि वह कब सोयी, क्योंकि शारीरिक और मानसिक रूप से क्लांत होकर मैं तो नींद को ज्यादा देर रोक नहीं पायी थी।

सुबह नींद खुली भी, तो उसकी चीख सुनकर ही। अलसाती आँखों से मैंने उसके बिस्तर को देखा। वह सूना पड़ा था। खुली खिड़कियों से होकर धूप सारे कमरे में बिछ गयी थी। मैं हड़बड़ाकर उठी। देखा, बरामदे में विधु बेहोश पड़ी है। पास ही सुबह का अखबार पड़ा है। फ्रंट पेज पर बड़े-बड़े अक्षर चमक रहे थे—युवक इंजीनियर की दर्दनाक मृत्यु !

डॉक्टर दंपति भी मेरे साथ ही दौड़कर बरामदे में पहुँचे थे। हम लोगों ने मिलकर उसे उठाया। बिस्तर पर लाकर लिटाया। डॉक्टर साहब ने स्मेलिंग साल्ट वगैरह लाकर उसे सुँघाया। कुछ ही देर में उसने आँखें खोलीं। मेरे जी का बोझ कुछ हल्का हुआ। 'मैंने उन्हें मार डाला ! मैंने उन्हें मार डाला !' अस्पष्ट स्वर में वह बुदबुदा रही थी।

'कुछ कह रही है शायद।' मिसेज मित्रा ने समझने की चेष्टा करते हुए कहा।

'उसे शॉक-सा लग गया है न। कल रात पंखे को देखकर भी ऐसे ही डर गयी थी।' मैंने जल्दी से कहा, 'अब तो मेरे खयाल से ठीक है। आइए न, बाहर बैठें। मैं चाय बनाकर लाती हूँ।'

'जी नहीं, अब तो चलेंगे। हॉस्पिटल के लिए तैयार भी होना है। वैसे घबराने की कोई जरूरत नहीं है।'

अस्पताल जाने से पहले वे फिर एक बार आकर देख गये। वह ठीक हो चली थी, पर ऐसी निस्तेज दिखाई दे रही थी, मानो महीनों से बीमार हो। नौ बजे के करीब मैं जबरदस्ती उसे थोड़ा-सा दूध और ब्रेड दे पायी।

'मम्मी, जरा अखबार देना।' उसने थके स्वर में कहा।

'देखती हूँ बेटे। सुबह हड़बड़ाहट में पता नहीं कहाँ रह गया है।' मैंने कह दिया। अखबार इस समय तक राख हो चुका था। मैं नहीं चाहती थी कि गुड़िया उसे दोबारा पढ़े। लाश की फोटो उसमें नहीं दी गयी थी। पर संवाददाता ने ऐसा हृदयद्रावक वर्णन किया था कि पढ़ते हुए मेरा भी कलेजा काँप गया था। वहाँ तो सब देखकर मैंने आँखें बंद कर ली थीं, परंतु पेपर में जैसा वर्णन था, उन सारी बातों को जैसे मैं फिर से जी गयी थी।

'मम्मी !'

'क्या है, बेटे ?'

'उस दिन उन्हें घर में नहीं बुलाती, तो कितना अच्छा होता न।'

'बार-बार उन बातों को दोहराने से कोई लाभ है, बेटे ?'

'मैं क्या करूँ, मेरे मन से यह बात निकलती ही नहीं कि मैं उनकी मृत्यु

का कारण हूँ। मैं उन्हें मौत के दरवाजे तक ढकेल आयी थी। सचमुच मैंने उन्हें मार डाला।' उसने तकिये पर सिर पटकते हुए आर्त स्वर में कहा।

मैं परेशान हो उठी। किसी तरह स्वर को संयत करके कहा, 'देखो बेटे ! मौत जब आती है, तो अपने आप बहाना ढूँढ़ लेती है। तुम इस ऊटपटाँग खयाल को दिल से निकाल दो...'

'और फिर सबके सामने यूँ अपने मन की बात कही थोड़े ही जाती है। लोग कुछ भी सोच सकते हैं।'

'क्या सोचेंगे ?'

अब इस बात का जवाब मेरे पास क्या था ? मैं चुपचाप उठकर कमरे की चीजें करीने से रखने का नाटक करने लगी। मेंटल-पीस पर रखी हुई साईं बाबा की मूर्ति को हाथ में लेते ही मैंने अनायास गुड़िया की ओर देखा, वह अपलक मूर्ति को निहार रही थी। उसकी आँखों में पता नहीं क्या-क्या तिर आया था। जो व्यक्ति परसों दुनिया का सबसे कुत्सित प्राणी था, मरने के बाद फिर से अपने पुराने रूप में याद आ रहा था।

वह मूर्ति पिछले साल गंगाधर ही लाया था। वे दोनों मियाँ-बीवी शिरडी गये हुए थे। लौटते हुए विधु के लिए यह मूर्ति लाये थे। उसने उसे बेडरूम में ही रख छोड़ा था, ताकि सुबह पहले उन्हीं के दर्शन हों।

पता नहीं, मुझे क्या हुआ। मैंने मूर्ति उठाकर सेफ में बंद कर दी। गुड़िया ने कुछ ऐसी दृष्टि से मुझे देखा कि मैं स्वयं को अपराधी अनुभव करने लगी। मुझे लगा कि जब तक वह गंगाधर के स्नेहमय रूप को याद करती रहेगी, स्वयं को इसी तरह उसकी मृत्यु के लिए उत्तरदायी गिनती रहेगी।

इस स्थिति से उसे उबारने के लिए मैंने जैसे अपने आपसे कहा, 'मरने वाले की बुराई नहीं करनी चाहिए। लेकिन अच्छा ही हुआ, जो अपनी मौत चला गया नहीं तो...नहीं तो शायद मुझे यह काम करना पड़ता।'

मैंने बिल्कुल झूठ भी नहीं कहा था। उस दिन सचमुच इतना ही क्रोध आ गया था मुझे। पर उसकी मृत्यु के तीन दिन बाद यह कथन बड़ा बेसुरा लग रहा था। मैंने स्पष्ट देखा कि विधु ने घृणा से मुँह फेर लिया और तकिये में मुँह छिपाकर चुपचाप रोती रही। उसे सांत्वना दे सकूँ, इतना भी साहस तब न रहा।

शाम तक उसकी कई सहेलियाँ आकर हालचाल पूछ गयीं। हर बार मुझे डर लगता रहा कि यह कहीं ऊलजलूल न बक दे। खासकर लता जब आयी, तो मैं वहीं जमकर बैठी रही। लता उसकी सबसे अंतरंग सखी थी। लता से ज्यादा खतरा मुझे उसकी माँ से था। चलती-फिरती सूचना-केंद्र थी। उसके कानों तक बात पहुँचने भर की देर थी। चौबीस घंटे के अंदर-अंदर विधु का नाम शहर में मशहूर हो जाता।

जितनी देर लता बैठी रही, गुड़िया ने एक बार भी मुँह नहीं खोला। बस,

आँख बंद किये चुपचाप लेटी रही। वह उसके सिर पर हाथ फेरती रही। तीन-चार दिन तो यह क्रम चला, फिर वह भी बोर हो गयी। आखिर थी तो बच्ची ही। चौथे दिन जब मैं उसे छोड़ने बाहर तक गयी, तो बोली, 'क्या बात है आंटी, विधु तो एकदम गुमसुम-सी हो गयी है ? तबीयत तो अब ठीक है न !'

'घर में बैठे-बैठे ऊटपटाँग बातें सोचा करती है न। तुम लोग कोई पिक्चर का प्रोग्राम क्यों नहीं बनातीं ? परीक्षा के बाद देखने की बात थी न।' मैंने सुझाया।

'थी तो, पर हम लोगों ने सोचा...कल चले जायेंगे।'

उसके साथ सिनेमा का प्रोग्राम तय करके मैंने गुड़िया को सूचना दी। पिक्चर के नाम से हमेशा उछल पड़ने वाली वह गंभीर बनी बैठी रही।

'मैंने उन लोगों से वादा कर लिया है, गुड़िया !'

'ठीक है, चली जाऊँगी। लेकिन अकेले नहीं, तुम भी साथ चलोगी।' उसने ठंडे स्वर में कहा।

'मैं ! मैं लड़कियों के बीच अच्छी लगूँगी क्या ? और फिर मेरा फ़िलहाल पिक्चर जाना वैसे भी शोभा नहीं देगा।'

'और मुझे शोभा देता है ?' उसने तीखी दृष्टि से बींधते हुए कहा।

बात वहीं समाप्त हो गयी। किसी तरह उसकी सहेलियों को समझाया जा सका। धीरे-धीरे उन लोगों का आना भी कम हो गया। करीब-करीब सभी छुट्टियों में बाहर जा रही थीं। मेरी भी छुट्टियाँ समाप्त हो रही थीं। सूने घर में उसे अकेले छोड़ते न बनता था।

ऐसे में बिन्नी (विनीता, मेरी ननद) मुझे देवदूत की तरह लगी। गुड़िया की बीमारी की खबर सुनकर दिल्ली से दौड़ी चली आयी थी। अपनी लाड़ली बुई को देखते ही उसके चेहरे पर चमक आ गयी थी। बिन्नी के साथ पराग-निहार भी थे ही। मैंने सोचा—चलो, अब इसे सोचने के लिए खाली वक्त नहीं रहेगा।

लेकिन मैंने देखा कि अनजाने ही मेरा सोच बढ़ गया था। दफ्तर में टाइप करती उँगलियाँ एकाएक रुक जातीं। सोचती, गुड़िया ने बिन्नी के सामने सब-कुछ उगल न दिया हो। कई बार छुट्टी लेकर जल्दी लौट भी आती। बिन्नी की ओर देखकर टोह लेती कि वह कितना जान गयी है। पर कुछ पता न चलता।

उस दिन गंगाधर के यहाँ जाने की बात चली। बिन्नी का जाना जरूरी था, पर गुड़िया भी जिद पर आ गयी।

'कितनी बार कहा है तुमसे, ऐसी जगह बच्चे नहीं जाया करते। तुम घर पर पराग-निहार को देखना। हम लोग घंटे-भर में लौट आयेंगे।'

वह मुझे घूरती हुई दूसरे कमरे में चली गयी। इन दिनों मुझे देखने का एक खास ढंग उसने अपना लिया था। कभी-कभी तो उस दृष्टि से दहाशत-सी होने लगती थी।

'भाभी ! तुम अभी तक उसे छोटे बच्चों की तरह झिड़क देती हो, अच्छा

नहीं लगता।' रास्ते में बिन्नी ने कहा, 'मैं हैरान हूँ। तुम एक बार भी उसे छाया से मिलाने नहीं ले गयीं। इस घर में और दूसरे घरों में क्या कोई फर्क ही नहीं है। कम-से-कम बच्चों को एकाध दिन घर ले आतीं अपने।'

क्या कहती मैं ! चुप बनी रही। लौटते वक्त छाया के दोनों बच्चे भी साथ थे। बेचारे बच्चे, वहाँ सहमे-सहमे घूम रहे थे। यहाँ आते ही खिल गये। चारों-पाँचों ने मिलकर घर सिर पर उठा लिया। जब तक सो नहीं गये, मस्ती करते रहे।

रात में मैं रसोई धो रही थी। बिन्नी और गुड़िया बिस्तर लगा रही थीं। चारों शैतान ड्राइंगरूम में कहीं कालीन पर, कहीं सोफे पर लुढ़क गये। एक-एक कर उन लोगों को लाकर सुलाया गया।

'बुई ?'

'हाँ, बेटे !'

'तरुण-तृप्ति कितने छोटे हैं न !'

'हाँ, बेचारे इतनी-सी उम्र में बाप की छाया खो बैठे।'

'बुई, क्या ये बड़े होने पर चाचा को याद रख पायेंगे ?'

'नहीं। और एक तरह से अच्छा ही है, गुड़िया ! हम बड़े भूल नहीं पाते, इसी से तो दुनिया में इतने सारे दुःख हैं।'

'यही तो, इन बच्चों को देखकर तो और भी दुःख होता है। इतनी-सी उम्र में अनाथ हो गये बेचारे, मेरी तरह।'

'ऐसा नहीं कहते बिटिया !'

'सच कहती हूँ बुई, कभी-कभी ऐसा सोच हो आता है।'

'गुड़ियाऽऽ !'

मेरी आवाज उनकी मद्धम आवाजों को चीरकर बेडरूम तक पहुँची। रसोई में सिर्फ मेरे हाथ काम कर रहे थे। सारा ध्यान तो केन्द्रित था बाहर की ओर। मुझे गर्व हो रहा था कि ठीक समय पर मैंने संभाषण का सूत्र तोड़ दिया है।

'क्या है ?' उसकी सूखी-सी आवाज मन को कँपा गयी, फिर भी मैंने हँसने का यत्न करते हुए कहा, 'जरा डॉक्टर आंटी के यहाँ से दही तो ले आ, बेटी ! थोड़ा-सा दूध बच गया है, जमा दूँगी।'

वह दरवाजे से हिली नहीं। मैंने कटोरी उसके आगे की। उसने लेकर शांति से वह बर्तनों के शेल्फ पर रख दी और फिर कमर पर हाथ रखकर बोली, 'रात को दही न माँगने का सिद्धांत तुम्हारा क्या हुआ ?'

'अरे, कभी मजबूरी में...'

'कैसी मजबूरी है ? यह घर में इतना दही है, नहाओगी क्या ?' उसने अलमारी खोलकर डोंगा मेरे सामने कर दिया। उसके बोलने का ढंग मुझे अच्छा नहीं लगा, फिर भी मैंने टालने के इरादे से कहा, 'अरे, मुझे तो याद ही नहीं रहा। अच्छा, रहने दे। जा तू।'

पर गैस साफ करते हुए मैंने उसकी जलती हुई आँखों को अपनी पीठ पर स्पष्ट अनुभव किया। न चाहने पर भी आँखें उधर को उठ गयीं।

'तुम इतनी भोली नहीं हो, मम्मी, जितना बनती हो।' उसने किसी खलनायिका की तरह चबा-चबाकर कहा।

'क्या बक रही है ?' मैंने गुस्से को जब्त करते हुए कहा।

'किसी दिन तो कहने दो मुझे। तंग आ गयी हूँ तुम्हारी जासूसी से। तुम्हें क्या लगता है, मैं समझ नहीं पाती। कोई भी आता है मेरे पास, तो तुम्हारे कान खड़े हो जाते हैं। मेरी टीचर आएँ तो, मेरी सहेलियाँ आएँ तो, यहाँ तक कि बुई के साथ भी मुझे घड़ी-भर चैन नहीं लेने देती हो। गिद्ध की तरह मँडराया करती हो आसपास, क्यों ?'

सटाक...

उसका आखिरी 'क्यों' मेरे चाँटे की आवाज में दब गया। मारने के बाद लगा, जैसे मेरे पैरों में जान नहीं रह गयी है। मैं वहीं गीले फर्श पर धम्म से बैठ गयी।

तब तक बिन्नी दौड़कर आ चुकी थी और गुड़िया उससे लिपटकर रो रही थी। रोते हुए कहती जा रही थी, 'मैं इनसे नफरत करती हूँ। मैं इनसे नफरत करती हूँ।' बिन्नी उसे सहारा देकर बिस्तर पर ले गयी।

घंटे-भर बाद जब वह लौटी, मैं उसी तरह घुटनों में सिर डाले गुमसुम बैठी थी।

'भाभी !' वह आते ही बरस पड़ी, 'यह तुम्हें क्या हो गया है ! सयानी लड़की पर हाथ उठा देती हो। ऐसा व्यवहार मिल रहा है उसे, तभी तो उसे फिट्स आने लगे हैं। कहीं नाखून में रोग नहीं था, पिछले साल तक। इस तरह तो तुम उसकी जिंदगी तबाह कर दोगी। मैं कल ही उसे अपने साथ ले जाऊँगी। ऐसे तो वह लड़की यहाँ पागल हो जायेगी।'

और सचमुच वह दूसरे दिन उसे अपने साथ ले गयी। सारा प्रोग्राम तय हो गया, जैसे बिन्नी ही उसकी माँ हो। मुझसे पूछने की भी जरूरत नहीं समझी गयी।

स्कूल-ट्रिप पर भी जाती, तो मुझसे लिपटकर रोने वाली विधु ! उसने मेरी ओर देखा तक नहीं। मैं बाजार से उसके लिए कपड़े ख़रीद लायी, मिठाइयों के डिब्बे, सैंडलें, बुंदे, चूड़ियाँ, ब्रोंच—उसने किसी चीज की तरफ झाँका भी नहीं। मैं स्टेशन भी गयी, आँखों में टीस उठने तक जाती हुई ट्रेन को देखती रही, पर किसी खिड़की से कोई रूमाल, कोई हाथ मेरे लिए नहीं हिला, कोई आँख मेरे लिए गीली नहीं हुई।

आठ-दस दिन बाद बिन्नी का क्षमा-याचना वाला पत्र आया था। लिखा था, 'विधु के लिए वातावरण का बदलाव बहुत जरूरी था। तुम ऐसे तो उसे भेजती

नहीं, इसलिए नाटक करना पड़ा।'

शायद वह भूल गयी थी कि हर साल गर्मियों में दफ्तर से छुट्टी लेकर मैं उसे घुमा लाती थी। फिर भी मैंने ध्यान नहीं दिया। सोचा, परिवेश में बदलाव भी जरूरी है। शायद मुझसे दूर रहकर वह मेरे बारे में ठीक से सोच सके।

रिजल्ट आने तक मैंने बड़ी मुश्किल से सब्र किया। परीक्षाफल बहुत ही निराशाजनक था। मुश्किल से हायर सेकंड क्लास बन रहा था। आखिरी पेपर उसने लगभग कोरा ही दे दिया था। उसकी प्रिंसिपल बहुत दुःखी हुई थीं। हम दोनों ने एक-दूसरे को सांत्वना दी। मैंने कॉलेज का फार्म भरा और उसे लेने दिल्ली पहुँची। मुझे लगा था, वह मुझे देखते ही लिपट जाएगी। पर देखा, उसकी आँखों का वह हिंसक भाव जरा भी सौम्य नहीं हो पाया है।

बिन्नी की सास, जिठानी, पति–सभी उसके नम्र और मधुर स्वभाव की प्रशंसा किये जा रहे थे। सुनकर मन गर्व से फूल भी रहा था। लग रहा था, काश इसका एक शतांश ही मेरे हिस्से में आता।

मौका देख रही थी कि उससे चलने के लिए बात करूँ कि उसने खुद ही मुझे छत पर आ घेरा।

'क्यों आयी हो यहाँ ?' उसने उसी स्वर में पूछा, जो उसने सिर्फ मेरी लिए सुरक्षित कर रखा था।

'घर नहीं चलना है, गुड़िया ? मैंने जबरदस्ती स्वर में मिठास घोलते हुए कहा, 'मैंने तुम्हारा फार्म भर दिया है। जी. डी. सी. में जाओगी न। तुम्हारी सभी सहेलियाँ वहीं जा रही हैं। लता, मीरा, अनुभा, आयशा–सब।'

'मेरी कोई सहेली नहीं है। मेरा कोई घर नहीं है। मुझे उस जेल में वापस नहीं जाना। बस।' और वह किसी शेरनी की तरह गर्वोन्नत चाल से वहाँ से चली गयी।

घोर असमंजस में पड़ी मैं देर तक छत पर टहलती रही। रात के खाने पर कुँवरजी ने ही मेरी समस्या का समाधान किया। बोले, 'भाभी, आपको जानकर खुशी होगी कि गुड़िया को इन्द्रप्रस्थ में दाखिला मिल गया है। मेरी एक दूर की रिश्ते की भाभी वहाँ हैं। उन्हीं की कृपा से यह काम हुआ है। अब एम. ए. तक आपको चिंता नहीं करनी होगी।'

मेरे कहने-सुनने की गुंजाइश वहाँ थी ही नहीं। फिर भी उनका हँसता हुआ चेहरा देखकर मन में संदेह का ज्वार उठा। बिन्नी को एक तरफ ले जाकर कहा, 'कहाँ का झमेला मोल ले रही है। जानती है, सयानी लड़की आग की तरह होती है। इसे सँभालना बड़ी जिम्मेदारी का काम है।'

'तभी तो तुमसे बिना पूछे यहाँ दाखिला करा लिया, तुम तो दिन-भर रहती हो दफ्तर में। अकेली लड़की घर में रहेगी, तो डर ही रहता है। यहाँ तो मैं हूँ, अम्मा हैं, भाभीजी हैं।'

इस दलील का मेरे पास कोई जवाब नहीं था। जैसे गयी थी, वैसे ही लौट आयी मैं। जाते समय मन में उत्साह था, लौटते हुए निराशा। उस निराशा-भरी मानसिक अवस्था में घर और भी सूना लग उठा।

शाम को डॉक्टर साहब के चीकू ने पूछा, 'दीदी नहीं आयी, आंटी !' जवाब देते-देते मैं एकदम रो पड़ी।

उस रात डॉक्टर दंपति देर तक बैठे मुझे समझाते रहे। अगले तीन-चार दिनों तक भी चाय-नाश्ता वहीं से आता रहा। आखिरकार मुझे ही शर्म आने लगी। सारी उदासी एक ओर फेंककर मैं नये सिरे से अपनी दिनचर्या में जुट गयी। पिछले दो-तीन महीने मैं स्वप्नावस्था ही में जी रही थी। सोते-बैठते मेरा मन गुड़िया में ही लगा रहता था। अब मन उतना बिखरा-बिखरा नहीं रहा। एक बार मनुष्य निश्चय कर ले, तो सब-कुछ सहज हो जाता है। मैंने सारा संचित दुलार चीकू पर उँडेलना प्रारंभ किया। बड़ा प्यारा बच्चा था। गैलरी में खड़े होकर मेरे दफ्तर से लौटने की राह देखा करता। उसके लिए आते हुए रोज मैं फल, बिस्कुट, खिलौने, टॉफी—कुछ-न-कुछ लेकर ही आती। उसके माँ-बाप बहुत नाराज होते। पर मुझसे खाली हाथ घर आया नहीं जाता।

दीवाली की छुट्टियों में विधु की प्रतीक्षा थी। पर एक महीना पहले ही बिन्नी ने लिखा कि उसके कॉलेज की ट्रिप गोवा जा रही है। अगर मैं कह दूँ तो अच्छा रहेगा। क्योंकि इतने कम पैसों में इतनी दूर जाने का सुयोग फिर नहीं जुटेगा।

मैंने चुपचाप पैसे भेज दिये। हैरत की बात तो यह कि इस अपेक्षा-भंग पर मुझे जरा भी आश्चर्य या दुःख नहीं हुआ। जैसे मुझे इस बात का पहले ही से अनुमान था। यूँ दीवाली से पहले-पहले सारी ट्रिपें लौट आया करती हैं, पर बिन्नी वगैरह को असमंजस से बचाने के लिए मैंने लिख दिया है कि मैं भी दीवाली भैया के यहाँ ही कर रही हूँ और अम्मा से मिलने चली गयी।

क्रिसमस की छुट्टियों में बिन्नी खुद उसे लेकर आयी। इन छह महीनों में वह एकदम बड़ी-सी लग उठी थी। दिल्ली की पालिश उसकी बोलचाल में, रहन-सहन में आ गयी थी। वह निश्चय ही पहले से अधिक सुंदर हो गयी थी। पर साथ ही यह लगता रहा कि यह मेरी गुड़िया नहीं है, बिन्नी की लड़की है। लगा कि बाजार से अपनी पसंद की चीज लाकर उसे पहनाने का अधिकार मेरा नहीं रहा।

जाते हुए बिन्नी की तरह उसके हाथों पर मैंने भी रुपये रख दिये थे।

वह दस-बारह दिन रही, पर एक भी दिन हम लोग निकट नहीं आ सके। वह और मैं, दोनों ही अकेले में सामने पड़ने से कतराते रहे। जाने से पहले एक दिन मैंने ही हिम्मत करके कहा था, 'विधु ! गर्मी की छुट्टियों का क्या प्रोग्राम है ?'

वह सिर्फ मुझे घूरती रह गयी थी।

'क्या दिल्ली ही में बनी रहोगी ? कम-से-कम छुट्टियों में तो बाहर जाया करो। यहाँ न आना चाहो, तो नागपुर चली जाना, मामाजी के पास। नहीं तो किसी दिन बिन्नी के घरवाले बोर हो जायेंगे।'

वह कुछ सोचकर बोली, 'ठीक है, मामाजी के पास चली जाऊँगी। पर एक शर्त है, तुम नहीं जाओगी मेरे साथ।' यह बात कहते-कहते उसकी आँखों में वैसा ही हिंसक भाव तैर आया था। उसकी इन आँखों से मुझे डर-सा लगने लगा था। कई बार लगा, इसे किसी मनश्चिकित्सक के पास ले जाऊँ। दिल्ली में थी तो एक बार बिन्नी से दबी जबान से चर्चा भी की। लेकिन वह मुझ पर बरस पड़ी थी, 'भाभी, उसे कुछ नहीं हुआ है। वह सिर्फ तुमसे नाराज है। इसका कारण जो भी रहा है, पर वह एकदम नॉर्मल लड़की है। ऐसी-वैसी जगह उसे दिखाती फिरीं, तो कल को जरूर पागल हो जायेगी। किसी को भनक भी पड़ गयी, तो कल को शादी होनी मुश्किल हो जायेगी।'

शायद बिन्नी ठीक ही कहती थी। इन दिनों मुझे छोड़कर शायद सभी ठीक थे। लेकिन मेरी हर बात काटी जाती थी। विधु का हित-अहित जैसे मुझसे ज्यादा ये लोग समझते थे।

मुझसे तो खैर वह नाराज थी ही, पर छुट्टियों में न वह अपनी सहेलियों से मिली, न स्कूल में मिलने गयी, न पड़ोसियों के निमंत्रण स्वीकार किये।

उसकी प्रिंसिपल को तो खैर, मैंने समझा दिया कि रिजल्ट खराब होने की वजह से वह आपके सामने नहीं आ रही, पर और लोगों की राय को मैं नहीं बदल सकी कि दिल्ली जाकर विधु घमंडी हो गयी है।

उन लोगों के जाने के बाद की बात है। रविवार की सुबह मैं डॉक्टर साहब के यहाँ बैठी हुई थी। यूँ तो मेरा अधिकतर समय वहीं बीतता था, पर उस रोज डोसा-इडली का प्रोग्राम था। मैं विशेष रूप से निमंत्रित थी।

बातों के दौरान डॉक्टर साहब बोले, 'इस बार विधु कब आयी, कब चली गयी, पता ही नहीं चला। नहीं तो इन दोनों घरों में उसकी वजह से काफी रौनक हुआ करती थी।'

'मैं तो खुद हैरान हूँ। पता नहीं एकदम कैसी हो गयी है ! कहाँ तो सहेलियों के बिना एक पल चैन नहीं आता था उसे और अब इतने दिनों बाद आयी भी, तो न तो किसी के घर गयी, न घर आयी लड़कियों से ढंग से बात ही की। चिट्ठी-विट्ठी लिखना तो दूर ही रहा, बस दिन-भर बुई और उसके बच्चे ! यही उसकी दुनिया हो गयी है।' मैंने कहा।

'लगता है, फर्स्ट क्लास खोने की बात को उसने जरूरत से ज्यादा महत्त्व दे दिया है।'

'लेकिन डॉक्टर साहब, यह कोई इतनी बड़ी बात तो...'

'भाभी, आप नहीं समझेंगी। यह किशोर मनोविज्ञान बड़ा अजीब होता है। कौन-सी बात उनके लिए बड़ी हो जायेगी, कहा नहीं जा सकता। उसके लिए तो अपना रिजल्ट हमेशा से महत्त्वपूर्ण रहा है। शर्म तो उसे अपने आप पर आ रही है। लेकिन अपने को बचाने के लिए सारा गुस्सा दूसरों पर निकाल रही है। एकाएक ठोकर लग जाने पर हम लोग सामने वाले पर भड़क उठते हैं न ! वैसे ही।'

डॉक्टर साहब की बात मन को भीतर तक छू गयी। मेरा व्यथित मन उनकी सांत्वना के लिए तड़प उठा। भर्राये कंठ से मैंने कहा, 'वह थोड़ी-सी नॉर्मल हो सकती, तो मैं उसे समझाना चाहती थी कि यह ऐसी बड़ी बात नहीं है। वह व्यर्थ ही अपना जी जला रही है। पर क्या करूँ ? वह तो मुझमें भी विश्वास खो चुकी है। मुझसे ज्यादा उसे इन दिनों बिन्नी पर विश्वास है।'

'यह भावुकता का एक दौर है, आप उस पर बहुत ज्यादा ध्यान न दें। सबसे ज्यादा तो वह आपसे जुड़ी हुई है। इसलिए आपके सामने सबसे ज्यादा अपराधी महसूस करती है। यह उदासीनता तो अपनी शर्म को छिपाने का एक बहाना भर है।'

कितना ठीक निदान किया था उन्होंने। कारण चाहे उन्हें अज्ञात रहा हो, पर मर्ज उन्होंने ठीक पकड़ लिया था।

'भाभी ! मैंने कहा न, इस बात पर आपको ज्यादा नहीं सोचना है।' मेरी विचार-तंद्रा को तोड़ते हुए उन्होंने कहा। फिर पत्नी से बोले, 'आभा ! यह तुम्हारा कर्तव्य है। इन्हें अकेला बिलकुल मत छोड़ा करो। दिन-भर पता नहीं क्या-क्या सोचती रहती हैं ?'

मैंने अनजाने ही मिसेज मित्रा की ओर देखा, वे चुपचाप 'सर्व' करती रहीं। हमेशा की तरह पति की बातों का समर्थन उन्होंने नहीं किया। उनकी परिचित मुसकराहट भी चेहरे पर नहीं आयी। उनके व्यवहार में एक अव्यक्त ठंडापन था, जिसे केवल नारी ही समझ सकती है। मुझे लगा कि यह परिवर्तन अचानक नहीं हुआ है, पिछले कुछ दिनों से धीरे-धीरे होता आ रहा है। चीकू भी अब ज्यादा देर मेरे पास बैठ नहीं पाता। कभी दूध पीने के बहाने, कभी नहाने या पढ़ने के बहाने मम्मी उसे बुला ले जाती। डॉक्टर साहब के व्यवहार में जरूर कोई फर्क नहीं आया। अकसर निमंत्रण की पहल वे ही करते और शायद यही अनर्थ की जड़ थी।

शर्म से भर उठी मैं। मेरे छोटे भाई की उम्र के रहे होंगे बेचारे, पर अकेली औरत तो असुरक्षित होती है। उसके संबंध में इतनी ऊँच-नीच कौन देखता है !

घर लौटने का यह एकमात्र आकर्षण समाप्त होने पर मैंने दफ्तर में अपने को काम से लाद लिया। आँखें दुःख आतीं, उँगलियों के पोर-पोर दर्द कर उठते, पर मैं मशीन पर बैठी रहती। इसका एक लाभ यह भी होता कि रात बिस्तर से पीठ लगते ही नींद आ जाती।

एक दिन साहब ने पूछ ही लिया, 'क्या बात है, मिसेज नरेंद्र ? आजकल आपको घर भागने की जल्दी नहीं रहती !'

'जी, बेबी इन दिनों दिल्ली में है। वहीं पढ़ रही है। घर पर अकेले बैठना होता है, तो यहाँ बैठ लेती हूँ।' मैंने नम्रता से कहा।

'दिल्ली पढ़ रही है ? बहुत अच्छा। बहुत बढ़िया शहर है ! देखना कुछ दिनों बाद यहाँ आना भी पसंद नहीं करेगी। मैं भी दिल्ली यूनिवर्सिटी का छात्र रहा हूँ। दस साल आपके इस घटिया शहर में रहने के बाद भी, वहाँ की खुशनुमा यादें धुँधली नहीं हुई हैं।'

बड़ी छोटी-सी बातचीत थी, पर उस अनौपचारिक बातचीत ने हम लोगों के बीच का अंतर कुछ तो घटा ही दिया था। उस दिन उन्होंने मेरे लिए कॉफी मँगवायी। इसके बाद किसी दिन गाड़ी में लिफ्ट भी दी। किसी दिन बाजार में सामना हो जाने पर कॉफी हाउस में आमंत्रित भी किया। शायद वे ईमानदारी से मेरा अकेलापन बाँटना चाहते थे। शायद उनकी नीयत उतनी साफ भी न हो, पर मुझे शिकायत का कभी मौका नहीं मिला।

पर दफ्तर में सबकी दृष्टि में एक मौन उपालंभ उतर आया। जो आँखें पहले आदर से झुक जाती थीं, अब बेबाकी से मेरा पीछा करतीं। जब-जब केबिन से बुलावा आता, लगता जैसे मैं घूरती हुई आँखों का गार्ड ऑफ ऑनर लेती जा रही हूँ।

तब समय काटने के लिए मैं लायब्रेरी जाने लगी। सब ओर से कटकर यूँ किताबों की दुनिया में खो जाना बड़ा प्यारा लगा। बड़ी कोफ्त हुई कि यह बात पहले क्यों न सूझी।

वहीं लायब्रेरी में कोई दुर्लभ पुस्तक खोजते हुए एक दिन प्रोफेसर गुप्ता मिल गए। नरेंद्र के सहपाठी रह चुके थे। घर पर भी कभी आते रहे थे। वे मनुहार करके घर ले गये। मिसेज गुप्ता और बच्चे बड़े प्रेम से मिले। मुझे जबरदस्ती खाने के लिए रोक लिया गया। लौटी, तो नये-पुराने लेखकों की दस-बारह पुस्तकें मेरे हाथ में थीं। प्रोफेसर साहब खुद घर तक छोड़ गए थे।

लेकिन यह स्नेह और आदर हर बार नहीं मिला। चौथी बार जब मैं पुस्तकें लौटाने गयी, तो गृहस्वामिनी बाहर भी नहीं आयीं। वहीं रसोई में बैठी बच्चों पर चीखती रहीं।

अनुभव के कड़वे घूँट पीकर मैंने जान लिया कि मैं समस्त पत्नी समाज के लिए खतरे का निशान बन गयी हूँ। तब मैंने पार्क का आश्रय लिया। एम. ए. समाजशास्त्र का फार्म भर इतने दिनों की छूटी पढ़ाई फिर प्रारंभ कर दी। पार्क के एकांत कोने में बैठ देर तक पढ़ती रहती।

विधु को दिल्ली गये दो साल हो गये थे। इस बीच जब भी आयी, अपनी बुई के साथ ही आयी।

इसीलिए उस दिन घर लौटने पर सामने एकदम बिन्नी को अकेले ही देखा, तो मैं चकित रह गयी।

'अरे, कब आयीं ?'

'दोपहर को।'

'तो फोन क्यों नहीं कर दिया ?'

'मिसेज मित्रा बोलीं, तुम शायद दफ्तर में मिलोगी नहीं।'

मैंने ताला खोला। वह मेरे पीछे-पीछे घर में आयी।

'जरा साड़ी बदल लूँ, बिन्नी। बस, एक मिनट में खाना बनाती हूँ।'

'भाभी, मैंने पड़ोस में खा लिया है। मिसेज मित्रा बोलीं, तुम कई बार बाहर ही खा आती हो।'

'तुम्हारे लिए तो बना ही देती।' मैंने गुस्सा जब्त करते हुए कहा।

'परीक्षा दे रही हो क्या ?' उसने मेरी पुस्तकें उलटते-पलटते हुए पूछा।

'हाँ, मिसेज मित्रा ने यह नहीं बताया क्या तुम्हें ?' मेरी आवाज कुछ ज्यादा ही तल्ख हो गयी थी।

मैंने गैस जलाकर कॉफी बनायी। एक कप उसे दिया, एक अपने लिए भर लिया। अलमारी से ब्रेड निकाल ली और खाना शुरू कर दिया।

'यह क्या, आज सिर्फ ब्रेड ही ?' बिन्नी ने पूछा।

'हाँ, जिस दिन बाहर नहीं खाती, घर पर इसी से पेट भर लेती हूँ।'

रात बिस्तर पर आते ही उसने कहा, 'भाभी ! तुम्हें शायद मिसेज मित्रा की बात बुरी लग गयी, पर तुम किसी के मुँह पर हाथ तो नहीं रख सकतीं न। उनकी जगह तुम होतीं, तुम भी यही करतीं। क्योंकि कोई भी औरत इतनी दरियादिल नहीं हो सकती।'

मैं बेवकूफों की तरह सिर्फ उसे देखती रही। वह अपनी रौ में कहे जा रही थी, 'हम लोग कोई महात्मा नहीं हैं, हाड़-माँस के मनुष्य हैं। पहाड़-सी जिंदगी अकेले काटना बड़ा कठिन होता है, यह क्या मैं जानती नहीं ! लेकिन फिर भी औचित्य की सीमा लाँघना तो ठीक नहीं है।'

'आखिर तुम्हें कहना क्या है ?' मैंने खीझकर कहा। मुझे इतना गुस्सा आ रहा था। यह बित्तेभर की छोकरी, जिसे मैंने फ्रॉक और दो चोटी में देखा था, मुझे नीति और धर्म का पाठ पढ़ा रही थी।

'मुझे जो कहना था, वह तो मैंने तब भी कहा था, जब भैया की मृत्यु हुई थी। आज कोई नयी बात नहीं कहूँगी मैं।'

'मैं नहीं सोचती, आज उस चर्चा की कोई जरूरत है।' मैंने रुखाई से कहा।

बिन्नी तनककर बैठ गयी, 'जरूरत कैसे नहीं है ! आज इस चर्चा की जितनी जरूरत है, पहले कभी नहीं थी। तुम्हें मालूम है कि विधु के अवचेतन में तुम्हारे कारण कैसी-कैसी ग्रंथियाँ पड़ गयी हैं। शायद इसीलिए वह तुमसे इतनी नफरत

करने लगी है।'

'बी. ए. में मनोविज्ञान लेने से कोई मनोवैज्ञानिक नहीं हो जाता, बिन्नी !' मैंने व्यंग्य किया।

'यह बात मेरी है भी नहीं। यह बात दिल्ली के एक बड़े मनोविशेषज्ञ ने बतलायी है। भाभीजी विधु को लेकर वहीं गयी थीं।'

'तुम्हारी जिठानीजी को मेरी बेटी में इतनी दिलचस्पी दिखाने की क्या जरूरत आ पड़ी !'

'जरूरत तो सचमुच आ पड़ी है। दीपू गुड़िया पर जान दिये बैठा है और भाभीजी चाहती हैं कि उसे इंग्लैंड भेजने से पहले कम-से-कम मँगनी तो हो ही जाए। इसीलिए वे उसे डॉक्टरों के पास ले जाती रही हैं और इसीलिए मैं तुम्हारे पास आयी हूँ। प्लीज भाभी, मना मत करना। इतना अच्छा लड़का फिर हाथ नहीं आयेगा।'

'लेकिन वह तो बहुत छोटी है अभी।' मैंने काँपते स्वर में कहा।

'कहाँ छोटी है ! मुझसे भी एक हाथ लंबी निकल गयी है और इतनी प्यारी लगती है आजकल। दीपू उस पर मर-मिटा है, तो कोई आश्चर्य नहीं है। भाभीजी और अम्माजी उस पर जान छिड़कती हैं। बस, उसके फिट्स के बारे में मन डाँवाडोल था, इसीलिए डॉक्टर के पास गयी थीं।'

'क्या कहा है डॉक्टर ने ?'

'यही कि माँ को लेकर इसके मन में कुछ कॉम्प्लेक्स है, गाँठ है—इसी से माँ के सामने पड़ते ही यह अपना संतुलन खो बैठती है। भाभी, तुम नहीं जानतीं, तुमने अनजाने में उसके साथ कितना अन्याय किया है—वह जो यहाँ से मैं उसे ले गयी, तो अच्छा ही हुआ, नहीं तो लड़की सचमुच हाथ से निकल जाती।'

'तुम लोगों ने गलत समझा है, बिन्नी ! दरअसल बात यह है...' भावावेश में कहते-कहते मैं एकाएक रुक गयी। यह क्या कहने जा रही थी मैं। यह ठीक है कि अब इतने दिनों बाद गंगाधर वाली बात बिलकुल बेमानी लग रही थी, लेकिन उस दिन तो वह मेरे लिए कितनी बड़ी दुर्घटना प्रतीत हुई थी। पहली बार सुनने पर बिन्नी की क्या वही प्रतिक्रिया नहीं होगी ? क्या उसकी कल्पना के ताने-बाने घटना को अतिरंजित रूप नहीं दे देंगे ? तब क्या इसी आग्रह के साथ वह गुड़िया को अपने घर की बहू बनाने पर राजी होगी ? हो भी गयी, तो क्या वही स्नेह-आदर दे सकेगी ?

अपनी गुड़िया के साथ कितना बड़ा अन्याय करने जा रही थी मैं।

'तू ठीक कह रही है बिन्नी, अकेलापन कभी-कभी इतना असहनीय हो जाता है कि उचित-अनुचित कुछ भी याद नहीं रहता।' मैंने तकिये में मुँह छिपाकर कहा। इतना बड़ा झूठ कैसे बोल सकी थी मैं !

मेरे उन उद्‌गारों के साथ ही बिन्नी का रोष पता नहीं कहाँ बिला गया

था। एक साथ मेरी माँ, मेरी सखी, मेरी बिटिया बनकर मेरे शरीर पर हाथ फेरने लगी। उसके स्नेहिल स्पर्श से मेरे इतने दिनों का संचित दर्द आँसू बनकर फूट पड़ा था और मैं रोते-रोते सो गयी थी।

उसकी शादी में मैं नहीं जा पायी थी। उसे वधू वेश में देखने का अरमान मैंने मन-ही-मन जब्त कर लिया था। रिश्ते के देवर कन्यादान कर आये थे। तैयारी सारी बिन्नी ने ही की थी। मैंने सिर्फ रुपये भेज दिये थे। अपनी सारी संचित पूँजी मैंने लुटा दी थी। जीने का कोई अर्थ बाकी नहीं रहा था। फिर भी मैं मर नहीं सकी थी। एक आशा थी कि कल को गुड़िया माँ बनेगी, अपने ही रक्त-माँस का पिंड उसकी गोद में खेलेगा, तब शायद वह जान सकेगी कि माँ के लिए छोटे-छोटे भय भी कितने बड़े हो उठते हैं ! उस दिन उसे मेरी याद अवश्य आयेगी, तब अगर मुझे नहीं पायेगी, तो उसकी हँसी में हमेशा के लिए ग्रहण लग जायेगा।

उस दिन की प्रतीक्षा में मुझे जीना था और इस प्रतीक्षा को सफल बनाने के लिए मैंने मिसेज कोहली बनना स्वीकार कर लिया था। अखबारी कागज पर चलकर यह रिश्ता मेरे पास आया था। इसलिए इसने मेरा तन ही बाँधा था, मन अब भी अतीत के गलियारों में भटक रहा था।

सूरज की तीखी किरणों ने मुझे वर्तमान में ला पटका। कन्याकुमारी का प्रसिद्ध सूर्योदय मैं देख नहीं पायी थी, खुली आंखों से भी अंधी बनी रह गयी थी मैं। भागी-भागी मैं होटल की तरफ वापस आयी। संकोच के साथ मैंने कमरे में प्रवेश किया। डॉ. कोहली शेव कर रहे थे।

'कहाँ गायब हो गयी थीं ? मैं तो पुलिस में रिपोर्ट देने जा रहा था।' उन्होंने मजाक किया।

'सूर्योदय देखने गयी थी।'

'कैसा लगा ?'

'कुछ खास नहीं। कल आपके साथ देखूँगी। शायद अच्छा लगे।'

'क्या इसे मैं अपनी तारीफ मानूँ ?' उन्होंने मेरी आँखों में सीधे देखते हुए कहा। पर दूसरे क्षण उनका चेहरा शरारत-भरी मुसकराहट से दमक उठा और मैंने स्वस्ति की साँस ली।

'सुनो, चाय आकर लौट गयी है। नीचे जाकर चाय के लिए भी कह देना और कैंटीन से एक पैकेट सिगरेट का भी लेती आना।'

चाय के लिए कहते हुए बेहद संकोच हुआ मुझे। बेचारे मेरे लिए अब तक रुके रहे। और सिगरेट लेते हुए तो मेरी ग्लानि की सीमा ही नहीं रही। पंद्रह दिन में मैं यह जान नहीं पायी थी कि डॉ. कोहली कौन-सी ब्रांड पीते हैं।

ऊपर पहुँची, तो चाय लग चुकी थी। डॉ. कोहली अखबार हाथ में लिये

मेरा इंतजार कर रहे थे।

'सॉरी !' कहते हुए मैंने तत्परता से चाय बनायी और हम लोग दुनिया-जहान की बातों में खो गये। मुझे मालूम था कि चाय के बाद वे फौरन सिगरेट की तलब करेंगे। मैंने फुर्ती से उनका चाँदी का सिगरेट-केस उठाकर पैकेट की सारी सिगरेट उसमें डाल दीं और पैकेट छिपा लिया। वे अखबार में खोये हुए थे।

सिगरेट-केस बन्द करते हुए मुझे लगा, मैंने अंदर कुछ देखा है। मैंने दुबारा उसे खोला। ढक्कन के अंदर की तरफ एक तस्वीर थी। दो गुलाब के फूल मेरी तरफ देखकर हँस रहे थे। उनकी आँखें झील की तरह नीली थीं, शायद अपनी माँ की तरह। पर बाकी सारे नाक-नक्श हू-ब-हू अपने पिता की तरह थे।

मैंने अनायास ही उनकी तरफ देखा। अखबार एक ओर पड़ा था और उनकी आँखें दीवार पर लगे एक कैलेंडर में टँक गयी थीं। पर मैं समझ गयी थी कि उन आँखों में मदुरा का मीनाक्षी मंदिर नहीं है। उन आँखों में उस वक्त टेकसास के किसी नगर की छवि है। उस नगर का एक साफ-सुथरा मुहल्ला, उसी मुहल्ले में एक प्यारा-सा घर, उसमें एक अप्सरा-सी पत्नी, उस पत्नी की गोद में दो फूल-से बच्चे।

खट ! मैं चौंकी। उन्होंने केस में से एक सिगरेट निकालकर उसे बंद किया था। वे बड़े सहज़ भाव से उसे सुलगा रहे थे। पर इस सहजता के पीछे कितना प्रयास था, मेरी पारदर्शी आँखों ने देख लिया था। एकाएक उन पर मुझे ममता हो आयी। पुरुष होने का कितना बड़ा दंड भुगत रहे थे। वे मन भरकर रो भी नहीं सकते थे। एकाएक उनका सारा दुख बाँट लेने की इच्छा हो आयी। व्यर्थ ही उनसे अपना दर्द छिपाती फिर रही थी मैं। वे भी तो मेरी तरह निर्वासन का दंड भुगत रहे थे। मेरी तरह अपने स्नेह के साम्राज्य से निष्कासित थे।

बैरा जब चाय की ट्रे उठाकर ले गया तो मैं उठकर उनकी कुर्सी की बाँह पर बैठ गयी। उनके बालों में धीरे-से अपने होंठ छुआते हुए मैंने कहा, 'कल गुड़िया के बारे में पूछ रहे थे न ! सुनिएगा ?'

पटाक्षेप

चाय चढ़ाई ही थी कि इन्होंने आकर कहा, 'पद्मा, एक कप पानी और, गौतम साहब आए हैं।'

मैंने पलटकर देखा, किचन के दरवाजे पर खड़े थे वह। सारी खीझ, सारी झुँझलाहट चेहरे पर उतर आई थी। मुझे हँसी आ गई। आज अच्छे फँसे हैं जनाब। बेचारे दफ्तर से लौटकर एक प्याली चाय इत्मीनान से पीना चाहते हैं, सो वह भी नसीब नहीं है।

चाय-नाश्ता ट्रे में लगाकर बाहर ले जाते हुए मैंने छवि के कमरे में झाँककर कहा, 'छवि, गोंद की शीशी।'

'जी ?' वह उपन्यास में डूबी हुई थी, हड़बड़ाकर उठ बैठी।

'गौतम साहब आए हैं।' मैंने बताया।

उनका नाम सुनते ही उसका माथा सलवटों से भर जाता था। पर आज उसने बड़े ही सहज स्वर में कहा, 'आप उनके पास थोड़ी देर बैठेंगी दीदी, मैं जरा फ्रेश हो लूं।' उसकी आवाज में जरा भी ऊब, जरा भी खीझ नहीं थी। बेचारी उन्हें बर्दाश्त करना सीख गई है, मैंने सोचा।

'और सुनाइए गौतम साहब, क्या हाल-चाल है, इस बार तो बहुत अरसे बाद दर्शन दिए।' मैंने मेज पर चाय-नाश्ता लगाते हुए कहा।

किसी विदेशी बैंक की धोखाधड़ी का किस्सा सुना रहे थे गौतम। उसे बीच ही में छोड़कर मेरी ओर मुखातिब हुए। दुआ-सलाम के बाद जो शुरू हुए, तो घर की, दफ्तर की, देश की, विदेश की, पता नहीं कितनी खबरें सुना गए।

यह बैठे-बैठे बोर होते रहे। बड़ी मुश्किल से अपनी उबासी रोकते हुए बोले, 'छवि को बुलाओ भई, इनका कितना टाइम वेस्ट करोगी। ही इज ए बिजी मैन।'

बड़ी मुश्किल से अपनी हँसी रोककर भीतर आई थी मैं और बंद दरवाजे पर दस्तक देते हुए कहा, 'छवि, जल्दी करो। तुम्हारे भाई साहब ऑफ हुए जा

रहे हैं।'

'बस दीदी, अभी आयी', उसने कहा और दरवाजा खोल दिया। खुशबू का एक झोंका मुझे सराबोर करता हुआ निकल गया। उसकी धुंध से उबरकर मैंने देखा—बादामी रंग की नेट नॉयलान साडी, मैचिंग ब्लाउज और चूड़ियाँ, ढीला जूड़ा, जूड़े में गुलाब—छवि तो ऐसे सज-सँवरकर खड़ी थी जैसे कहीं पार्टी में जाना हो। उसका सलोना रूप सदा की तरह मेरा हीन बोध जाग्रत कर गया और मेरा ईर्ष्यालु मन कुनमुनाया—भला गौतम साहब के लिए इतने बनाव-सिंगार की क्या जरूरत थी ?

'दीदी, पीयूष सो रहा है, उसे तो देख लेंगी न आप ? दूध बनाकर शीशी में भर दिया है मैंने।' उसने अपने लुभावने अन्दाज में कहा और मेरे सारे विकल्प बिला गए। फिर से ममतामयी दीदी बन गई मैं और उसे आश्वस्त कर बाहर भेज दिया। सोचा, पहनने-ओढ़ने के यही तो दिन हैं। किसी जमाने में मैं भी तो दिन में तीन-तीन बार साड़ियाँ बदलती थी, दर्जनों बार दर्पण में झाँककर काजल-बिंदी ठीक कर लिया करती थी। लेकिन अब कोई मुझे देखे—सुन्दर दिखने का कोई उछाह ही नहीं रहा।

और यह सब सोचते हुए पता नहीं कब मैं शीशे के सामने जाकर खड़ी हो गई। अपने टटपूँजिया बालों को किसी तरह समेटकर मैंने जूड़ा बनाया। फिर मुँह-हाथ धोकर कपड़े भी बदल डाले। अपने को सँवारने की कोशिश में देर तक शीशे के सामने बैठी रही और वह कम्बख्त चीख-चीखकर कहता रहा—छवि बहुत सुंदर है, तुमसे दस गुना, हजार गुना सुंदर है।

एकदम सारा उत्साह जैसे निचुड़ गया। मन एक असहाय क्रोध से उबलने लगा। मेरा गुस्सा हमेशा की तरह सुशील पर आया, जो छवि को ब्याहकर इस घर में लाया है। उसके घर में आते ही मैं एक महत्त्वहीन प्राणी होकर रह गई हूँ। लड़कियाँ, उनके पिता, पास-पड़ोसी—सब जैसे उसी के इर्द-गिर्द घूम रहे हैं। शादी के दो साल बाद भी वह नवेली दुल्हन बनी हुई है। गुस्सा लड़कियों पर भी आया, जिन्हें जन्म देने में, पालने में सारा अस्तित्व ही रसहीन होकर रह गया है। गुस्सा इन पर भी...

'वह भला आदमी तो जमकर बैठ गया है। मुझे जरा बाहर जाना था।' यह कब कमरे में आ गए थे, पता ही नहीं चला था।

'जाने से आपको कौन रोक रहा है ?' मैंने कसैली आवाज में कहा।

'बुरा तो नहीं लगेगा ?'

'बुरा लगने की तो कोई बात ही नहीं है। वह कोई आपके लिए थोड़े ही आए हैं।'

'पद्मा, आई डिस्लाइक दिस टोन', (मुझे यह लहजा पसन्द नहीं है।) उन्होंने

जरा सख्ती से कहा। मैंने कोई जवाब नहीं दिया, मुँह फैलाए बैठी रही।

'कुछ लाना तो नहीं है बाजार से ?' इन्होंने खूँटी से कोट उतारते हुए पूछा। मैंने फिर भी कोई उत्तर नहीं दिया। यह चुपचाप बाहर निकल गए। कुछ देर बार ड्राइंगरूम में इनका स्वर सुनाई दिया, 'अच्छा गौतम, सी यू अगेन', और फिर सीढ़ियां उतरने की आवाज आई–फिर स्कूटर स्टार्ट करने की। सारी आवाजें कानों में समेटती हुई मैं चुपचाप वहाँ बैठी रही, किसी फालतू सामान की तरह।

पीयूष अगर झूले में कुनमुनाता नहीं तो मैं पता नहीं कितनी देर वहाँ बैठी रहती। उसकी आवाज आते ही मैं करीब-करीब दौड़कर छवि के कमरे में पहुँची। शैतान आजकल झूले से कूदने की कोशिश करने लगा है। अब भी मसहरी से मुँह निकालकर इधर-उधर देख रहा था। मुझे देखते ही किलक पड़ा और हुमसकर मेरी गोद में आ गया। उसे कलेजे से भींचकर बड़ी देर तक अपना दुलार बरसाती रही, वह भी प्रसन्न भाव से मेरे अत्याचार सहता रहा।

लेकिन सिर्फ प्यार से तो उसका पेट भरने वाला नहीं था। उसने फौरन ही दूध के लिए मचलना प्रारंभ कर दिया। उसे पलँग पर लिटाकर मैंने शीशी उसके मुँह में दे दी। और फिर उसके बाजू में लेट गई। मन इतना तृप्त था जैसे पीयूष शीशी का नहीं, मेरा ही दूध पी रहा है। यह नन्हाँ-सा प्राणी आते ही घर-भर का, मुहल्ले का एक खिलौना बन गया है। लेकिन मेरी तो जैसे इसने जिंदगी ही बदल दी है। मन करता है, बस चौबीस घंटे उसे कलेजे से लगाए रहूं और पूछूं–मेरे लाला, मेरे छौने, तू इतने दिनों तक कहाँ छिपकर बैठ गया था।

दूध पिलाकर मैंने उसे तैयार किया। जैसे कोई शरबत धीरे-धीरे सिप किया जाता है। मैं उसे इत्मीनान से तैयार करती रही। आखिर उसके धैर्य का बाँध टूट गया। और वह सड़क की ओर हाथ फेंकने लगा, तब मुझे अपना तामझाम समेटना ही पड़ा।

'छवि, इसे थोड़ा घुमा लाऊँ मैं। दोनों देवियाँ तो पता नहीं कहाँ गायब हो गई हैं।' मैंने ड्राइंगरूम में आकर कहा और नीचे उतर आई।

'पप्पू को घुमाने ले जा रही हैं मिसेज कुमार ?' मैंने पीछे मुड़कर देखा, मिसेज चंद्रा थैलियों से लदी-फँदी हाँफती हुई चली आ रही थीं।

'इसकी मम्मी नहीं आई ?' बुरी तरह हाँफ रही थीं, पर बोले बिना उन्हें चैन कहाँ।

'मम्मी पढ़ रही है।' मैंने संक्षिप्त-सा उत्तर दिया।

'अब की तो मास्टरजी बहुत दिनों बाद आए।' उन्होंने साथ-साथ चलते हुए दूसरा प्रश्न दाग दिया।

'मास्टरजी कौन ? ओह, आप शायद गौतम साहब के लिए कह रही हैं। इनके दोस्त के छोट भाई हैं। वह भी किसी नाइट कॉलेज में सोशॉलॉजी में

एम.ए. कर रहे हैं। कहीं से अच्छे नोट्स या किताबें मिल जाती हैं, तो दे जाते हैं।' मैंने लम्बी-चौड़ी सफाई दी और फिर लगा, इसकी कोई जरूरत नहीं थी।

'यही तो मैं लड़कियों से कह रही थी। मास्टर तो अपने समय से आता है, समय से जाता है। वह इतनी-इतनी देर बैठता भी नहीं है, इतने-इतने दिन गोल भी नहीं करता। और उसे छोड़ने सारा घर दरवाजे पर नहीं आता है।'

मैं तो स्तब्ध रह गई। मिसेज चंद्रा की नजर से कोई भी बात छूटती नहीं है। लोग-बाग उन्हें कॉलोनी का 'चौकीदार' कहते हैं। ठीक ही कहते हैं।

मैंने फिर अकारण सफाई देते हुए कहा, 'इतना लेट एडमीशन हुआ है उसका, इसलिए जहाँ से भी हेल्प मिलती है, ले लेते हैं। अक्तूबर में तो उसने कॉलेज ज्वाइन किया है। हमने तो यही सोच लिया था कि उसी बहाने घर से तो निकलेगी। चार हमउम्र लोगों के साथ हँसेगी-बोलेगी तो उसका मन लग जाएगा। आपने तो देखा था, कैसी हो गई थी। दिन-भर कमरे में घुसी रहती थी। न किसी से हँसना, न बोलना। न ढंग से पहनना न ओढ़ना।'

'देवर कब लौट रहे हैं आपके ?' अगला प्रश्न तैयार ही था।

'अभी तो साल-भर बाकी है। तीन साल के लिए गए हैं न।' उत्तर देते-देते अब मैं ही हाँफ चली थी। मार्केट आ गया तब कहीं जाकर मुझे राहत मिली। उन्हें दुकानदारों से उलझता छोड़कर मैंने मार्केट का एक राउंड लिया, कुछ टॉफियाँ खरीदीं और लौट पड़ी। लौटते हुए उनके साथ आने का साहस मुझमें नहीं था।

लौटते हुए पड़ोस की दो-तीन लड़कियां मिल गई थीं और मैंने राहत की साँस ली। उन लोगों में पीयूष को लेने के लिए होड़-सी मच गई और मुझे हाथ सीधा करने का मौका मिल गया। मोटे-ताजे बच्चे देखने में तो अच्छे लगते हैं, लेकिन उठाना पड़े तो भगवान याद आ जाते हैं।

पीयूष अपनी भक्तमंडली में प्रसन्न था और फरमाइशी प्रोग्राम पेश कर रहा था। शुभा-विभा ने, छवि ने उसे कई करतब सिखा रखे हैं। लड़कियाँ मुग्ध हुए जा रही थीं। तेरह-चौदह साल की लड़कियाँ थीं वे, उन्हें मुग्ध होने के लिए कुछ भी काफी होता है। 'हाय, कित्ता स्वीट है, न ! हाय, कित्ता इंटेलीजेंट !' से होते हुए बात उसकी मम्मी पर उतर आई। घर पहुँचने तक छवि 'कित्ती स्वीट, कित्ती स्मार्ट, कित्ती ग्रेसफुल' वगैरह विशेषण पा चुकी थी।

अपने घर की ओर मुड़ते हुए जब पीयूष को लिया, तो कितना भारी लगा मुझे वह ! किसी तरह सीढ़ियाँ चढ़कर मैं ऊपर आई। गैलरी में आकर पता लगा, कविता की जो पंक्तियाँ हवा में तैरकर मेरे कानों से टकराती रही थीं, उनका उद्गम-स्थान हमारा ड्राइंगरूम ही था। मुझे लगा, शायद छवि रेडियो खोलकर बैठ गई है। ड्राइंगरूम में आकर देखा, कवि महोदय सशरीर ड्राइंगरूम में विराजमान

हैं। और उनकी एकमात्र श्रोता बड़ी तन्मयता से रसास्वादन कर रही है।

मैंने ईश्वर को धन्यवाद किया कि लौटते हुए मिसेज चन्द्रा मेरे साथ नहीं थीं।

कमरे के वातावरण को गद्यमय बनाते हुए मैंने कहा, 'छवि, अपने लाडले को देखो जरा, मुझे किचन में जाने दो, दोनों देवियाँ लौट आएँगी तो मुझे ही खा जाएँगी।'

कवि और श्रोता दोनों जैसे समाधि से जाग पड़े। भावाभिभूत होकर छवि ने कहा, 'कितनी अच्छी कविता लिखते हैं गौतम साहब !'

'लिखता था', कवि ने करेक्शन स्लिप प्रस्तुत की, 'कॉलेज के दिनों में बहुत कुछ लिखा था।'

'उस जमाने में तो सभी कवि होते हैं। यह नोन, तेल, लकड़ी का चक्कर चलने के बाद भी जिनकी प्रतिभा शेष रह जाती है, वे ही सच्चे कवि होते हैं', और इस यथार्थवादी घोषणा के साथ मैंने मंच से प्रस्थान कर दिया।

कविगोष्ठी फिर नहीं जम सकी। क्योंकि कुछ ही देर बाद स्कूटर स्टार्ट होने की आवाज आई। कुछ ही पल बाद छवि किचन में थी। उसकी आँखों में कविताओं की पँक्तियाँ अब भी तैर रही थीं। उसी भाव-विह्वल स्वर में बोली, 'आपको पता है दीदी, गौतम साहब की लव मैरिज है। साथ ही पढ़ते थे वे दोनों। सारी कविताएँ मिसेज गौतम के लिए ही लिखी गई हैं।'

'छवि ! प्लीज जरा साड़ी बदलकर आ जाओ तो चटनी पीस दो। मुझे तो ये बाकी का काम निपटाते ही आठ बज जाएँगे।' कविता-कानन में विचरण करने वाले उसके मन को मैंने निर्ममता से सिल पर पटकते हुए कहा। उसका चेहरा बुझ-सा गया और मुझे अपने-आप पर गुस्सा आने लगा।

आफत की मारी शुभा उसी समय मेरे सामने आ खड़ी हुई, 'मम्मी, भूख लगी है।'

'भूख तो लगी होगी ही, तभी तो घर की याद आई है', मैंने उसे झिंझोड़ते हुए कहा, 'घड़ी देखी है ? यह समय है घर लौटने का ?'

'वे लोग कब से आ गई हैं', छवि ने मिमियाकर कहा, लेकिन तब तक शुभा की पीठ पर दो घूँसे पड़ चुके थे और वह सिसकती हुई चली गई थी।

गैस की नीली लपटों को शून्य दृष्टि से देखती हुई मैं देर तक गुमसुम खड़ी रह गई थी।

2

रात बेडरूम में प्रवेश करने पर देखा, यह हस्ब मामूल अखबार में खोए हुए थे। चेहरे से उनके मूड का कुछ पता नहीं चल रहा था। शाम को जरा ऑफ होकर ही घर से निकले थे। लौटते ही शुभा ने 'मम्मी' की शिकायत कर दी थी।

उसकी प्रतिक्रिया जाननी अभी शेष है। मैं चुपचाप अपने बिस्तर पर आकर पड़ रही।

शादी को दस-बारह साल हो चले हैं, पर हर रात कमरे में पाँव देते हुए मन सहमा-सा ही रहता है। उनका चेहरा सदा की तरह गंभीर बना रहता है और मुझे अपने दिन-भर की बेवकूफियाँ सौ गुना बड़ी होकर सालने लगती हैं। बहुत मन होता है उनकी छाती में मुँह छिपाकर रोने का; पर अपनी ओर से पहल करने का साहस ही नहीं जुटा पाती।

'सो गईं क्या ?' उन्होंने हौले से पूछा।

'नहीं तो, क्यों ?' मैंने करवट बदलकर पूछा।

'आज तुम्हारी प्रिय सखी मिली थीं, मिसेज कश्यप।'

'कहाँ ? मार्केट में ? यहाँ कैसे आई हैं ? ट्रांसफर हो गया है क्या ? क्वार्टर कहाँ मिला है ?'

'रुको भई, साँस तो लो, तुम तो बस एक के बाद एक प्रश्न पूछती ही चली जाती हो।'

मेरा अंतर्मन जानता है कि इन प्रश्नों के उत्तर मेरे लिए महत्त्व नहीं रखते, अपनी नरवसनेस को छिपाने का एक साधन-मात्र हैं ये।

'कैसी लगती हैं अब वह ?' मैंने अधीर होकर पूछा।

'अरे खूब फैल गई हैं, गर्दन तो नजर ही नहीं आ रही।'

'सच ?' और मेरा मन उल्लास से भर गया। मिसेज कश्यप अब उतनी सुन्दर नहीं रहीं, यह जानना कितना सुखद था ! एक जमाना था जब मिसेज कश्यप ही नहीं, उनका ड्राइंगरूम, उनके अचार, उनके स्वेटर्स, उनके बच्चे, सभी बातें चर्चा का, प्रशंसा का विषय थीं। कम से कम अब एक प्वाइंट तो उनका कम हुआ।

'सच कह रहे हैं ? बहुत मोटी हो गई हैं—मुझसे भी ज्यादा ?' मैंने आश्वस्त होने के लिए पुनः पूछा।

'तुम्हें मोटी किसने कह दिया ? यू आर ऐज स्लिम एण्ड ऐज ग्रेसफुल ऐज एवर।'

'अब रहने भी दीजिए', मैंने किसी नवोढ़ा की तरह इतराते हुए कहा।

'सच कह रहा हूँ भाई! कोई मेरे दिल से पूछे तेरे तीरे-नीमकश को।'

और मुझे अपनी बाँहों में समेटकर उन्होंने बेडस्विच ऑफ कर दिया।

उनकी बाँहों का तकिया लिए हुए मैं देर तक तृप्त भाव से लेटी रही। मिसेज कश्यप का नाम लेते ही शंकाओं का एक तूफान-सा उठा था, वह अब शांत हो गया था। सुख की उस चरमावस्था में मन बड़ा तरल हो आया था। मुझे छवि की याद हो आई, मैं यहाँ प्रिय की बाँहों में लेटी हूँ और वह बेचारी...

3

हौले से मैं बिस्तर से उठ आई, वह उसी तरह प्रगाढ़ निद्रा में निमग्न लेटे रहे। खिड़की का पर्दा सरकाकर मैंने देखा—बगल वाले कमरे की बत्ती का चौकोर प्रतिबिंब सड़क पर पड़ रहा था, जिसका अर्थ था, छवि अभी जाग रही है। मन करुणार्द्र हो उठा, क्या सुख देखा है बेचारी ने शादी का ! दो महीने लगकर भी तो अपने कलकत्ता वाले घर में रही नहीं। कभी मेरे पास, कभी माँ के पास तीज-त्यौहारों के चक्कर में घूमती रही। तब यह पता थोड़े ही था कि सुशील को छह महीने के अन्दर ही विदेश चला जाना होगा। इतने वरिष्ठ लोगों के होते हुए कम्पनी उसे ही जर्मनी में ट्रेनिंग के लिए भेजेगी, खुद उसे भी इसकी आशा कहाँ थी !

पर इस चांस के मिलते ही दोनों घरों में खुशी की लहर दौड़ गई थी। फॉरेन रिटर्न होने का एक ऐसा शौक सवार था सब पर कि छवि की राय लेना भी जरूरी नहीं समझा गया। उसे चौथा महीना चल रहा था। एक़ साल तो इसी चक्कर में बीत जाता फिर जहाँ उसका मन होता, रह लेती।

मइके ससुरे सबहि सुख,
जबहि जहाँ मनु मान।

और इसी तरह उसके दिन कट भी रहे थे। पीयूष पाँच-छह महीने का था तभी उसकी पीहर से चिट्ठी आई—"दीदी, मेरा यहाँ जरा भी मन नहीं लग रहा, मुझे बुला लीजिए।"

दूसरे ही दिन वह आगरा जाकर लिवा लाए थे। इतनी दुबली हो गई थी वह ! मैंने प्यार से उसकी बलैयां लेते हुए कहा था, 'अरे, मां के राज में यह हाल हो गया है तेरा, फिर मुझे तो तू पन्द्रह दिन में बदनाम कर देगी।'

'दरअसल दीदी, बहुत बोर हो गई मैं वहाँ।' उसने कहा, 'घर में सबके पास अपना-अपना काम है। सहेलियाँ अपनी पढ़ाई में मस्त हैं, जिनकी शादी हो गई है, उन्हें अपनी गृहस्थी से फुर्सत नहीं है। छोटी भाभी अपनी नौकरी में व्यस्त हैं, बड़ी भाभी का बच्चों में ही दिन बीत जाता है। एक मैं ही फालतू नजर आ रही थी वहाँ।' और वह सूखी हँसी हँस दी। उसकी सारी व्यथा उस हँसी में छलक गई थी।

तब मैंने ही जिद की थी, उसे कॉलेज भेजने की। सुशील उसे मेरे पास छोड़ गया था। वह भी माँ-बाप के यहाँ से मेरे पास अपनी इच्छा से आ गई थी। इस विश्वास को, इस स्नेह को मैं झुठलाना नहीं चाहती थी। कॉलेज जाने लगी थी, तब से उसके चेहरे पर काफी रौनक आ गई थी। फिर भी कभी-कभी वह इतनी निरीह लगती कि दया हो आती।

4

शाम की बात याद करके मन कैसा तो हो गया ! बरामदे में आकर मैंने धीरे से उसके कमरे का दरवाजा ठेला। वह खुला ही था। एक पलँग पर शुभा, विभा एक-दूसरे के गले में बाँहे डालकर सो रही थीं। दूसरे पलँग पर लेटी छवि कुछ पढ़ रही थी। मैंने दूर से ही पहचान लिया, वह गौतम की डायरी थी।

'दीदी, आप !' वह चौंककर उठ बैठी।

'सोई नहीं रे अभी तक, बारह बज रहे हैं।'

'बाप रे, मुझे तो पता ही नहीं चला। बैठिए न।' मेरे लिए जगह बनाते हुए उसने कहा।

'इतनी अच्छी कविताएँ हैं क्या ? जरा देखूँ।'

डायरी खोलकर देखा, पहले ही पृष्ठ पर बड़े-बड़े अक्षरों में लिखा था—हेमा के कुसुम कोमल करों में प्रणय का यह पुष्प सस्नेह समर्पित।

कविताएँ कुछ खास नहीं थीं। उम्र के उस दौर में सभी लोग कविताएँ लिखते हैं। जो नहीं लिख पाते वे पढ़ते हैं, बीस-इक्कीस वर्ष की भावुक उम्र थी, तभी तो छवि बारह बजे रात तक उन फटीचर कविताओं का रसग्रहण करती रही थी।

'बड़ी किस्मत वाली हैं मिसेज गौतम, जिनके लिए इतने प्यारे गीत लिखे गए हैं।' मैंने कॉपी को उलट-पलट करते हुए कहा।

'हाँ दीदी, लेकिन अब वे पहली वाली मिसेज गौतम कहाँ रह गई हैं।'

'कैसे रहेंगी भला ! तीन-तीन बच्चों को जन्म देने के बाद औरत क्या वही रह जाती है ! और वे तो शायद सर्विस में भी हैं कहीं। छवि ! सुंदर दिखने के लिए भी सुविधा चाहिए।'

'दीदी, मैं सुंदरता की बात नहीं कह रही थी। मेरा मतलब है अब उनमें पहले की-सी अंडरस्टैंडिंग नहीं है। बहुत बदल गई हैं वह।'

'और यह बात तुम्हें मि. गौतम ने बतलाई है ! छिः, इस तरह भी कोई अपने घर की बात हर कहीं कहता फिरता है।' मैंने कहा।

'हर किसी से तो नहीं कहता, पर जहाँ थोड़ी-बहुत सहानुभूति मिलती है वहाँ तो बात जुबान पर आ ही जाती है।'

सहानुभूति ! मैंने छवि को ध्यान से देखा। इसे गौतम से सहानुभूति कब से हो गई ? अभी कल तक तो उन्हें 'गोंद की शीशी' और 'मिस्टर सरेस' जैसे उपनाम देती रही है यह, उनकी ऐसी-ऐसी नकल उतारती थी कि बच्चे हँसते-हँसते लोटपोट हो जाते, बल्कि मुझे ही डाँटना पड़ता था।

डायरी के पन्ने पलटते हुए मैं अंतिम पृष्ठ तक आ पहुँची थी। रचना शायद ताजा ही थी, क्योंकि अक्षर और स्याही दोनों ही बदले-बदले-से थे, और मजमून भी :

सहरा-ए-ज़िन्दगी में ठंडी बयार-सी तुम
उजड़े हुए चमन में फस्ले-बहार-सी तुम।
तुम कौन हो, कहाँ से आकर बरस गई हो,
जलते हुए जिगर पर भीनी फुहार-सी तुम।

उर्दू कविता का मेरा ज्ञान बहुत मामूली-सा है, पर इतना समझ में आ गया कि इसी कविता के लिए छवि को कॉपी दी गई है। पता नहीं, उसकी निगाह उस पर पड़ी भी है या नहीं। मन हुआ चुपके से वह पेज फाड़ लूँ। लेकिन कागज तो कागज है, दोबारा भी लिखा जा सकता है।

5

रात-भर करवटें बदलती रही मैं। गौतम की कविताएँ जैसी भी थीं, मेरे अतीत को कुरेद गई थीं, स्मृति-पटल पर अपने लिखे कई गीत नाच उठे थे। उन गीतों में क्या नहीं था—प्यार का सागर, आँसुओं की नदी, लगन की डोर, सपनों का झूला, आशा की डगर, कामना का नगर—किशोर कल्पनाओं का सम्पूर्ण संसार उन कविताओं में था।

स्वांतःसुखाय ही थी वह काव्य साधना। माँ का आतंक था ही इतना जबरदस्त। फिर भी पता नहीं कैसे एक दिन मेरी कॉपी उनके हाथ पड़ गई थी; और मेरे देखते-देखते मेरे गीत अग्नि की भेंट चढ़ गए थे। उस आग में सिर्फ कविताएँ ही नहीं जली थीं, मन की अमराई भी झुलस गई थी। वसंत कितने ही दिनों तक वहाँ आने से कतराता रहा था।

माँ की आग्नेय दृष्टि से इतनी सहम गई थी मैं कि उस दिन रो भी नहीं पाई थी। आज वही रुलाई अपने समस्त आवेग के साथ फूट पड़ी थी। दुनिया में ऐसी लड़कियाँ भी हैं, जिन पर कविताएँ लिखी जाती हैं, और मुझ जैसी भाग्यहीना भी है, जिसकी कोमल कल्पनाओं का निर्ममता से गला घोंट दिया गया था। पता नहीं दुनिया का हर अन्याय मेरे ही हिस्से में क्यों आता है ? इतनी इच्छा हुई कि एक बार फिर उसी उम्र में लौट जाऊँ और जी खोलकर अपने गीत, अपनी कविताएँ गाऊँ, फिर से पुकारूँ अपने जाने-अनजाने प्रियतम को।

अगले दो-चार दिनों में मेरे पास बस यही काम था। जब भी समय मिलता, कॉपी लेकर बैठ जाती और कविताओं की भूली-बिसरी पंक्तियाँ जोड़-तोड़कर लिखती रहती। आश्चर्य तो इस बात पर हुआ कि दो-चार गीत पूरे के पूरे याद आ गए। शायद अंतर्मन की किसी अँधेरी गुफा में दुबककर बैठे हुए ये गीत बाहर आने की बाट जोह रहे थे।

अगली बार जब गौतम आए, तो मुझे अपनी कॉपी की याद हो आई। तीव्र इच्छा हुई कि उन्हें बता दूँ कि चाय-नाश्ते के परे भी मेरा कुछ अस्तित्व है। छवि

की कॉपियों और पुस्तकों की उपेक्षा करते हुए मैं जमकर वहीं बैठ गई। अपने काव्यपाठ की प्रस्तावना-सी करते हुए मैंने कहा, 'आपकी कविताएँ हमने पढ़ी थीं, गौतम साहब। सच, बहुत ही भावपूर्ण रचनाएँ हैं।'

वे 'हें-हें' करके हँस दिए। शायद उन्हें आने वाले संकट की कल्पना न थी।

'कुछ गीत हमने भी लिखे हैं। सुनेंगे आप ?' और उनकी सम्मति की परवाह किए बिना मैं अपनी कॉपी उठा लाई और तरन्नुम में सुनाने लगी।

अपनी ऊब और खीझ को किसी तरह दबाते हुए गौतम कविताएँ सुनते रहे। दाद देते रहे और घड़ी देखते रहे। दूसरा गीत समाप्त कर मैंने उनकी राय जानने के लिए सिर उठाया, तो देखा वह खड़े हो गए हैं।

'कविताओं में ऐसा खो गया भाभीजी, कि याद ही नहीं रहा—रात एक जगह डिनर पर भी जाना है।' उन्होंने क्षमायाचना के स्वर में कहा, अपना ब्रीफकेस उठाया और सीढ़ियाँ उतर गए।

छवि पता नहीं कब उठकर भीतर चली गई थी। स्कूटर की आवाज सुनते ही दौड़ी आई, 'यह क्या, गौतम साहब चले गए ? आज इतनी जल्दी ?'

'जाते कैसे नहीं !' मैंने सूखी हँसी हँसते हुए कहा, 'संसार में ऐसा कवि हुआ है आज तक जो चुपचाप बैठा दूसरों की कविताएँ सुनता रहे ! बेचारे दस मिनट में ही मैदान छोड़कर भाग गए।'

अपने इस विनोद पर मैं खुद ही हँसती रही, छवि ने साथ नहीं दिया।

'मैं चाय बना रही थी।' उसने अस्फुट स्वर में कहा।

'तो बना लो न ! तुम्हारे भाई साहब आते ही होंगे। मेरे हाथ की चाय पीते-पीते बोर हो गए होंगे, थोड़ा चेंज हो जाएगा।'

न चाहते हुए भी मेरे स्वर में व्यंग्य की धार आ गई थी। गौतम ने मेरा काव्यपाठ पूरा नहीं सुना था, इसका मुझे दुःख नहीं था। पर छवि तो वहाँ बैठ सकती थी। आज ही चाय बनाने का कर्त्तव्य उसे क्यों याद आ गया ? इतनी घटिया थीं मेरी कविताएँ कि सुनी भी न जा सकें ? क्या गौतम की कविताओं से भी ज्यादा ऊल-जलूल थीं ?

कविताओं की कॉपी जलाने के लिए इस बार माँ को नहीं आना पड़ा, मैंने ही वह काम कर दिया।

6

रविवार की उस दोपहरी में घर एकदम सुनसान था। विधानसभा का सत्र एकदम सिर पर आ गया था, इसलिए खाना खाकर यह सचिवालय चले गए थे। छवि लड़कियों को पिक्चर दिखाने ले गई थी। घर में केवल मैं और पीयूष दो

ही थे। समय काटे नहीं कट रहा था।

वल्लभ भवन से यह लौटे तब पाँच बज रहे थे। आते ही बोले, 'बड़ा सूना-सूना लग रहा है। कहाँ गए सब लोग ?'

'पिक्चर।'

'और तुम क्या यहां बेबी सिटिंग कर रही हो ? तुम क्यों नहीं चली गईं ?'

'वे लोग तो संडे मनाने गई हैं। मेरे लिए तो हफ्ते के सब दिन बराबर हैं।' मैंने खीझकर कहा।

'अरे, अरे, यह तो नाराज होने वाली बात हुई। चलो तुम्हें भी पिक्चर दिखा लाएँ।'

'पिक्चर रहने दीजिए, घुमा लाएँ तो वही बहुत है। हम तो उसके लिए भी तरस गए हैं।' मैंने मुँह फुलाकर कहा।

'जो हुक्म करो सरकार।' इन्होंने नाटकीय अंदाज में कहा और मेरा सारा गुस्सा उड़नछू। कुछ ही देर में तैयार होकर हम लोग निकल पड़े। स्कूटर पर बैठते हुए याद आया, कितने दिनों बाद हम लोग घूमने निकले हैं। छवि के आने के बाद से निकलना हुआ ही नहीं। एक संकोच-सा होता है। उसके अकेले होने का अहसास रात में एकांत में भी पीछा नहीं छोड़ता।

न्यू मार्केट में उतरकर हम लोगों ने छिटपुट शॉपिंग की और कॉफी हाउस चले आए। रविवारीय भीड़ को चीरते हुए जब मैं ऊपर चढ़ रही थी, तब लड़कियों की याद हो आई। कॉफी हाउस आने का इतना शौक है दोनों को। महीने में एकाध बार तो यह हमें ले ही आते थे। तब शाम का खाना यहीं होता था, अब तो अर्से के बाद आना हुआ है।

भीड़ तो थी, पर सौभाग्य से कोने वाली एक मेज हमें मिल गई। एक बार वहाँ इत्मीनान से बैठ जाने के बाद मैंने पीयूष की ओर ध्यान दिया। उसने मेरी सारी मेहनत पर पानी फेर दिया था। हवा में उड़ने से उसके बालों का सिर पर एक टोप-सा हो गया था। काजल सारा फैल गया था और दोनों मुट्ठियों से आँखें मसलकर उसने हाथ भी काले कर लिए थे। मैंने पर्स से रूमाल और बेबी पाउडर निकाला और उसे फिर से सँवारने लगी। यह मनोयोग से मुझे देखते रहे।

'पद्मा ?'

मैंने भौंहें ऊपर उठाईं।

'कभी-कभी इस छोकरे से बहुत रश्क होता है।'

'क्यों भला ?'

'तुम जितना लाड़-दुलार इसका करती हो, जितना प्यार इसे देती हो, इसका सौवाँ हिस्सा भी मुझे मिल जाता, तो मैं अपने को धन्य समझता।'

'अब आप ऐसी ऊटपटाँग बातें करेंगे, तो मैं उठकर चली जाऊँगी।'

'अरे, तुम तो नाराज होने लगती हो। मैं झूठ नहीं कह रहा। शुभा भी

कहती है।'

'क्या ?'

'कि पीयूष के आने से मम्मी का चिड़चिड़ापन बहुत कम हो गया है।'

एक बहुत तीखा-सा जवाब मेरे होंठों तक आया था, लेकिन उसी समय किसी परिचित आवाज को सुन मेरे कान खड़े हो गए।

'सुनिए, यह विभा की आवाज नहीं लग रही आपको ?'

'तुम्हारा भी जवाब नहीं है पद्मा। तुम्हें तो हर जगह अपनी राजकुमारियाँ ही नजर आती हैं। भगवान के लिए अब बोर मत करो। लड़कियों की फिक्र छोड़ो और इस लड़के की ओर देखो। पट्ठा पूरे का पूरा डोसा उठाने की फिक्र में है।'

मैंने आज्ञाकारी पत्नी की तरह ध्यान प्लेट की ओर केंद्रित किया। कुछ ही मिनट बीते होंगे और बगल वाले कमरे से हँसी का फव्वारा छूटा। उसमें छवि की खनकती हँसी बिलकुल साफ सुनाई दे रही थी। उस हँसी को बहुत दिनों बाद सुना था, शायद सुशील के जाने के बाद पहली बार।

इस बार मैंने उनसे कुछ नहीं कहा। मैं उठी और सारे एटीकेट्स को तिलांजलि देकर बाहर वाले छोटे कमरे में झाँका। मेरा अंदाज गलत नहीं था। छवि और विभा तथा गौतम और शुभा आमने-सामने सोफों पर बैठे थे। बीच वाली मेज पर ढेर सारी प्लेटें पड़ी थीं।

'अरे आप ?' सब लोगों ने मुझे एक साथ देखा।

'यही तो मैं भी सोच रही हूँ। आप लोग यहाँ कैसे ?'

'हम लोग रंगमहल से निकले थे कि आप मिल गए। हमें जबरदस्ती यहाँ ले आए, माने ही नहीं।' छवि ने सफाई पेश की।

'भाभीजी, आप भी कंपनी दीजिए न ?' गौतम साहब इतनी देर बाद फूटे।

'आप क्या समझ रहे हैं, मैं अकेली ही आई हूँ यहाँ ? नहीं भाई, अपनी कंपनी तो अपने साथ है।'

'तो भाई साहब को भी बुला लेते हैं न यहाँ। काफी जगह तो है।'

'नो, नो, डोंट डिस्टर्ब योरसेल्फ', मैंने सख्ती से कहा और अबाउट टर्न कर गई।

यह परेशान से इधर-उधर देख रहे थे। मुझे देखते ही झुँझला पड़े, 'कहाँ चली जाती हो तुम ? और पीयूष कहाँ है ?'

'अपनी माँ के पास।'

'क्या वह भी आई है ?'

'हाँ, गौतम के साथ।'

'और लड़कियाँ ?'

'वे भी हैं ?'

तब तक गौतम खुद उपस्थित हो गए और अपनी मेज पर आमंत्रित करने

लगे। मैंने आँखों ही आँखों में इन्हें अपनी अस्वीकृति की सूचना दे दी। स्थिति को सँभालते हुए यह नाटकीय अंदाज में बोले, 'देखो भाई गौतम, बड़ी मुद्दतों के बाद आज बीवी को लेकर निकला हूँ। लेकिन तुम लोग एन्जॉय नहीं करने दोगे, हर जगह पीछा करोगे।'

हँसते हुए गौतम अपनी टेबुल पर लौट गए। वहाँ जरूर उन्होंने इनका जवाब दोहराया होगा, क्योंकि दूसरे ही क्षण छवि की खनकती हुई हँसी एक बार सुनाई दे गई थी।

लेकिन हमारी मेज पर बिल्कुल शांति थी। उठते हुए यह बोले, 'चलने का क्या तय किया ? ये लोग...'

'हम न मिलते तब भी तो घर पहुँचते ही।'

'बच्चे को ले लेती तब भी ठीक था। आज बस में बेहद रश होगा।'

'आप ऐसा कीजिए, उसे स्कूटर पर ले जाइए। मैं और मेरी लड़कियाँ बस में आ जाएँगे। हमें तो आदत है।' मैंने तुनककर कहा।

फिर यह कुछ नहीं बोले, घर पहुँचने तक एकदम शांत बने रहे। लेकिन अंदर पहुंचते ही बरस पड़े, 'यह क्या हो जाता है तुम्हें ? बड़ी मुश्किल से तो कभी कोई प्रोग्राम बन पाता है। तुम वहाँ भी मूड खराब कर देती हो। कौन-सा भूत सवार हो जाता है तुम पर ? जरा-जरा-सी बात पर ऑफ हो जाती हो।'

'यह जरा-सी बात थी ?'

'कौन-सी बात ?'

'सब कुछ देखकर आए हैं, फिर भी पूछ रहे हैं।'

'कॉफी हाउस वाली बात कह रही हो ? उसमें इतना गंभीर होने जैसा क्या है ? अगर तुम्हें ही गौतम इनवाइट करता, तो क्या मना कर देतीं ?'

'मेरी फिक्र छोड़िए। अपने भाई की जो अमानत है, उसकी बात सोचिए।'

'भाई की अमानत है तो क्या बक्से में बंद करके रख दूँ ? हाड़-माँस का जो मनुष्य है, उसे हँसने-बोलने की आजादी तो देनी ही पड़ेगी। नहीं तो उसका दम नहीं घुट जाएगा ? कभी सोचा है पद्मा ! अपनी एकरस जिंदगी से कितनी बोर हो जाती होगी वह...आज एक अर्से के बाद उसे खुलकर हँसते हुए सुना, सच, बड़ा अच्छा लगा।'

कुछ नहीं बोली मैं। बच्चों की तरह मुँह फुलाए बैठी रही।

7

हँसने-बोलने की आजादी हमें दी थी किसी ने ? क्या हम हाड़-माँस के मनुष्य नहीं थे ? क्या हमारा दम नहीं घुटता था ? किसी जिद्दी बच्चे की तरह यह प्रश्न बार-बार मेरे अतीत से टकराता रहा।

'मुश्किल तो यह है पद्मा', यह रात मुझे समझाने का प्रयास करते हुए बोले, 'तुम बहुत संकीर्ण वातावरण में पली हो। इसलिए चीजों को देखने का तुम्हारा नजरिया कभी-कभी बहुत तंग हो जाता है।'

एकदम बिफर उठी, "सीधे से कहिए न कि मैं बहुत दकियानूसी हूँ। संकीर्ण विचारधारा की हूँ। उसके लिए इतनी लीपापोती की क्या जरूरत है ?"

वे चुप होकर दूसरी करवट लेट गए।

कंजरवेटिव (रूढ़िवादी) वातावरण—क्या इन दो शब्दों में उस माहौल की कल्पना की जा सकती है, जिसमें जीवन के बाईस वर्ष मैंने बिताए हैं ? हाईस्कूल की प्रिंसिपल थीं माँ। उनके कठोर अनुशासन की चारों ओर धाक थी। उस अनुशासन की कारा में अपनी लड़कियों को भेजने के लिए अभिभावकों में होड़-सी लगी रहती। क्या स्टाफ, क्या छात्राएँ, सारा स्कूल ही जैसे एक आतंक से सहमा-सहमा-सा रहता था। छुट्टी का घंटा किसी सुमधुर गीत की तरह कानों में बजता था, क्योंकि वह मुक्ति का संदेश लाता था। बारह घंटों के लिए सब लोग खुलकर साँस लेने के लिए स्वतन्त्र हो जाते थे।

लेकिन हम लोग—मैं और रमा तो जैसे एक जेल से दूसरी जेल में पहुँच जाते थे। स्कूल की जेल तो फिर भी अच्छी लगती थी। वहाँ कम से कम सहेलियाँ तो होती थीं। घर पर होती थीं सिर्फ माँ और उनकी मर्मभेदक आँखें। उफ् !

चौबीसों घंटे हमें आदर्श बने रहना होता था। प्रिंसिपल की बेटियाँ होने का जघन्य अपराध किया था न हमने। फैशन की रंग-बिरंगी दुनिया हमारे लिए नहीं थी। प्रसाधनों के विज्ञापन हमारी समझ से बाहर थे। हमारे रेडियो पर सिर्फ प्रभाती और समाचार आते थे। उपन्यास और पत्रिकाएँ हमारी चौखट नहीं लाँघ पाते थे। कस्बे के सिनेमाघर में हमें किसी ने नहीं देखा था। और पुरुष ! मिसरानी का बारह साल का लड़का भी माँ से चाबी लेने आता तो तार के बाहर ही खड़ा रहता।

आश्चर्य होता है सोचकर कि साल दर साल उस माहौल में कैसे जी सके हम लोग। सचमुच मर ही जाते अगर कभी-कभार दया करके मौसी हमें इंदौर न ले जातीं। मौसी का इंदौर वाला घर हमारे बँगले के मुकाबले में बहुत छोटा था। वहाँ पानी की किल्लत थी। चार बजे सुबह से उठकर नल पर लाइन लगानी होती थी। महरी सिर्फ बर्तन कर जाती थी। बाकी सब काम हाथ से होता था। मौसी की सास अपने छूतछात के प्रपंच से सबकी नाक में दम किए रहती थीं। फिर भी वहाँ हम लोगों को अच्छा लगता था, क्योंकि वह जीता-जागता घर था, भुतहा बँगला नहीं था।

और फिर वहाँ शेखर दा होते थे। शेखर दा मौसी के देवर थे, घूमने-घुमाने

के बेहद शौकीन। उनके साथ पीपल्या टैंक, पाताल पानी, सुख-विलास, यशवंत सागर, माँडव गढ़—पता नहीं कहाँ-कहाँ घूम लिए हम लोग। ट्यूशनों में जो कमाते थे, इसी ऐयाशी में खर्च कर देते थे और घरवालों की डाँट खाते थे। कड़की के दिनों में एम. जी. रोड या नेहरू पार्क से भी जी बहला लेते थे। उनके साथ हर जगह अच्छी लगने लगती थी। उनकी बोलचाल, उनकी वेशभूषा सबका अपना आकर्षण था। उन दिनों शेखर दा मेरे आदर्श पुरुष थे। (शायद वे एकमात्र पुरुष थे जिनके संपर्क में आने का मुझे अवसर मिला था।)

उनके किस्से बड़े मजेदार होते थे। और ठहाके जानदार। हम दोनों बहनें मुग्ध श्रोताओं की भूमिका अदा करती थीं। अपनी गुफा संस्कृति का कुछ ऐसा प्रभाव था कि वक्त पर कोई बात सूझती ही नहीं थी। कभी-कभी कोई मजेदार लतीफा अश्लीलता की सीमा को छूने लगता था, सारी मंडली हो-हो करके हँस पड़ती। हम लोग सिर्फ मुस्कराकर रह जातीं। तब शेखर दा नाटकीय अंदाज में कहते, 'ए लड़कियो, जरा अपनी खोल से बाहर आओ, जरा खुले में उड़ना सीखो। किस युग में जी रही हो ! इस कस्बाई मनोवृत्ति को छोड़ो और जरा खुलकर साँस लेना सीखो।'

कस्बाई मनोवृत्ति उनका प्रिय शब्द था जो मुझे गाली-सा लगता, मैं तिलमिला उठती थी। उनके अभिनय पर सारी मंडली एक बार फिर खिलखिलाकर हँस पड़ती थी। शर्म और अपमान से मेरे आँसू निकल आते।

'पदम ! रो रही हो तुम ! क्या हो गया तुम्हें ? क्या मैंने कोई बहुत कड़ी बात कह दी ! आई एम वेरी सॉरी। रियली आई एम...'

मैंने सिर उठाकर देखा, मेरा तकिया आँसुओं से भीग गया था। घड़ी रात के तीन बजा रही थी, और यह प्यार से मेरी पीठ पर, माथे पर हाथ फेर रहे थे। उनके स्वर में व्यग्रता थी और आँखों से स्नेह छलका पड़ रहा था।

कभी-कभी सोचती हूँ—यह इतने अच्छे क्यों हैं ?

8

रोज की तरह गैलरी में कुर्सी लगाकर मैं छवि की प्रतीक्षा में बैठी निटिंग कर रही थी। परिचित हॉर्न सुनाई दिया, तो सिर उठाकर देखा। दूर से गौतम का स्कूटर आता दिखाई दिया। ड्राइंगरूम में झांककर देखा, सवा बारह बज रहे थे। इस भले आदमी के दफ्तर में छुट्टी है क्या आज !

'नमस्ते भाभीजी।' दरवाजा खोलते ही उसने कहा, 'छवि नहीं लौटी क्या अभी तक ? कॉलेज से तो चल चुकी है।'

'क्या आप उसके कॉलेज से आ रहे हैं ?' मैंने पूछा। दरअसल पूछना चाह रही थी, मिसेज सुशील छवि कब से हो गई।

'उसकी कहानी लौटाने गया था। मुझे चेकअप करने के लिए दी थी न।'

'छवि ने कहानी लिखी है ?'

'हाँ, बड़ी अच्छी लिखी है। कॉलेज मैगजीन में देना चाहती है। पढ़ेंगी आप ? लीजिए।' उसने ब्रीफकेस से पुलिंदा निकालते हुए कहा।

'रहने दीजिए, हम अनपढ़ क्या जानें कथा-कहानी।' मैंने रुखाई से कहा।

'अरे वाह, आप तो खुद इतना अच्छा लिखती हैं।'

मैंने सख्ती से होंठ भींच लिए। मुझे छवि पर गुस्सा आ रहा था, जिसने मुझसे कहानी का जिक्र भी नहीं किया था। मुझे गौतम पर क्रोध आ रहा था, जो छवि की कहानी के लिए यहाँ तक भागा आया था, जब कि मेरे दो-चार गीत भी सुनने के लिए उस दिन उसके पास समय नहीं था।

'आ गई शायद।' गौतम की बात ने मुझे चौंका दिया। छवि सीढ़ियाँ चढ़ रही थी।

'कहाँ रह गई थीं ?' गौतम ने ही पूछा, 'कॉलेज से तो कब की चली हो।'

'बसों का चक्कर है न ! घंटा-भर तो प्रतीक्षा में ही बीत जाता है।' उसने थकी-थकी आवाज में कहा।

'यह अपनी कहानी सँभालो। अच्छा भाभीजी, अब पानी पिलाइए, चला जाए !' गौतम ने उठने की मुद्रा में कहा।

ड्राइंगरूम पार कर रही थी, सुना गौतम पूछ रहा है, 'फोन कर दिया था, फिर भी रुकी क्यों नहीं ?' छवि का उत्तर सुनने के लिए मैं बड़ी देर तक साँस रोके दरवाजे की ओट में खड़ी रही। जब कुछ सुनाई नहीं दिया, तो किचन में चली गई। बहुत पुरानी एक बात याद आई। एक बार इन्होंने मुझे सुशील के बेडरूम की खिड़की से कान लगाए हुए पकड़ लिया था। पहले तो गुस्से की रौ में काफी कुछ कह गए थे, फिर बाद में समझाया था, 'देखो पद्मा, छिपकर सुनने में अपनी बुराई ही सुन पाता है आदमी। बेकार अपना मन खराब करने से फायदा ?'

पानी लेकर लौटी तो देखा, गौतम गैलरी से टिका हुआ खड़ा है और पूछ रहा है, 'मानसिंह अब तो परेशान नहीं करता ?'

'नहीं' छवि ने हौले से कहा।

'और मिश्रा को ज्यादा लिफ्ट मत देना। अब प्रोफेसर हो गया है तो क्या, नंबरी बदमाश है वह।'

छवि कुछ नहीं बोली, उसी तरह सिर झुकाए बैठी रही। गौतम के जाते ही मैंने कहा, 'यह सज्जन तो तुम्हारे लोकल गार्जियन बने हुए हैं। बड़ा रोब मार रहे हैं !'

'मैं तो परेशान हो गई हूँ इनकी बॉसिंग से दीदी।' छवि एकदम फट पड़ी, 'हर लड़का इनकी नजर में आवारा है। सब प्रोफेसर्स बदमाश हैं। किसी से भी

बात करो, उपदेश देने लगते हैं।'

'तो फटकार क्यों नहीं देतीं एक बार ? कहो कि अपनी जद में रहें।'

उसने एक बार असहाय आँखों से मेरी ओर देखा। होंठ कुछ कहने के लिए फड़फड़ाए, फिर एकाएक उठकर वह अंदर चली गई।

खाना खाते हुए मुझे याद आया, मैंने छवि से कहा, 'सुशील का पत्र आया है, तुम्हारी दराज में रख दिया है।'

वह उसी निर्लिप्तता से चावल-दाल मिलाती रही। न उसकी आँखों से खुशी की किरणें फूटीं, न गालों पर गुलाब उग पाए।

'एक पत्र हम लोगों के पास भी आया है। वह परेशान है। तुमने कब से पत्र नहीं दिया उसे ?'

'अब रोज-रोज लिखूँ भी क्या ?' उसने धीरे से कहा।

'यह बात हम लोग कहें तो शोभा देती है छवि ! तुम्हारी उम्र की लड़कियाँ तो दिन में दो-दो चिट्ठियाँ लिख लेती हैं।'' मैंने हँसते हुए कहा, ''कम से कम यही सोच लिया करो कि वहाँ वह निपट अकेला है।'

'मैं यहाँ अकेली नहीं हूँ ?' उसने तड़पकर कहा। उसकी बात मुझे बर्छी की तरह लगी। मेरा सारा लाड़-प्यार, सारी ममता उस शब्द के कारण व्यर्थ हो गई थी।

छवि ने शायद अपनी भूल महसूस की। नरम स्वर में बोली, 'आप अभी गौतम के लिए कह रही थीं दीदी। महज मजबूरी समझ लीजिए कि मैं उसे लिफ्ट दे रही हूँ। कभी-कभी तो इतनी कोफ्त होती है, पर जब्त कर जाना पड़ता है।'

'ऐसी कौन-सी मजबूरी है ? और अब तो वह भला आदमी तुम्हारा नाम भी लेने लगा है।'

'यह भी मेरी ही बेवकूफी है। मैंने सबसे कह रखा है कि वह मेरे फुफेरे भाई हैं।'

'क्यों ?'

'दरअसल दीदी, घर से बाहर निकलो, खासकर कॉलेज जाओ, तो सिर पर किसी का साया बहुत जरूरी है। सौ तरह की बातें होती हैं, और सब तो भाई साहब से कही नहीं जा सकतीं।'

'शायद तुम ठीक कहती हो।' मैंने एक उसाँस के साथ कहा, 'मुझे तो इन बातों का अनुभव नहीं है। हमारे न कोई भाई था, न हमें बनाने की इजाजत थी। और कॉलेज में गई ही कितने दिन। मुश्किल से साल-भर।'

'तो आपने बी. ए. फिर प्राइवेट किया है, क्यों ?'

'छोटी बहन की भूल का प्रायश्चित करना पड़ा मुझे। उसने लव मैरिज की थी, मौसी के देवर से।'

'आप तो बताया करती हैं न, माँजी बहुत स्ट्रिक्ट (कठोर) थीं ?'

'स्ट्रिक्ट तो थीं। पूरे कस्बे में उनका दबदबा था। फिर भी रमा को वह रोक नहीं सकीं। रोकने का मौका ही न मिला। उन्हें तो सीधे शादी की खबर मिली थी।'

'बहुत बौखलाई होंगी न ?'

'बहुत ज्यादा। सारा गुस्सा मुझ पर ही उतरता था। उन्हें यही लगता रहा कि मैंने जान-बूझकर उन्हें अँधेरे में रखा, जब कि सच्चाई यह थी कि मैंने इस बात की कल्पना भी न की थी। मौसी की नाक के नीचे सब कुछ होता रहा, पर उन्हें भी कुछ पता न चला। इतनी छोटी-सी उम्र में इतना बड़ा साहस कर जाएगी रमा, किसी ने सोचा भी नहीं था।' अनजाने ही मेरी आवाज में तल्खी आ गई थी।

'दीदी, पता नहीं हमारे बुजुर्गों को लव मैरिज से इतनी एलर्जी क्यों है ?' छवि कह रही थी, 'मैंने तो एकाध बार ही उन लोगों को देखा है, पर इतना कह सकती हूँ कि रमा दीदी के हसबैंड उनसे हर बात में सुपीरियर हैं। आप ही बताइए, उनसे अच्छा लड़का ढूँढ़ सकती थीं माँजी ? इतनी अच्छी पर्सनैलिटी है, रमा दीदी तो उनके सामने कुछ भी नहीं हैं।'

पीयूष जाग गया था, इसलिए छवि को उठकर जाना पड़ा, नहीं तो पता नहीं कितनी देर बोलती रहती। कभी गुमसुम बैठी रहती है और कभी बोलने पर आएगी, तो रुकने का नाम ही नहीं लेगी। ओफ, मेरा तो सिर चकराने लगा था।

9

'तुम्हारे साथ मुश्किल तो यही है पद्मा, कि तुम्हें वहम-सा हो जाता है कि हर कोई तुम्हारे विरुद्ध षड्यंत्र रच रहा है।' यह कह रहे थे।

'मैं आपसे सफाई तो माँग नहीं रही', मैंने तल्खी से कहा।

'लेकिन मैं तो सफाई देना चाहता हूँ। जरा-सी बात को लेकर रात-भर रोती रहोगी, उसमें तो कोई तुक नहीं है। पता नहीं कितनी नदियों का पानी आकर तुम्हारी आँखों में समा गया है, कभी सूखता ही नहीं...अच्छा, अब चटपट तैयार हो जाओ।'

'कह दिया न, मुझे नहीं जाना।'

'देखो, अब जरा-सी बात को प्रेस्टीज इशू मत बना लिया करो। हरी अप। सवा सात ऑलरेडी बज चुके हैं। देर से पहुँचने में तो कोई चार्म नहीं है।'

मैं पत्थर की तरह बैठी रही।

बात जरा-सी थी भी और नहीं भी। कम से कम मेरे लिए तो वह जरा-सी बात नहीं थी। शुभा-विभा के स्कूल में वार्षिकोत्सव चल रहा था। पीयूष को दो

दिन से बुखार था, इसलिए मैं कार्यक्रम देखने नहीं जा सकी। घर में बैठे-बैठे ही अपनी लाड़ली का सजा-सँवरा रूप कल्पना में देखती रही थी। शुभा के गीत को दोहराती रही थी। किंतु आज पुरस्कार-वितरण था, दोनों को तीन-तीन, चार-चार पुरस्कार मिलने वाले थे। कितनी हसरत से कहा था उन लोगों ने, 'पापा, आज तो आप लोग आएँगे न ? आठ बजे कार्यक्रम शुरू होगा। बस, दो घंटे का तो कार्यक्रम है।'

इन्होंने छूटते ही कह दिया, 'मैं आ जाऊँगा बेटी। मम्मी नहीं आ पाएँगी। पप्पू की तबीयत ठीक नहीं है न।'

दोनों के चेहरे उतर गए थे। इतना गुस्सा आया मुझे, कम से कम उनका दिल तो न तोड़ते। बाद में कुछ भी बात बनाई जा सकती थी। फिर दो घंटे के लिए मैं चली भी जाती, तो ऐसी कोई प्रलय तो नहीं आ जाती। बुखार तो पीयूष का सुबह ही नार्मल हो गया था। लेकिन इन्होंने मुझसे पूछने की भी जरूरत नहीं समझी और अब भाषण दे रहे हैं।

10

'दीदी!' मैंने सिर उठाकर देखा, छवि मेरे पीछे खड़ी थी, 'आप हो आइए दीदी। पीयूष को मैं सँभाल लूँगी। अब उतना बुखार भी नहीं।'

'नहीं, रहने दे, अब इच्छा नहीं हो रही।' मैंने रुँधे गले से कहा।

'अपने लिए न सही, लेकिन लड़कियों के लिए तो आपको जाना होगा। आपको मेरी कसम है।'

और इतना कहकर ही वह रुकी नहीं। कंघी लेकर खुद उसने मेरा जूड़ा बनाया। मैं मुँह-हाथ धोकर आई। तब तक उसने मेरे लिए अपनी कोटा जरी की साड़ी, शाल सब कुछ निकालकर रख दिया था। मन ही मन उबलती रही मैं। यही बात वह पहले भी तो कह सकती थी। तब इतना नाटक तो न होता। अब अपनी भलमनसाहत दिखाकर जैसे मुझे शर्मिंदा करना ही उसका उद्देश्य था। लड़कियों की उदासी का खयाल न होता, तो उसके सारे अनुग्रह ठुकराकर घर में बैठी रहती मैं, कहीं नहीं जाती।

अपने बच्चों की खुशी देखने जा रहे थे हम लोग और शक्लें ऐसी बना ली थीं जैसे मातमपुर्सी पर जा रहे हों। वहाँ भी यह गुमसुम बने रहे। जब स्टेज पर अध्यक्ष का भाषण हो रहा था, तब इन्होंने पहली बार मुँह खोला, 'पहले से पता होता कि इतनी देर हो जाएगी, तो शर्माजी की नीलू से कह आते। छवि के पास बैठ लेती थोड़ी देर।'

इतना बुरा लगा ! यहाँ बैठे हुए भी घर की ही बात सोच रहे हैं। कार्यक्रम समाप्त होते ही मैंने कहा, 'आप घर चलिए। मैं बच्चों को लेकर स्कूल बस से

आ जाऊँगी।' पहले से जो पता होता तो घर में इतना महाभारत क्यों मचाती ? अपनी मर्जी से आती और चली जाती मैं।

इनामों से लदी-फँदी लड़कियों को लेकर घर पहुँची, तब यह ड्राइंगरूम में बैठे पढ़ रहे थे। हमें देखते ही बोले, 'वन मिनिट प्लीज !' और जब तक हम आश्चर्य से उबरें, इन्होंने हम तीनों का एक फोटो ले लिया। फिर दो-चार अलग-अलग पोजेज में लड़कियों के और भी स्नैप्स ले डाले। पिछले साल यह कैमरा सुशील ने भेजा था। विशेष-विशेष अवसरों पर इसका उपयोग कर लेते थे हम लोग। आज का अवसर विशेष है, यह इन्हें रात को ग्यारह बजे भी याद रहा, यह जानकर अच्छा लगा। इनका मूड भी अब शाम की अपेक्षा ठीक हो गया था। मैं प्रसन्न मन से कॉफी बना लाई और हम चारों, सिर्फ हम चारों उसे एन्जॉय करते रहे। पता नहीं, कितने दिनों बाद यह सुयोग आया था। लगा कि मेरा बिखरा हुआ घर फिर जुड़ आया है।

सोचा तो था कि छवि जाग रही होगी। कम से कम इस शोर-शराबे से तो जाग ही जाएगी। लड़कियों के इनाम देखेगी, उन्हें बधाइयाँ देगी। पर वैसा कुछ नहीं हुआ, तो मन खट्टा हो गया। मैंने इनसे कहा भी, 'उसके लड़के को तो मैं आँखों पर रखती हूँ। क्या उसका इतना फर्ज नहीं था ?'

'हमेशा बात का अच्छा पहलू देखा करो पद्मा।' इन्होंने अपने सौम्य अंदाज में कहा, 'दुख की मात्रा इससे बहुत कम हो जाती है। यही सोच लो कि दो रातों से जाग रही है बेचारी। आज निश्चिंत होकर सोई होगी, क्योंकि बुखार नहीं है। और फिर रात भी तो हो गई है।'

'ठीक है, ऐसा ही सही', मैंने कॉफी की ट्रे उठाते हुए सोचा। इतनी रात गए किसी भी विषय पर बहस करने की हिम्मत नहीं थी मेरी।

11

'दीदी, मैं घर जाना चाहती हूँ।' छवि का यह प्रस्ताव अप्रत्याशित रूप में मेरे सामने आया था। घर अर्थात् माँ का घर। यह घर तो वेटिंग रूम है। सुशील के आने तक किसी तरह समय काटने का स्थान है। मन इतना खराब हो गया कि कारण पूछने की इच्छा नहीं हुई। उसी ने बताया, 'रात सपने में माँ को देखा था; बहुत बीमार है। एक बार देखकर लौट आऊँगी।'

'ठीक है, भाई साहब तुम्हारे क्या कहते हैं देख लूँ। आखिर जाना तो उन्हीं की मर्जी से होगा न !' मैंने रूखा-सा जवाब दे दिया।

यह सपने वाली बात मेरे साथ तो चल गई, लेकिन यह उस पर विश्वास कर लेंगे, यह असंभव था। दो-तीन दिनों से छवि सूजी-सूजी आँखें और उदास-उदास चेहरा लिए घूम रही है, यह क्या उनसे छिपा हुआ है ! मुझे तो डर था, उसके

इस आकस्मिक निर्णय का दोष मुझ पर न थोप दिया जाए।

पर वैसा कुछ नहीं हुआ, इन्होंने बड़ी शांति से अपनी स्वीकृति दे दी और मैंने राहत की साँस ली। मैं भी कुछ दिनों के लिए जरा निश्चिंत होकर रहना चाहती थी। चौबीसों घंटे घर में किसी तीसरे व्यक्ति की उपस्थिति मन पर भार बनने लगी थी। नौकरी लगने तक सुशील भी हम लोगों के साथ ही रहते थे। पर उनके साथ यह समस्या नहीं थी। छवि को लेकर हर बार मन में यही संकोच बना रहता है—बेचारी अकेली है, उसका पति यहाँ नहीं है।

जब एक बार जाना तय हो गया तो मैं अपनी सारी कड़ुआहट भूलकर उसकी तैयारी में जुट गई। पता नहीं क्यों मन में हमेशा एक डर-सा रहता है। कोई मुझे गलत न समझ ले। दिन-दिन-भर आँच के सामने बैठकर मैंने उसके भाई-भतीजों के लिए मिठाइयाँ बनाईं; रात-रात-भर जागकर पीयूष के लिए सूट सींती रही। बल्कि छवि ने एकाध बार कहा भी, 'दीदी, कितनी मेहनत कर रही हैं आप ! मुझे, लगता है, मेरे जाते ही आप बीमार पड़ने वाली हैं।'

कोई इतना-भर कह देता है, तो सारी मेहनत सफल हो जाती है। सारी थकान दूर हो जाती है। लेकिन यह भी हमेशा कहाँ नसीब होता है।

जाने वाले दिन छवि जब अपनी पुस्तकें मेज से उठाकर आलमारी में रख रही थी, तो मुझे याद आया। मैंने कहा, 'छवि, गौतम की कोई किताबें होंगी तो अलग रख देना। किसी दिन माँगेंगे, तो मैं कहाँ ढूँढ़ती फिरूँगी।'

'गौतम का ट्रांसफर हो गया है, बिलासपुर।' यह वॉश बेसिन के सामने खड़े शेव कर रहे थे, वहीं से बोले—

'आपसे किसने बताया ?'

'उसका फोन आया था।'

'एक बार घर आकर तो बता सकता था। यों तो दो-दो घंटे बोर करता रहा है।' सचमुच इतना गुस्सा आ रहा था मुझे।

'वह आए थे दीदी, आप लोग घर पर नहीं थे।' छवि ने हौले से बताया।

'अरे, तो कब जा रहे हैं वे लोग ? किसी दिन खाने पर ही बुला लेते उन्हें, विद फैमिली।' मेरा गुस्सा भाप बनकर उड़ गया था और अब मुझे गृहस्थ धर्म की चिंता हो रही थी।

'अभी दो-तीन दिन तो मैं बाहर जा रहा हूँ। लौटकर आऊँगा, तब देखी जाएगी।' इन्होंने कहा।

साथ के लिए टिफिन भर रही थी मैं, अचानक जैसे मुझे ज्ञान प्राप्त हो गया। छवि रानी की माताजी एकाएक सपने में क्यों अवतरित हो गई, इसका रहस्य मेरे सामने सूर्य के प्रकाश की तरह स्पष्ट हो गया।

12

मैंने तो सोचा था कि छवि के जाने के बाद मैं अपने घर में निश्चिंत होकर रह सकूँगी, किंतु उस समय पीयूष की बात मैंने नहीं सोची थी। उसके जाते ही घर इतना सूना हो जाएगा, दिन इतने लंबे हो जाएँगे, इसका गुमान ही नहीं था। लड़कियाँ खा-पीकर स्कूल चली जातीं, तो एकांत जैसे मुझे लीलने को दौड़ने लगा। अजीब-अजीब आवाजें मेरा पीछा करने लगतीं। कभी लगता, झूले में पीयूष कुनमुना रहा है और मैं दौड़कर उसे उठाने जाती, तब खाली झूला मेरा मुँह चिढ़ाने लगता। कभी लगता, छवि सिरहाने खड़ी होकर कह रही है–दीदी ! चाय ले लीजिए। सिर उठाकर देखती तो सिर्फ घूँ-घूँ करता सीलिंग फैन ही नजर आता। स्नेह के धागों में इतनी लिपट गई हूँ, खुद मुझे ही पता न था।

लड़कियाँ भी बहुत उदास हो गई थीं। बहुत दिनों से एक भैया की फरमाइश थी उनकी, वह इस तरह अनायास ही पूरी हो गई थी। चाची से भी अच्छी-खासी दोस्ती हो गई थी उनकी। उनके बिना वह कमरा खूब बड़ा-बड़ा लगने लगा था। और तो और, पापा भी उन लोगों के साथ चले गए थे। शुभा-विभा का वश चलता, तो शायद सिर्फ सोने के लिए ही घर पर आतीं।

दो-तीन दिन तो मैंने बिस्तर पर पड़े-पड़े ही काट लिए। दो-तीन उपन्यास पूरे के पूरे पढ़ गई मैं। चौथे दिन सोचा, अब कुछ हाथ-पाँव हिलाना चाहिए। कुछ नहीं तो बगल वाले कमरे की सज्जा ही बदल दी जाए। झूले को फोल्ड करके मचान पर डाल दिया जाए, तो दोनों पलँग पास-पास आ जाएँगे। फिर यह कमरा उतना सूना नहीं लगेगा।

काम इतना आसान नहीं था, जितना सोचा था। कमरे में सिर्फ झूला ही तो नहीं था। ग्राइप वाटर और टीथिंग सीरप की खाली शीशियाँ थीं, पुरानी नैपीज थीं, खिलौने थे, पाउडर के पुराने डिब्बे थे–इन सबको समेटते-समेटते हाँफ उठी मैं। हर चीज का स्पर्श पीयूष की याद दिला जाता था। झूले की मसहरी खोलते हुए तो मुझे रुलाई फूट पड़ी। किसी तरह मैंने मसहरी उतारी। नन्हीं रेशमी रजाई धूप दिखाने के लिए एक ओर रख दी। फिर गद्दा समेटा...और यह क्या ? गद्दा और दरी के बीच में एक सफेद कागज पड़ा था मुड़ा-तुड़ा-सा।

बहुत पुरानी-सी आदत है यह। कागज का कोई भी टुकड़ा मिले। मैं पढ़े बिना नहीं रहती। माँ के राज्य में घर में सिर्फ 'कल्याण' आता था। दैनिक अखबार भी हमारी नजरों से दूर रखा जाता था। क्योंकि अक्सर उसमें भी चटपटी खबरें होती थीं। तब बाजार से जो भी सौदा आता, हम तत्परता से उसे खोलने बैठ जातीं। असली आकर्षण होता था उस कागज में जिसमें यह सौदा आया था। इन

अखबारी कागजों ने हमें फिल्मी दुनिया की सैर कराई है, चुटकुले सुनाए हैं, बलात्कार और आत्महत्याओं की चटपटी खबरें सुनाई हैं। माँ को हमारी इस कारस्तानी का पता नहीं चला, नहीं तो शायद उन पर भी बैन लग जाता।

अब तो घर में पढ़ने के लिए इतना सब होता है, फिर भी पुरानी आदत नहीं जाती। हथेली से दबा-दबाकर उस कागज को सीधा किया और पलँग पर बैठकर पढ़ने लगी। पढ़ते हुए हर पंक्ति के साथ मेरा खून गरम होता जा रहा था। लिखा था :

छवि,

कल रात की उन्मत्तता के लिए क्षमा चाहता हूँ। ऐसे कमजोर क्षण जिन्दगी में कभी-कभार आ ही जाते हैं। उसके लिए अपने-आपको कोसना व्यर्थ है, यह भी जानता हूँ। क्षमा सिर्फ इसलिए कि मैं तुमसे बड़ा था, उम्र में भी और अनुभव से भी। मुझे ही अक्ल से काम लेना था।

पिछले दिनों ट्रांसफर रुकवाने के चक्कर में बहुत हाथ-पाँव मारता रहा। भोपाल महँगा सही, यहाँ पत्नी के पास छोटी-सी नौकरी थी। मेरे मध्यमवर्गीय जीवन में उसका बहुत बड़ा सहारा था। सब कुछ छोड़-छाड़कर नई जगह सैटिल होने की कल्पना कँपा देती है।

लेकिन मेरा चाहा नहीं हो सका। बहुत ही भारी मन से कल तुम लोगों से विदा लेने पहुँचा था। तुम्हें अकेली देखकर कुछ अधिक ही भावुक हो उठा मैं, एक अनाम भावात्मक रिश्ता तुम्हारे साथ स्थापित हो रहा था मेरा, यह कल ही जाना और उसी आवेग में थोड़ा बहक गया।

तब पता नहीं था कि तुम मानसिक रूप से इतनी त्रस्त हो। पति का लम्बा प्रवास, घर का बोझिल वातावरण और बच्चे की बीमारी—इन सबने मिलकर तुम्हें किस तरह हिला दिया था, यह तो तब जाना जब तुम परकटे पक्षी की तरह मेरी गोद में सिर रखकर फफककर रो पड़ीं।

मैं मनुष्य हूँ, पत्थर नहीं। तब भूल गया था कि मैं किसी का पति हूँ, पिता हूँ। तुम किसी की पत्नी हो, माँ हो। वह तो एक भावावेग था, रोजमर्रा की जिंदगी में प्रवेश करते ही उतर गया है। सोचता हूँ...

ट्रिं...ग।

दरवाजे की घंटी इतनी कर्कश कभी नहीं लगी थी। उसी अस्तव्यस्त भाव से जाकर दरवाजा खोला मैंने। सामने यह खड़े थे—हाथ में अटैची लिए।

'आ...प !'

'क्यों पहचान में नहीं आ रहा हूँ क्या ? दो दिन में इतना बदल गया हूँ ? और तुम्हारी शक्ल ऐसी क्यों हो रही है ? घर पर तो सब ठीक-ठाक है न !...किसकी चिट्ठी आई है यह ? माँजी की ?'

उन्होंने व्यग्रता से पत्र मेरे हाथ से ले लिया। सरसरी निगाह से उसे पढ़ा, फिर टुकड़े-टुकड़े करके हवा में उछाल दिया।

'यह क्या किया आपने ?' मैंने तैश में आकर कहा।

'वही किया जो छवि को बहुत पहले करना चाहिए था।' इन्होंने शांत स्वर में उत्तर दिया।

'लेकिन कम से कम एक बार...'

'जवाब-तलब करना चाहती हो न ? अब भी कर लेना।' मैं गवाही दे दूँगा। फिर अटैची उठाकर भीतर जाते हुए बोले, 'चौदह घंटे का सफर करके आया हूँ। चाय-वाय तो पूछो।'

चाय तो खैर मैंने बनाई ही। फिर नहाने के लिए पानी भी गरम किया। खाना भी बनाया, खाना खाकर बड़े इत्मीनान से तैयार होते हुए बोले, 'ऑफिस हो आऊँ जरा। आधे दिन की सी. एल. ही बच जाएगी।'

इतनी हैरत हुई मुझे। इतनी बड़ी बात हो गई और इन्हें अपनी सी. एल. की पड़ी है। सच, इनकी थाह लेना मुश्किल है।

शाम को दफ्तर से लौटे, तो लड़कियाँ घेरकर बैठ गईं, 'पापा, हमारे लिए क्या लाए ?'

'अरे, मम्मी ने क्या अब तक तुम्हें बताया नहीं।' फिर भीतर आकर बोले, 'मेरी अटैची अभी तक बाहर ही पड़ी है पद्मा, ड्राइंगरूम में ! ऐसी क्या नाराजी है भई !'

फिर डाइनिंग टेबुल पर सारा सामान खोलकर बैठ गए। दालमोठ-पेठे के पाँच-छः पैकेट थे, अलग-अलग प्रकार के। गुड़िया थी, खिलौने थे। साड़ी और मीनाकारी वाली चूड़ियाँ थीं। पुस्तकें थीं। वह इत्मीनान से बैठे समझाते रहे कि कौन-सी वस्तु खरीदकर लाए हैं, कौन-सी समधीजी ने भेजी है। लड़कियाँ पास बैठी किलकती रहीं, पीयूष की याद आते ही उन लोगों का गला भर आया था। और जब इन्होंने बतलाया था कि वहाँ से चलने पर साथ आने के लिए वह खूब रोया था, तो एक तरह से अच्छा भी लगा था।

मैं नितांत उदासीन होकर उनकी बातें सुनती रही। अनमने भाव से चीजें छू-छूकर मैंने वापस रख दीं। उस समय सोच-सोचकर मेरा दिमाग सुन्न हुआ जा रहा था। दालमोठ की किस्मों की चर्चा जरा अच्छी नहीं लग रही थी। प्रसंग की

गम्भीरता को देखते हुए इनकी सारी बातें ही बड़ी हास्यास्पद लग रही थीं।

लेकिन रात बेडरूम में प्रवेश करने पर देखा, यह सब दिखावा था। वे भी उतनी ही बुरी तरह आहत हुए थे। दोनों हाथों में सिर दिए पता नहीं कितनी देर अपनी मेज के पास बैठे रहे। मैं अपने बिस्तर पर पड़े-पड़े देखती रही। आखिर जब आधी रात हो चली तो मुझसे नहीं रहा गया।

'सोएँगे नहीं क्या आज ! रात-भर के जगे हुए हैं।' मैंने प्यार से सिर पर हाथ फेरते हुए कहा।

उन्होंने सिर ऊपर उठाया, आँखों में उदासी के गहरे बादल थे। 'पद्मा !' थकी-सी आवाज में बोले, 'बड़ी उलझन में फँस गया हूँ। आज दफ्तर में भी जरा मन नहीं लगा। निरन्तर वही एक बात सोच रहा हूँ।'

'हमारे सोचने-विचारने से बीते क्षण लौट तो सकते नहीं। फिर परेशान होने से फायदा ?' मैंने कुछ कहने की गरज से कहा।

'एक बात मेरे मन में आई है पद्मा।'

'क्या ?'

'हमें भूल जाना होगा कि इस तरह का कोई पत्र हमने देखा था। कर सकोगी इतना ?'

'वाह, इतनी देर सोचकर यही हल निकाला है ?'

'यह कोई बहुत मुश्किल काम है पद्मा ?'

'इससे क्या होगा ?' मैंने वहीं पास एक स्टूल पर बैठते हुए रूखी आवाज में कहा।

'क्या होगा यह तो नहीं कह सकता, परन्तु याद रखने में दुःख ही दुःख है, इतना जानता हूँ। छवि को अगर किसी दिन पता चला, तो वह कभी हमारे सामने सिर नहीं उठा सकेगी। सुशील अगर जान जाएगा, तो जिंदगी भर सुख की नींद नहीं सो सकेगा। इतना बड़ा अन्याय मुझसे तो नहीं हो सकेगा।'

'न्याय-अन्याय तो मैं जानती नहीं, लेकिन अगर मेरे भूलने से छवि का कलंक दूर हो जाता है, तो यही सही।' मेरे मन में धीरे-धीरे रोष उफनने लगा था।

'यह कलंक-वलंक कहाँ की बातें ले बैठीं तुम, हिश, इट इज ऑल हंबग ...मैं छवि का पक्ष नहीं ले रहा पद्मा; लेकिन उसे कटघरे में रखने से पहले एक बार सोचो। क्या तुम विश्वास के साथ कह सकती हो कि सुशील वहाँ एकदम संन्यासी बना हुआ है ? इतने स्वच्छंद समाज में इतने सारे प्रलोभनों के बीच उसका मन एक बार भी नहीं डोला होगा ? क्या तुम दावे के साथ कह सकती हो ?'

उनके तमतमाए चेहरे को एकटक देखते हुए मैंने बस इतना कहा, 'काश,

छवि सुन पाती, आप कितनी अच्छी पैरवी कर रहे हैं उसकी !'

मेरे व्यंग्य से मर्माहत होते हुए उन्होंने कहा, 'मैं किसी की पैरवी नहीं कर रहा। सिर्फ इतना जानता हूँ कि देश हो या विदेश, मर्द हो या औरत, अकेलापन सबको एक-सा सालता है। यह मैं किसी और के अनुभव की बात नहीं कर रहा हूँ। वही बात कर रहा हूँ, जिसे तुम्हारी साहित्यिक भाषा में भोगा हुआ यथार्थ कहते हैं।'

'अच्छा, यह यथार्थ, यह अकेलेपन का अहसास आपके हिस्से में कब पड़ा ?'

'तब जब तुम अपनी तीन हड्डियाँ तुड़वाकर पाँच महीने तक अस्पताल में पड़ी थीं। जब मैं दफ्तर, घर और अस्पताल में चकरघिन्नी की तरह घूमता था। तुम्हें शायद वह सब इतनी आत्यंतिकता के साथ याद न हो, लेकिन मैं तो नहीं भूल सकता। तुम्हारे साहित्य में संत्रास, कुंठा—जो-जो कुछ होता है, सब मैंने उन दिनों अनुभव किया है। घर में रहता तो खाली घर काटने को दौड़ता, क्योंकि माँजी बच्चों को लेकर चली गई थीं। दफ्तर जाता तो सैकड़ों चिंताएँ किसी जिद्दी बच्चे की तरह साथ लग जातीं। शाम होती तो अस्पताल का रुख करता, अपनी स्नेहमयी पत्नी से मिलने। लेकिन वहाँ सामना होता एक बीमार, चिड़चिड़ी, ईर्ष्यालु औरत से। उससे मिलने की कल्पना से ही मन काँपने लगता। हॉस्पिटल के फाटक पर पहुँचकर सोचता, उल्टे पैरों भाग जाऊँ और किसी पिक्चर हॉल में शरण लूँ।'

'प्ली...ज।' मैंने तड़पकर कहा और उनका मुँह अपनी हथेलियों से बंद कर दिया। वे चुप हो गए, अपने हाथों में मेरे हाथ लेकर धीरे-धीरे सहलाते रहे। फिर मृदु स्वर में बोले, 'बहुत बुरा लगता है न उन बातों को याद करना ?'

मैंने उत्तर में पलकें झुका दीं।

13

अपने मन का भार हल्का होते ही वे तो प्रगाढ़ निद्रा में खो गए, लेकिन मेरी आँख नहीं लग सकी। अस्पताल के वे दिन किसी दुःस्वप्न की तरह मेरा पीछा करते रहे। रोज की तरह स्टूल पर चढ़कर कपड़े सुखा रही थी, पता नहीं कैसे उलट गया। जमीन पर चित गिर पड़ी मैं और उसके बाद जब होश आया, तब मैं अस्पताल में थी, शरीर प्लास्टर में जकड़ा हुआ था। एक-डेढ़ महीने तो उसी तरह एकदम सीधे लेटना पड़ा था, हिप बोन टूट गई थी। लेटे-लेटे पता नहीं कैसे ऊटपटाँग विचार आते रहते मन में। जिंदगी-भर लँगड़ाकर चलने की कल्पना से मन काँप-काँप जाता। डॉक्टर ने इशारा कर दिया था कि हमें दो लड़कियों पर ही अब संतोष कर लेना होगा। यह बात मन में काँटे-सी गड़ती। अपना नारीत्व

व्यर्थ हुआ जान पड़ता। ऐसे समय इनसे सहानुभूति की, आश्वासनों की अपेक्षा रहती। सारा दिन जैसे सिमटकर पाँच बजे की सुई पर केन्द्रित हो जाता था।

यह नियम से आते थे। घंटों पास बैठे रहते, कुछ घर की, कुछ बाहर की सुनाते। अपने हाथों से चाय बनाकर पिलाते। फल काटकर देते। फिर पता नहीं क्यों लगने लगा कि उनके स्पर्श में स्नेह का उत्ताप अब पहले का-सा नहीं रहा है। वह मात्र एक रुटीन हो गया है, एक उबाऊ रुटीन। तब इतना असहाय अनुभव करती अपने-आपको।

हर रोज शाम को किसी की मदद से मैं अपने को सँवार लेती और फिर बड़ी हसरत से दर्पण देखती, दर्पण देखती और रोना आ जाता। तब अपनी सारी खीझ मैं इन पर ही उतारती। पता नहीं कैसे-कैसे उपालंभ देती। उस समय यह भी याद नहीं रहता कि मैं अस्पताल के जनरल वार्ड में पड़ी हूँ। अपने पैरों चलने वाला हर व्यक्ति मेरी ईर्ष्या का पात्र था। हर सुंदर औरत मुझे जहर लगती, खास कर मिसेज कश्यप। पड़ोसी थे वे लोग। इस नाते जितना बन सकता था, मदद कर देते थे। यह होटल में खाते थे, फिर भी यदा-कदा कुछ न कुछ बनाकर वह भेजती रहती थीं। मेरे पास हर तीसरे-चौथे दिन आकर बैठती थीं मिसेज कश्यप। क़भी कपड़े बदलवा देतीं, कभी कंघी कर देतीं। कई बार मैंने उनसे चिट्ठियाँ भी लिखवाई हैं। पर इन सबके लिए कृतज्ञ होना तो दूर, मैं मन ही मन द्वेष से धधकती रहती थी।

अभी उस दिन मिसेज कश्यप आई थीं मिलने। गोलगप्पे-सी फूल गई हैं और बालों में भी सफेदी झाँकने लगी है। यह सोचते हुए भी शर्म आती है कि उन्हें देखकर बहुत संतोष हुआ, राहत मिली। अस्पताल से लौटते हुए यही एक बीमारी साथ ले आई हूँ मैं। जिस व्यक्ति से मन ही मन द्वेष करती हूँ, उसे दुःखी देखकर संतोष होता है। इनके बॉस की एक बड़ी प्यारी-सी लडकी थी। रूप ऐसा कि आँखें टिकी रह जाएँ। उतने ही संपन्न घराने में ब्याही गई है। पिछले साल सुना कि उसे कैंसर हो गया है। सुनकर दुःख होना चाहिए था, पर नहीं हुआ।

और...और मैं एकदम अपने बिस्तर पर उठ बैठी। अपने मन को खूब ठोक-बजाकर देखा—कल वाली बात से मन को दुःख कितना-सा हुआ था। बल्कि बहुत गहरे एक तृप्ति का अहसास हुआ था। छवि की कच्ची उम्र, उसका दूधिया रंग, उसका आकर्षक व्यक्तित्व, उसका भरा-पूरा परिवार, विदेश जाकर ट्रेनिंग लेने वाला उसका पति, यहाँ तक कि नन्हाँ पीयूष भी...सभी को लेकर मन में एक सूक्ष्म ईर्ष्या-सी थी। उस पत्र के रूप में मेरे हाथ में एक ट्रंप कार्ड आ गया था, जो पल-भर में उसे निष्प्रभ कर सकता था। उस महत्वपूर्ण दस्तावेज के टुकड़े-टुकड़े कर देने से ही क्या बात समाप्त हो जाती है ? अपने मन में इतना बड़ा चोर

छिपा होता है और कभी-कभी अपने को ही पता नहीं चलता।

'मेरे मन में एक बात आ रही है।' सुबह चाय का पहला घूँट लेकर इन्होंने शुरुआत की।

'क्या ?'

'अगर सुशील को बहुत असुविधा न हो, तो कुछ दिनों के लिए छवि को उसके पास भेज दें।'

'इसी लायक हम होते तो क्या इससे पहले नहीं भेज सकते थे ?' मैंने कहा।

'सो तो है, लेकिन हमारी लियाकत का सवाल अब इतना महत्त्वपूर्ण नहीं रह गया है। इस समय तो सोचना यह है कि वियोग की उनकी अवधि इतनी लम्बी न खिंच जाए कि मिलने की सम्भावनाएँ ही समाप्त हो जाएँ। व्यवस्था तो मुझे कुछ न कुछ करनी ही है। सिर्फ तुम्हारी राय जानना चाहता था।'

मैं चुप बनी रही।

'क्या सोच रही हो ?'

'सोच रही हूँ कि यह दंड है या पुरस्कार ?' मैंने संक्षिप्त-सा उत्तर दिया। इनका चेहरा अचानक तमतमा आया। कुछ सख्त लहजे में बोले, 'पद्मा ! हम लोगों ने तय किया था कि हम सब कुछ भूल जाएँगे।'

'हम लोगों ने तय कुछ नहीं किया था। सिर्फ आपने प्रस्ताव-भर किया था। और किसी भी ऐसी-वैसी बात को भुलाना इतना आसान नहीं होता, कम से कम मेरे लिए नहीं है। मैं आप लोगों की तरह अल्ट्रा मॉडर्न नहीं हूँ। रूढ़िवादी ही सही, लेकिन संस्कारी मन है मेरा।' इतनी-सी बात कहते हुए भी मैं हाँफने लगी थी।

'और तुम्हारे संस्कार, तुम्हरी रूढ़ियाँ, तुम्हारी मान्यताएँ दैहिक संबंधों पर आकर समाप्त हो जाती हैं। तुम्हारे लिए पवित्रता का मापदंड सिर्फ शरीर है। लेकिन इस हाड़-माँस से बने शरीर के परे भी एक वस्तु है—मन; उसके लिए कभी सोचा है ?'

एक असाधारण आवेश में इतना सब कुछ कह जाने के बाद यह क्षण-भर को रुके—शायद मेरे उत्तर के लिए। फिर गंभीर होकर बोले, 'मैं ठीक तुम्हारी तरह एकांगी होकर नहीं सोच पाता, यही तो मुश्किल है। यह अनुभवहीन लड़की दो साल से पति की प्रतीक्षा में आँखें बिछाए बैठी है; उसके पत्रों पर जी रही है। यदि उसके हाथ से एक प्रमाद हो भी गया, तो मैं उसे अक्षम्य अपराध नहीं मान सकता। आखिर हम लोग उन्हें भी तो क्षमा कर देते हैं, जो मन कहीं और रख आते हैं और साल-दर-साल दांपत्य का नाटक किए जाते हैं।'

'यह किसके लिए कह रहे हैं आप ?' मैं करीब-करीब चीख पड़ी। बगल वाले कमरे में होमवर्क करती हुई लड़कियाँ दौड़ी आईं और भयचकित नजरों से हमें घूरने लगीं। अपने आवेग पर लज्जित होकर मैंने सिर झुका लिया।

'कहो बेटे राम ! क्या तकलीफ है आपको ?' इन्होंने हँसते हुए पूछा, तो वे धीरे-धीरे अपने कमरे की ओर लौट गईं। लेकिन उनकी आँखों में तिरता हुआ संदेह साफ झलक रहा था।

'मैं सिर्फ एक उदाहरण दे रहा था पद्मा ! तुम्हें इतना ऑफ होने की जरूरत नहीं थी।' इन्होंने कसैली आवाज में कहा और उठकर चले गए।

खाली प्यालियों को शून्य दृष्टि से देखती हुई मैं पता नहीं, कितनी देर बैठी रह गयी।

14

सुशील का पत्र यथावकाश आ गया था। पत्र का प्रत्येक अक्षर बतला रहा था कि छवि के वहाँ पहुँचने की कल्पना-मात्र से वह कितना पुलकित हो उठा है। भैया-भाभी के त्याग, स्नेह, ममता और सूझबूझ की प्रशंसा में उसने पृष्ठ के पृष्ठ भर दिए थे।

अब यही पछतावा होता रहा कि यह खयाल हमें पहले ही क्यों न आया। इतनी ही दौड़-धूप तब कर लेते हम। कम से कम अपने उत्तरदायित्व का तो ठीक से निर्वाह हो जाता।

सुशील ने बार-बार लिखा था कि बहुत आउट ऑफ दि वे जाकर रुपयों का प्रबंध न करें। उसे थोड़ी निराशा ही तो होगी, वह झेल लेगा। घर-भर को परेशानी में डालकर मिलने वाली खुशी उसे स्वीकार नहीं है।

दूसरे पत्र में लिखा था–सौभाग्य से उसके एक प्रोफेसर आठ महीनों के लिए 'लेक्चर टूर' पर जा रहे हैं। उनका फर्निश्ड फ्लैट आसान शर्तों पर मिल रहा है। अगर छवि का आना निश्चित हो, तो वह बात करे।

निश्चित तो खैर था ही।

तीसरे पत्र में था–छवि अगर जल्दी आ सके तो अच्छा है। 6-8 महीने का कोई छोटा-मोटा कोर्स वह पूरा कर लेगी। हाँ, अगर पीयूष साथ आए, तो असुविधा हो सकती है। यहाँ की जलवायु में बहुत फर्क है। शुरू-शुरू में बड़ों को भी परेशानी होती है। फिर गाइड करने वाला भी कोई नहीं है आसपास।

पत्र का स्वर स्पष्ट था, वह छवि को बिल्कुल अकेले में पाना चाहता था। उन दोनों के बीच वह बच्चा भी उसे गवारा नहीं था। इतनी दूर से शायद वह

अपने को उस अनदेखे बच्चे से जुड़ा हुआ महसूस नहीं कर पा रहा था। उसके लिए शुभा-विभा और पीयूष में कोई खास अंतर नहीं था।

लेकिन छवि के पत्रों में यह कसक साफ झलक जाती थी। सुशील से मिलने का उल्लास, नया देश देखने का उत्साह—इस सब पर उदासी की एक पर्त-सी रहती। कितने प्रयासों से उसने अपने को तैयार किया होगा, इसे हम लोग समझ सकते थे।

15

और अप्रैल की एक सुबह वह अचानक ही आ खड़ी हुई। उसके आने के साथ ही घर में जैसे उत्सव का वातावरण हो गया। लड़कियों का आनंद जैसे छलका पड़ता था। मुझसे तो आते ही ऐसे लिपट गई कि सारा कल्मष पल-भर में ही धुल गया।

साथ उसका भाई आया था, बोला, 'दीदीजी ! यह महारानी परीक्षा देने के लिए हाजिर हुई हैं। मेरी तो समझ में नहीं आता कि पेपर में क्या लिखेंगी आखिर। एक दिन भी तो किताब खोलकर देखी नहीं। बस, जब देखो तब जीजाजी को लंबी-लंबी चिट्ठियाँ लिखी जा रही हैं। फॉर्म के पैसे तो बिगड़े ही थे, यह किराया और ऊपर से खर्च हो गया।'

'किताबें तो सब यहाँ छोड़ गई थी, वहाँ पढ़ती क्या खाक ! वह तो ऐसे जमकर बैठ गई वहाँ, हमने सोचा परीक्षा का आइडिया ड्राप कर दिया होगा।' अनचाहे ही स्वर मेरा स्नेहार्द्र हो आया था। लगा, जैसे शुभा-विभा की ही बात कर रही हूँ मैं।

एक शर्मीली मुस्कराहट उसके चेहरे पर खेलती रही। दोपहर में भाई जब अपनी सफर की थकान मिटा रहा था, वह मेरे पास आकर बैठ गई और बड़े रहस्यमय अंदाज में बोली, 'मुझे तो पता है दीदी, मेरी अटेंडेंस इतनी शॉर्ट है, परीक्षा देने का कोई सवाल ही नहीं उठता, मैं तो सिर्फ आने का बहाना ढूँढ़ रही थी।'

'यहाँ आने के लिए बहाना ढूँढ़ना पड़ता है तुम्हें ?' मैंने आहत स्वर में कहा।

'आप समझ नहीं रही हैं...दरअसल पीयूष को आपके पास छोड़ना चाहती हूँ।'

'मेरे पास ?'

'जी, और माँ और बाबूजी जिद कर रहे हैं कि वह उन्हीं के पास रहे। उनके पास छोड़ने का मन नहीं करता। लाड़-प्यार तो वह बहुत करते हैं, पर बच्चे के

साथ तो सौ परेशानियाँ होती हैं, जो उनके वश की नहीं हैं। भाभियों पर मेरा विश्वास नहीं है। वे लोग बहुत अच्छी हैं, पर...आपके पास रहेगा, अपनी दीदी लोगों के पास रहेगा, तो मैं निश्चिंत होकर जा सकूँगी। और किसी के पास तो मैं उसे छोड़ नहीं सकती...' और देखते ही देखते उसकी आँखें भर आईं और वह मेरे कंधे पर सिर रखकर सुबकने लगी। पता नहीं कितने दिनों से इस आवेग को वह अपने में छिपाए बैठी थी।

व्यग्र होकर मैं उसकी पीठ पर, सिर पर हाथ फेरती रही। सुशील पर इतना रोष आया। नन्हे-से बच्चे को छोड़कर चल देना क्या इतना आसान है ! माँ बनकर देखे कोई तब पता चले।

16

'वह बच्चे को मेरे पास छोड़ जाना चाहती है।' रात मैंने उन्हें बताया तो एकबारगी वह भी चौंक उठे।

'तुमने क्या जवाब दिया ?'

'मैं तो आज ही सुशील को लिख दूँगी कि यह रोग मेरे वश का नहीं है।'

'लेकिन प्रस्ताव तो सुशील की ओर से आया नहीं है, जिसने किया है उसी से कहो न।'

'यह नहीं हो सकता।'

'क्यों ?'

'उसने इतने विश्वास के साथ मुझसे कहा है कि मुझसे उसके सामने मना करते नहीं बनेगा।'

'वही तो पूछ रहा हूँ, क्यों नहीं बनेगा ?'

'इसलिए कि मैं उतनी दुष्ट नहीं हूँ जितना आप समझते हैं।' मैंने लगभग चीखकर कहा और रात के उस वातावरण में मुझे अपनी ही आवाज बड़ी कर्कश लगी। इनकी ओर एक रोष-भरा कटाक्ष फेंककर मैं दूसरी करवट लेट गई।

कभी-कभी सभी मेरी सहनशीलता की परीक्षा क्यों लेने लगते हैं ?

सुबह से शुभा-विभा किलक रही थीं 'मम्मी, चाची कह रही थीं, पप्पू अब साल-भर अपने ही पास रहेगा। यह बात सच्ची है न !'

मतलब महारानीजी सब कुछ तय करके बैठी हैं। विभा कहती रही, 'मम्मी, झूला तुम अपने कमरे में तो नहीं रखोगी ? हमारे कमरे में ही रखना, दोनो पलँगों के बीच, रोएगा तो हम सँभाल लेंगे।'

कितना चबर-चबर करने लगी हैं ये लोग !

महरी भी तो कम नहीं, कहने लगी, 'बाबा को रखिच लेना बाई। बच्चा रहेगा घर में तो अच्छा लगेगा।'

अब इससे सलाह माँगने गया था कोई ? और तो और, श्रीमानजी भी ! खा-पीकर मजे से आरामकुर्सी पर बैठे झूल रहे थे। ग्यारह बज रहे थे। बच्चे स्कूल चले गए थे। छवि भाई के साथ टाइम टेबल देखने कॉलेज गई थी। सोचा था, सबके जाने के बाद पत्र लिखूँगी इत्मीनान से। कागज-पेन सब सजाकर बैठी थी और इनके दफ्तर जाने की राह देख रही थी। लेकिन इन्होंने कपड़े तक नहीं बदले थे।

'जाना नहीं है आज ?' मैंने चिढ़कर कहा।

'आज छुट्टी ले ली हैं।'

'किस खुशी में ?'

'ऐसे ही। विशेषज्ञों का कहना है कि कभी-कभी दफ्तर से गोल कर जाना चाहिए, स्वास्थ्य के लिए अच्छा होता है...फिर कभी-कभी तुम्हारे साथ अकेले में बातें करने की भी इच्छा होती है।'

हारकर मैं मेज के पास से उठी और एक कुर्सी खींचकर उनके सामने जा बैठी, और बोली, 'कहिए, क्या बात करनी है ?'

'कोई खास बात नहीं है, तुम काम कर लो अपना। चिट्ठी लिख रही थीं न ! किसे ? सुशील को ? लिख लो न, फिर बात करेंगे।'

'आपके सामने नहीं लिख पाऊँगी।'

'क्यों, इतनी प्राइवेट चिट्ठी है ? मजमून तो शायद रात को तुमने बता ही दिया था।'

'मजमून वह नहीं है जो आप समझ रहे हैं।'

''तो फिर शायद छवि के बारे में लिखना होगा, ठीक है न ?'

'देखिए, मैंने कल भी आपसे कहा था मैं उतनी दुष्ट नहीं जितना आप समझ रहे हैं।' मेरी आवाज फिर ऊँची चढ़ गई थी। सूने घर में एक गूँज-सी पैदा करती हुई अपनी ही आवाज मुझे बड़ी कर्कश लगी।

'यही तो मुसीबत है डार्लिंग, कि तुम उतनी दुष्ट नहीं हो जितना पोज करती हो।'

मैं तो हैरत से देखती रह गई।

'हम सब जानते हैं कि तुम्हारे पास इतना प्यार, इतनी ममता है कि सिर्फ उसे छिपाने के लिए तुमने जबान पर इतने काँटे उगा रखे हैं; तुम्हारी इस असलियत को सब जान गए हैं। सुशील, शुभा, विभा—यहाँ तक कि छवि भी तुम्हें पहचान

गई है। इसी विश्वास के साथ तो अपना बच्चा तुम्हें सौंपने आई।'

मैं कुछ देर उनकी ओर देखती रही, फिर दीवार की ओर मुँह फेरकर मैंने कहा, '...मैं किराये की आया तो नहीं हूँ, जो साल-भर लड़के को सँभालकर निर्विकार मन से लौटा दूँगी। कलेजे से लगाकर पालूँगी उसे और कल उसकी माँ आकर उसे ले जाएगी—न, यह मुझसे नहीं सहा जाएगा। बहुत दुःख उठाए हैं मैंने जीवन में, अब एक और झेलने की सामर्थ्य नहीं है। मैं सुशील को यही सब लिखना चाह रही थी, आप चाहें तो छवि को भी कह दीजिएगा।'

कुछ क्षण कमरा निस्तब्धता में डूबा रहा।

'पद्मा !'

'हूँ।'

'इधर देखो।'

'क्या है ?'

'अभी तुमने बहुत सारे दुःखों की बात की थी। उनमें से कितने मेरे नाम चढ़े हैं यह जान लेता तो आश्वस्त हो जाता।'

मैंने उनकी ओर देखा, अंतस् का सारा स्नेह आँखों में समेटे वह मुझे ही देख रहे थे। और अचानक मुझे लगा कि यह व्यक्ति निरंतर बारह वर्षों से इसी तरह मेरे सामने बैठा हुआ है। मेरी व्यथा-कथा सुनने के लिए अधीर, मेरे घावों पर मरहम लगाने को आतुर इसकी आँखें निरंतर इसी तरह स्नेह बरसा रही हैं। मैं ही पागल की तरह दूर-दूर भागती रही, अपने ही भय से त्रस्त, तर्कहीन संदेहों से घिरी हुई।

किंतु अगर कोई कहना भी चाहे तो क्या सब कुछ कह पाना इतना आसान है ? कुछ कहने को फड़फड़ाए मेरे होंठ और फिर स्थिर होकर रह गए।

उन्हें ही फिर कहना पड़ा, 'अच्छे-बुरे क्षण तो सभी के जीवन में आते हैं, लेकिन उन्हें कोई यों अपने साथ नत्थी नहीं कर लेता। तुम्हारे साथ मुसीबत यह है पद्मा, कि तुम भूलती कुछ भी नहीं हो, इसीलिए मन पर एक भार-सा बना रहता है।'

एकदम खीझ उठी मैं, पल-भर पहले तरल हो आया मन एकदम फूत्कार उठा, 'समझते क्यों नहीं आप, कि हर दुःख क्षणजीवी नहीं होता। कोई आघात ऐसा भी होता है, जो अपनी कसक छोड़ जाता है। कई घाव ऐसे होते हैं, जो अपने व्रण के कारण जीवन-भर याद रहते हैं...उपदेश देना बहुत सरल है आपके लिए, क्योंकि आप नहीं जानते कि सात वर्ष की आयु में पिता को खो देना क्या होता है। कैसा लगता है जब पिता की मृत्यु के साथ ही अपनों के मुखौटे उघड़ने

लगते हैं। कितना दुःख होता है जब पिता के साथ माँ की शांत स्नेहमयी मूर्ति भी खो जाती है। शेष रह जाती है सिर्फ एक हेड मिस्ट्रेस, जो आतंक की सृष्टि करती है, आश्वस्त नहीं करती।'

यह उठकर कमरे में चहलकदमी करने लगे थे।

'मेरे पास भी बचपन की निश्छल हँसी थी, किशोर कल्पनाओं का सुंदर संसार था, खिलती उम्र के मधुर सपने थे। माँ के कठोर अनुशासन में सब कुछ झुलसकर रह गया। सुख-दुःख बँटाने वाली एक बहन थी, शादी करके वह भी पराई हो गई। उसकी बरसों तक सूरत भी न देखने दी माँ ने। खुले हाथों विधाता ने रूप लुटाया था मुझ पर, एक ही चीज थी जिस पर गर्व था मुझे। लेकिन बीमारियों में वह भी उजड़कर रह गया है। संतान भी दी हैं ईश्वर ने तो दोनों लड़कियाँ, कल को अपने घर चली जाएँगी तो बस, बैठकर रोना ही तो है मुझे। यही तो लिखाकर लाई हूँ...'

और एक दीर्घ उसाँस लेकर मैं चुप हो गई। इतना थक गई थी जैसे मीलों का सफर तय करके आई हूँ। घूमते हुए यह एकदम मेरे पास आकर खड़े हो गए थे, 'पद्मा !'

'हाँ।'

'और शेखर दा की बात नहीं कहोगी ?'

शेखर दा की बात। मुझे तो जैसे काठ मार गया।

'अपनी गाथा का जो सबसे दुःखद, लेकिन सबसे महत्त्वपूर्ण अध्याय है जो, उसे ही भूल गईं ?'

मैं बिजली की तरह उठ खड़ी हूई, 'किसने बताया आपको यह सब ? माँ ने ? रमा ने ?...या शेखर दा ने ?'

'माँ ने कब तुम्हारे मन में झाँककर देखा है ? रमा को ही कब इतना अवकाश मिला है, और शेखर दा, उनके पास यह सब देखने वाली आँखें ही होतीं, तो कहानी कुछ और ही नहीं होती आज ?'

'फिर कहाँ से जान गए आप सब ?'

'तुमसे। इस तरह चौंको मत, पद्मा। तुम्हारे स्वभाव की ये अनेक विसंगतियाँ खुद ही अपनी कहानी कहती रही हैं, और साथ में तुम्हारी व्यथा में डूबी आँखें, खोया हुआ आत्मविश्वास, तुम्हें हरदम कोंचता हुआ तुम्हारा हीन बोध, मुझे प्रसन्न रखने के लिए तुम्हारे हास्यास्पद प्रयास, मुझे खो देने का तुम्हारा तर्कहीन भय—सभी कुछ तो मेरे सामने था, मैं बेवकूफ नहीं हूँ पद्मा। शेखर दा की तरह अंधा भी नहीं हूँ। बहुत पहले जान लिया था कि रमा का जिक्र छिड़ते ही तुम समूची ईर्ष्या

से सुलग उठती हो। शेखर दा का नाम लाते हुए तुम्हारी जबान काँप-काँप जाती है।'

'बुरा नहीं लगता था तब ?'

'क्यों नहीं लगता था। मैं मनुष्य नहीं हूँ क्या ? एकदम भीतर तक राख हो जाता था। तुम्हारा वह मूक आदि-अंतहीन प्रणय और मेरा वह अवश आक्रोश...आज याद करता हूँ तो सब बचकाना-सा लगता है। लेकिन उन दिनों तो जिन्दगी को विष के घूँट की तरह पी रहा था मैं। आज तक उसका स्वाद जबान पर है। और इसीलिए चाहा था, मन की गहराइयों से चाहा था कि सुशील को यह जहर न पीना पड़े। सभी लोग मेरी तरह पुख्ता दिल नहीं होते।'

'इतना सब होते हुए भी सारा आक्रोश चुपचाप मन में समेटे रहे। क्यों? क्यों इतनी करुणा की मुझ पर ?' मैंने रुँधे गले से प्रश्न किया।

'क्योंकि तुम मेरे बच्चों की माँ थीं। तुमसे ही मेरा घर था और अपने घर को मैं बिखरते नहीं देख सकता था। घर का टूटना बच्चों के लिए क्या होता है, यह मैंने तुम्हें देखकर सीखा था। अपनी सारी पृष्ठभूमि के साथ इतनी निरीह लगतीं तुम कि कभी कठोर कुछ कह भी जाता तो फिर देर तक पछताता रहता। मैंने तुम पर कोई उपकार नहीं किया है पद्मा ! मैं शायद सब कुछ इसीलिए एडजस्ट करता रहा कि अपने समस्त गुण-दोषों के साथ भी तुम मुझे अच्छी लगती रहीं। शायद इसी को प्रेम कहते हैं।'

17

कमरे के वातावरण में एक उमस-सी भर गई थी। मैंने पंखा फुल स्पीड पर खोल दिया। फिर खिड़की के पास खड़ी होकर बड़ी देर तक खुली हवा में साँस लेती रही।

यह धीरे-धीरे तैयार हो रहे थे।

'कहीं बाहर जा रहे हैं ?'

'हाँ, आर. टी. ओ. ऑफिस जाऊँगा जरा, लाइसेंस रिन्यू कराना है।'

मैं समझ गई, उतनी बड़ी बात कह जाने के बाद कमरे की उमस उन्हें भी व्याप गई थी।

'जाने से पहले एक बात सुनेंगे ?'

'कहो।' उन्होंने जूतों के तस्मे बाँधते हुए जवाब दिया।

'विश्वास कर सकेंगे ?'

'कहो तो।'

'बहुत पहले मैंने एक सपना देखा था। कच्ची उम्र में सभी लड़कियाँ इस तरह के सपने देखती हैं, तब लगता है जीवन का संपूर्ण सत्य यही है, बाकी सब शून्यवत् है। इस उम्र के सपने ऐसे सर्वव्यापी ही होते हैं। पता नहीं कितने सालों तक उसे अपने गले का हार बनाए रही। फिर जानते हैं क्या हुआ ? सुशील की शादी में उन्हें इतने दिनों बाद देखा और अवाक् रह गई। क्या यही है वह अलौकिक व्यक्तित्व, जिसके लिए मैं मीरा बनी हुई थी ? यह नितांत साधारण व्यक्ति रमा का पति-भर हो सकता है। आलोक का पिता हो सकता है। मेरा स्वप्न-पुरुष फिर कहाँ खो गया ? हैरान थी मैं।'

'कैसा लगा था तब ? बहुत दुःख हुआ ?'

'नहीं, एक रीतेपन का अहसास-भर हुआ, बस। कितना आश्चर्य है न।'

वे उठकर मेरे पास आए, दोनों कंधों पर हाथ रखते हुए बोले, 'इसमें आश्चर्य तो कुछ भी नहीं है। जीवन में कितनी ही चीजें तुम्हारे हाथों से फिसलती रही हैं। उनमें एक और नाम जुड़ गया। सिर्फ एक बात याद रखो पद्मा, कि सब कुछ खो जाने के बाद भी तुम देखोगी कि मैं तुम्हारे पास हूँ, हमेशा से था। इट इज़ ए प्रॉमिज़।'

और यह अंतिम बात कहते-कहते उनकी आवाज भारी हो आई थी। मैंने हौले से उनके हाथ हटाते हुए कहा, 'बाहर जा रहे थे न आप ?'

'सो तो जा रहा हूँ।' वह चलने को हुए और फिर जैसे कुछ याद आ गया उन्हें। दरवाजे के बाहर से बोले, 'सुबह आलोक का टेलिग्राम आया था। दराज में है, देख लेना।'

'आलोक को तार देने की क्या जरूरत पड़ गई ?' मैंने पूछा, लेकिन तब तक वह जा चुके थे।

दराज खोलकर मैंने वह गुलाबी कागज निकाला, सफेद पट्टी पर काले अक्षर चमक रहे थे—

'पापा इज नो मोर।'

कहानियाँ

- प्रतिदान
- आनन्दी
- बड़े आदमी
- और वह खुश था
- जीने की राह

प्रतिदान

"अम्मा! आज पूर्णमासी है, तुम कुछ करने के लिए कह रही थीं न ?"

"क्या सचमुच आज पूर्णमासी है ?"

"हाँ, तुम्हें अब क्या तिथियाँ भी याद नहीं रहतीं, अम्मा ?"

"नहीं रे...सोच रही हूँ कि एक महीना हो गया। और उस दिन सोच रही थी कि उसके बिना एक दिन भी नहीं जी सकूँगी..."

"अम्मा..."

इसके बाद कान तो कुछ नहीं सुन सके; पर मेरी कल्पना की आँखों ने देख लिया कि माँ का सिर बेटे के कंधे पर टिका है और दोनों निःशब्द रुदन में डूब गए हैं। मन कैसा-कैसा हो आया ! मैं भारी कदमों से रसोई की ओर मुड़ गई।

दरअसल मैं इनसे एक बहुत ही जरूरी बात कहने गई थी। आज सुबह नहाते समय एक दर्द की लहर शरीर में दौड़ गई थी—वही चिर प्रतीक्षित आशंकित लहर। मैंने सोचा था, इनके दफ्तर जाने से पहले नर्सिंग होम चलकर चेक करा लेते तो ठीक था। पर ठीक इसी समय उद्धव का प्रसंग छिड़ जाना मुझे बड़ा अशुभ-सा लगा। एक खीझ-सी हुई मन में। क्या मरने के बाद भी उसका साया हमारी गृहस्थी के ऊपर मँडराता रहेगा ?

मेरे इस घर में आने से पहले ही उद्धव मेरे जीवन में आ गया था। अपनी सबसे प्यारी साड़ी पहनकर मैं इनके साथ घूमने गई थी। 'नंदनवन' की हरी-हरी दूब पर बैठते ही इन्होंने बिना किसी भूमिका के कहना प्रारंभ कर दिया था, "संध्या, शादी से पहले मैं अपने घर का चित्र तुम्हारे सामने रखना चाहता हूँ। मेरा बहुत छोटा-सा परिवार है। माँ हैं, जिन्होंने लाख मुसीबतें झेलकर मुझे इस काबिल बनाया है। दूसरा है उद्धव, मेरा छोटा भाई—15 वर्ष की कच्ची उम्र में ही बस-दुर्घटना में उसके दोनों पैर बेकार हो गए हैं। पाँच वर्षों से वह बिस्तर पर है (यहाँ इनकी आँखें भर आई थीं), मेरे और अम्मा के आधे प्राण उसी में बसे हैं। मुझे ऐसी पत्नी चाहिए जो मेरी इन जिम्मेदारियों को खुशी-खुशी बाँट सके। तुमसे हो सकेगा

यह सब ?"

इन्होंने प्रश्न-भरी आँखों से मुझे देखा था। इनके करुण सम्मोहन ने मुझे बाँध लिया और उस अनजान अपंग युवक के प्रति मन ममता से भर उठा। यह तो उसी दिन जान गई कि इनके अंदर का पुत्र और भाई इन पर सदा हावी रहेगा। तब तो इसी बात पर मुग्ध होकर अंतर्मन से इन्हें वर लिया था, और अपने मानस में राम और लक्ष्मण के साथ नित्य नये विनोद की कल्पना में विवाह की तिथि को जोड़ती रही।

शादी इनके ताऊजी के यहाँ हुई। इस खुशी के मौके पर भी माँजी ने अपने बीमार बेटे का साथ नहीं छोड़ा और मेरे मन में उनका आसन और ऊँचा उठ गया।

लोकाचार जैसे-तैसे निबटाकर हम लोग पहली बार आए थे, वह दिन आज भी भूलता नहीं है। पड़ोसी गिरिजा बाबू स्टेशन पर हमें लेने आए थे। उन्होंने बताया कि नई भाभी को लेकर उद्धव के आनंद और उत्कंठा की सीमा नहीं है। माँजी के पीछे पड़कर उसने पूरे मकान की सफेदी करवाई है। शादी की रात मुहल्ले की औरतों को बुलाकर रतजगा भी करवाया है। बंदनवार उसने खुद अपने हाथों बनाए हैं।

ताँगा रुकते ही मैंने देखा, बंदनवारों से सजा, लिपा-पुता घर अपनी समस्त दीनहीनता लिए सामने खड़ा था। भाग्य के थपेड़ों के बीच दो अनाथ बालकों के साथ जिंदगी की राह पर चलने वाली माँजी का प्रतीक-सा ही लगा वह मुझे।

दरवाजे पर संभवतः पड़ोस की किसी सुहागिन ने हम लोगों की आरती उतारी। वही मुझे भीतर ले गई।

घर में घुसते ही यह कोने में लगे पलँग की ओर लपके और "भैया" की पुकार के साथ दोनों एक-दूसरे से लिपट गए। किसी रामलीला में देखे भरत-मिलाप का दृश्य मेरी आँखों के सामने सजीव हो उठा। फिर उन्होंने मुझे खींचकर उसके सामने खड़ा कर दिया और कहा, "देख, अपनी भाभी तो देख; बोल ! पसंद आई कि नहीं ?"

"भाभी" कहते हुए उसने मेरे दोनों हाथ पकड़ लिए। उस स्पर्श से सिहरकर मैंने अपनी लज्जानत आँखें उठाकर ऊपर देखा।

मेरी कल्पना का उद्धव यह नहीं था। मेरी कल्पना का उद्धव सिनेमा और उपन्यासों का मरीज था—लाख कष्टों के बावजूद जिसके चेहरे की कांति अक्षय रहती है, वेदना और यंत्रणा जिसे और आकर्षक बना देती हैं।

मेरे सामने जो उद्धव था, वह यथार्थ का उद्धव था। किशोरावस्था में ही अपंग हो जाने के कारण वह बुझ-सा गया था। अपनी विवशता की पीड़ा और कर्मण्यता का अहसास अभावों में पले उसके कंकालप्राय चेहरे को और भी कठोर

बना गया था। हृदय से न सही, पर उसे अपनी समस्त आंतरिकता के साथ मैं ग्रहण न कर सकी। अपनी कल्पना का यह विद्रूप मुझसे सहा नहीं गया। एक वत्सल सीता, एक फ्लोरेंस नाइटिंगेल आविर्भाव से पूर्व ही विलीन हो गई।

पता नहीं किस संवेदन शक्ति से उसने मेरे मन को पढ़ लिया और मेरे हाथों को थामने वाले उसके हाथों की गरमी धीरे-धीरे लुप्त हो गई। उसने मेरे हाथ छोड़ दिए। "मुझे लिटा दो अम्मा, मैं बहुत थक गया हूँ", कहकर उसने आँखें मूँद लीं।

उसकी इस आवाज पर पता नहीं कहाँ से माँजी निकल आईं और उन्होंने उसे लिटा दिया। इनका इशारा पाकर मैंने उनके पाँव छुए, पर सिर पर जरा-सा हाथ रख देने के अतिरिक्त उनके मुँह से आशीर्वाद के दो शब्द भी न निकले। एक जबरदस्त अपेक्षा-भंग का वातावरण घर में छा गया था—हम सबके सपने कपूर की भाँति उड़ गए थे। मुझसे इस बारे में कभी भी किसी ने कुछ नहीं कहा। मैं हमेशा सफाई देने के लिए छटपटाती रही, पर बिना अभियोग के सफाई कैसी ?

पम्मी के जन्म के बाद बस इन्होंने इतना कहा था, "एक बार इसे अम्मा को दिखा लाते।" इस बार घर जाने पर मैंने अपने मधुर व्यवहार से माँजी के मन को मोह लिया। पम्मी तो जैसे उनके गले का हार बन गई थी। अपनी पिछली भूलों का प्रायश्चित करने के लिए कृतसंकल्प मैं माँजी को साथ ले चलने के उपाय कर रही थी। मुझे मालूम था कि इनके मन में हमेशा यह इच्छा रही है। बँगले के उस सुनिश्चित कोने की तरह इनके मन का कोना भी खाली-खाली रहता था, यह भी मैं जानती थी। इसलिए उद्धव को भी इस बार मैंने शिकायत का मौका नहीं दिया। उसने कभी कोई उत्सुकता नहीं दिखाई। बीमार व्यक्तियों का अहं वैसे भी भारी होता है। पर मैं अपने कर्त्तव्य-बोध से सब कुछ कर रही थी।

मुझे खुशी थी कि इस बार दिन खैरियत से गुजर रहे हैं।

शायद चौथे या पाँचवें दिन की बात है। मैं नहा रही थी। दो कमरों का छोटा-सा घर था। रसोई बंद करके नहाना पड़ता था। तभी मैंने सुना, उद्धव कह रहा था, "अम्मा, भाभी कहाँ है ?"

"नहा रही है। क्यों रे ?" माँजी ने पूछा। मुझे भी आश्चर्य हुआ कि आज मेरी क्या जरूरत पड़ गई।

"एक बार गुड्डी को मुझे दो अम्मा ?" कुछ क्षण खामोशी रही। "अम्मा, बस थोड़ी-सी देर को।"

इस बार उसके स्वर में बला की आजिजी थी। शायद तभी तो माँजी से नहीं रहा गया होगा। उसका असीम दैन्य मुझे खल गया। मुझसे छिपाकर मेरी बच्ची को देखने का प्रस्ताव ऐसा ही कुत्सित लगा, जैसे मेरी अनुपस्थिति में किसी ने मेरे जेवरों का बक्स खोल लिया हो। उसके कंकालप्राय खुरदरे हाथों द्वारा पम्मी के शरीर के सहलाए जाने की कल्पना से मैं सिहर उठी। क्या पता उसने अपने

घिनौने मुख से उसे चूम भी लिया हो।

पता नहीं कौन-सी बात मेरे मन में पड़ गई कि किसी तरह बेतरतीबी से साड़ी पहन मैंने दरवाजा खोल दिया और झपटकर उसकी गोद से पम्मी को उठा लिया। उसे छाती से लगाए मैं मुड़ ही रही थी कि माँजी से आँखें मिल गईं। बेटे का अपमान वहाँ प्रतिबिंबित हो उठा था। पता नहीं वहाँ क्या-क्या था—क्रोध, अपमान, घृणा....पर मेरा साहस न हुआ कि उनकी ओर देख सकूँ।

घर की यह मेरी अंतिम यात्रा थी। यह तो हर दूसरे-तीसरे महीने जाते और एक उदासी की पर्त-सी ओढ़कर वापस आ जाते। कई बार मन हुआ कि जाकर उसे देख आऊँ। उन लोगों की गलतफहमियाँ दूर कर आऊँ, पर अपने पर से विश्वास ही जैसे उठ गया था।

विधि का विधान भी कैसा है ? उसके अंतिम समय भी जाना न हो सका। वह ही गए और आते समय माँजी को ले आए। जो कमरा वर्षों से उद्धव और माँजी की प्रतीक्षा करता रहा था उसमें माँजी अकेली आई थीं। उनके साथ आई थी शोक की एक काली छाया, जो निरंतर घर पर छाई रहती। उनके आते ही घर एकदम छोटा हो गया था और प्रच्छन्न रूप से दो दलों में बँट गया था। मैं कितनी अकेली पड़ गई थी ?

"संध्या, तुम्हारा जी कैसा है ?"

मैंने चौंककर देखा, कुरसी की पीठ पर हाथ रखे यह खड़े थे। "इधर से गुजरा तो देखा डाइनिंग टेबल पर सिर रखे सो रही हो। पहले तो सोचा सो लेने दो, पर देखता हूँ चेहरा बेहद उतरा हुआ है—खैरियत तो है ?"

"मेरा ख्याल था—एक बार नर्सिंग होम हो आते।"

"जरूर, जरूर", वे बोले और तेजी से बाहर निकल गए। कुछ ही देर में हम लोग गाड़ी में सड़क नाप रहे थे। तब खयाल आया, चलने से पहले माँजी से कहना चाहिए था पर घबराहट में याद न रहा।

नर्सिंग होम पहुँचने-भर की देर थी। उन लोगों ने मुझे हाथों-हाथ लिया और दूसरे ही क्षण मैं प्रसूति-कक्ष में थी। मुझे सिस्टर के हाथ सौंपकर यह चले गए थे—दफ्तर या क्या पता बाहर ही बैठे हों। सफेद कपड़ों में लिपटी उन नर्सों के बीच मैं अपने-आपको नितांत असहाय और अकेला अनुभव करने लगी। पम्मी के समय की यादें अपनी सारी वहशत के साथ मुझ पर हावी हो गईं और मेरा दम घुटने लगा। उसी समय दरवाजा खुला और डॉक्टर अलकारानी ने कहा, "मिसेज श्रीधर, आपकी सास आई हैं।"

मैंने देखा, माँजी अपराधी-सी मुद्रा में सिरहाने खड़ी हैं। "मुझसे रहा नहीं गया। बिटिया दुलारी को साथ लेकर चली आई।"

"ठीक है।" मैंने कहा। मुझे बड़ी शर्म आ रही थी। घर से निकलते समय इनसे कहकर भी नहीं आ सकी थी।

उसी समय दर्द की एक लहर उठी और मैंने "ओ माँ" कहकर माँजी के दोनों हाथ पकड़ लिए। पीड़ा के वे क्षण बीत जाने पर भी मुझे याद रहा कि वे दुबले-खुरदरे हाथ अजीब-सी ममता से भीगे हुए थे। उस समय भी वह माथा सहला रही थीं और मुझे अच्छा लग रहा था।

दर्द के वे क्षण कितनी बार दोहराए गए। माँजी हर बार मेरे साथ पसीने से नहा आती थीं, मानो मेरी पीड़ा को वह अणु-अणु के साथ अनुभव कर रही थीं। डॉक्टर ने दो-तीन बार आदर से, फिर कुछ रुखाई से उनसे धीरज रखने के लिए कहा। एक बार तो दबी जबान से बाहर बैठने का भी अनुरोध किया। पर मैं उन्हें दृढ़ता से पकड़े रही। उन भावविहीन चेहरों के बीच उन्हीं का चेहरा तो था जो मेरी वेदना से विह्वल हो रहा था। मेरी पीड़ा को एक अकेली वह ही तो समझ रही थीं, क्योंकि सृजन की यह पीर उन्होंने भी सही थी।

फिर एक अजीब-सा विचार मन में आया। जिसे इतनी पीड़ा के साथ जन्म दिया गया हो, उसे अपनी ही आँखों के सामने तिल-तिल कर मृत्यु के मुख में जाते देखना कितना दुःख देता होगा ? किस तरह सहा होगा उन्होंने उसे ?

कौन-सी पीड़ा अधिक कठिन है—जन्म की या मृत्यु की ? पाने की या खोने की ? अपने विचारों के रेले में मैं देख रही थी कि डॉक्टर और नर्स दोनों के चेहरे बदहवास-से लग रहे थे। मैं अपने-आपको किसी बर्फीले प्रदेश में जाते हुए देख रही थी। वे लोग विचित्र दृष्टि से मुझे घूर रहे थे। हर पाँच मिनट पर तड़पा देने वाली वे दर्द की लहरें पता नहीं कहाँ खो गई थीं। उनकी प्रतीक्षा में कमरे में एक तनाव-सा भर गया था।

मुझे मम्मी बेतरह याद आ रही थीं। वह हमेशा कहती थीं कि डिलीवरी में दोनों का जन्म होता है—माँ और बेटे का। तभी तो 42 वर्ष की उम्र में शिशु को जन्म देने की पीड़ा उनसे सही नहीं गई। ऑपरेशन-रूम से बाहर लाते हुए स्ट्रेचर पर उनका सफेद निष्प्राण चेहरा बार-बार आँखों के सामने आ रहा है।

कैसा होता होगा मरण-पार का देश ? क्या वहाँ जाने पर मम्मी से फिर भेंट हो सकेगी ? और उद्धव, क्या वह भी मिलेगा ? उसकी करुण-असहाय आँखों का अभियोग क्या अब भी उतना ही ताजा होगा ? अपनी सफाई में मुझे क्या कहना होगा ?

स्स...इंजेक्शन की जैसे कई एक सुइयाँ चुभो दी गई हों, पर मेरी चेतना लौट आई। और कम्बख्त वही दर्द फिर उभर आया। सफेद कमरा, सफेद चमकीले बल्ब, सफेद वस्त्रों में लिपटी नर्सें, सब जैसे घूम गए। केवल दो दुबले-खुरदरे हाथ स्थिर थे, जो मेरे माथे पर थे।

शिशु के कर्कश रुदन से कमरा भर उठा, तनाव टूटने लगा था और हर चीज जैसे फिर अपनी जगह पर लौट आई थी।

डॉक्टर अलका कह रही थी, "माँजी, मुबारक हो, पोता हुआ है।"

माँजी ने हाथ जोड़कर कहा, "वह तो जो भी है, भगवान की देन है, पर आपने मेरी बेटी को बचा लिया..." इससे आगे वह कुछ न कह सकीं। उनका गला रुँध गया। सिस्टर ने उन्हें सहारा देकर बिठा दिया।

थकान से बोझिल पलकें उठाकर मैंने देखा, उनका चेहरा भी बेहद थका हुआ लग रहा था। जैसे पीड़ा का हर क्षण उन्होंने मेरे साथ जिया है। इसके अतिरिक्त मेरी संभावित मृत्यु की आशंका भी उन्हें पस्त कर गई थी। मैंने एक बेटे के जन्म की पीड़ा को सहा है, उन्होंने एक बेटे की मृत्यु को सहा है।

पीड़ा की ये अनुभूतियाँ हमें एक साथ बाँध गई थीं। मैंने उनका हाथ अपने हाथ में लेकर क्षीण स्वर में कहा, "माँजी, इधर देखिए न, उद्धव हमारे बीच फिर लौट आए हैं।"

उन्होंने डबडबाई आँखों से मेरी ओर देखा। फिर उनके चेहरे पर एक मुस्कुराहट फैल गई। मुझे ऐसा लगा जैसे ओस-भीगी सुबह में सूरज की किरणें नहा गई हों।

आनन्दी

गाड़ी में अकेले बैठे-बैठे बोर हो चली थी। धूप में चिलचिलाती हुई सड़क को पार करके मेरी आँखें बार-बार उस इमारत से टकरा जाती थीं, जिसमें वह छोटी-सी डिस्पेन्सरी थी—जहाँ सुन्दरसींग सुबकती हुई पूनम को लेकर गया था। अजीब-सा माहौल था वहाँ का, ऊपर की दोनों मंजिलों में छोटे-छोटे कबूतरखानेनुमा फ्लैट्स बने हुए थे। नीचे ढेर सारी दुकानें थीं। मोहन डेरी, शिव शंकर पान भंडार, कृपाल टी हाउस, एवरेडी लांड्री, न्यू स्टाइल हेयर ड्रेसर्स और भी न जाने क्या-क्या। उन सबके चमकते साइनबोर्ड्स की भीड़भाड़ में डॉ. आहूजा की वह छोटी-सी सफेद नेमप्लेट खो-सी गई थी। सुन्दरसींग का ध्यान न जाता तो शायद हम लोग यहाँ रुकते भी नहीं।

पता नहीं कैसी क्या डिस्पेंसरी है, साथ चली जाती तो ठीक था। यहाँ बाहर बैठे-बैठे मेरी खीझ धूप के साथ क्रमशः बढ़ रही थी। सबसे ज्यादा गुस्सा तो इस शैतान छोकरी पर आ रहा था। अपने खेल-खिलौने छोड़कर वहाँ कबाड़खाने में आने की क्या जरूरत थी ! पता नहीं उसे सामान अनपैक होते हुए देखने में क्या मजा आता है। बैठे-बिठाए हो गई न मुसीबत। कितनी बड़ी लोहे की पत्ती थी, सीधी धँसती ही चली गई पैर में। बच्चों की स्किन तो होती ही नाजुक है। ओफ, कितना खून निकला था ! मुझे तो चक्कर-सा आने लगा था देखकर। वह तो पता नहीं सुन्दरसींग ने ही क्या-क्या लगाया तब जाकर खून बन्द हुआ था।

इतना गुस्सा आता है इन पर। इस अजनबी शहर में लाकर पटक दिया और चल दिए टूर पर। बस, कह दिया, "अरे भाई, अभी तो सुन्दरसींग है चार-पाँच दिन तक।" उसे भी तो मैं ही जिद करके लाई हूँ। यहाँ वालों के भरोसे रहती तो घर सेट करने में छः महीने लग जाते। पता नहीं कैसे लोग हैं, जरा भी मुरव्वत नहीं, मुलाहिजा नहीं। अदब-कायदा तो जानते भी नहीं। सच, छोटी जगहों में इन बातों का बड़ा आराम होता है।

और पड़ोसी भी किस कदर रूखे हैं, इतना रोना-पीटना हो गया, पर कोई

झाँका भी नहीं। वहाँ होते तो अभी सारी कॉलोनी जुड़ जाती। अस्पताल तक मुझे जाना भी न पड़ता और जाती भी तो क्या इस तरह टुकुर-टुकुर सड़क तकती बैठी रहती ! खुद डॉक्टर साहब आकर भीतर लिवा जाते।

"हुजूर। डॉक्टर साहब अन्दर बुला रहे हैं।"

मैंने चौंककर सिर उठाया। सुन्दरसींग सचमुच खड़ा हुआ था। खिड़की के पास उसने दुबारा अपना संदेश दुहराया तो मैंने पूछा, "मुझे क्यों बुला रहे हैं। फीस के पैसे तो दिए थे न तुझे। और बेबी कहाँ है ?"

"बेबी अभी अन्दर ही हैं। डॉक्टर साहब कुछ पूछ रहे थे। मैं समझ नहीं पाया। हुजूर खुद चली जाएँ तो अच्छा हो।"

भुनभुनाते हुए गाड़ी से उतरकर मैंने सड़क पार की। सीढ़ियाँ चढ़ते ही दवाइयों की मिली-जुली गंध से मेरा माथा घूम गया। किसी तरह अपने ऊपर काबू पाकर मैंने भीतर प्रवेश किया। सामने डॉक्टर की कुर्सी खाली थी और दोनों ओर दीवार से लगी बैंचों पर मरीज बैठे हुए थे। कोने वाली एक बैंच पर पूनम लेटी थी। उसके पाँव में बड़ा-सा बैंडेज बँधा था। उसका सिर एक अपरिचित महिला की गोद में था और वह थकी-सी आवाज में रह-रहकर 'मम्मी' की रट लगाए हुए थी।

मेरी सारी खीझ, सारा गुस्सा पता नहीं कहाँ चला गया। मैंने लपककर उसे गोद में उठा लिया और वहीं बैठकर उसे दुलारने लगी। मुझे देखकर उसकी रुलाई फूट पड़ी और मैं उसे पुचकारने लगी।

वह महिला मुझे लगातार घूरे जा रही थी। मेरी दृष्टि पड़ते ही बोली, "आप इसकी मम्मी हैं ? फिर आप बाहर क्यों बैठी रह गई थीं ?"

उसकी धृष्टता पर मुझे बहुत गुस्सा आया। अपनी नाराजी को भरसक चेहरे पर उतारते हुए मैं चुप बनी रही।

उसने फिर कहा, "आपको साथ आना चाहिए था। बहुत रोई थी बेचारी। माँ साथ रहे तो बच्चों को धीरज बँधता है। नौकर तो नौकर ही होते हैं।"

मैंने फिर भी कोई जवाब नहीं दिया और उठकर डॉक्टर साहब के मेज के पास खड़ी हो गई। कम्बख्त सुन्दरसींग भी बाहर बैठा रह गया था। साथ रहता तो कम से कम इन देवीजी को बतलाता तो, कि वह किससे बात कर रही हैं और कैसे बात करनी चाहिए। अभी कुछ देर पहले पूनम को उनकी गोद में देखकर धन्यवाद देने की बात मन में उठी थी पर अब तो कोई सवाल ही नहीं था।

एक हिकारत-भरी नजर उस ओर फेरकर मैंने आवाज को यथाशक्ति दबंग बनाते हुए डॉक्टर साहब से पूछा "आपने बुलाया था ?"

डॉक्टर साहब अभी-अभी भीतर से आए थे, तौलिये से हाथ पोंछते हुए बोले, "बेबी को ए. टी. एस. लगाना बहुत जरूरी है। पहले कभी लगाया है यह

इंजेक्शन ?''

"ठीक से याद नहीं है। आज-भर राह देख लीजिए। कल तक शायद इसके डैडी आ जाएँ।"

"वेट करने की तो कोई जरूरत ही नहीं है। रिएक्शन देख लेते हैं।" डॉक्टर साहब ने कहा और नर्स को सिरिंज लाने का आर्डर दिया। सारी तैयारी देखकर पूनम ने मुझे कसकर पकड़ लिया और सहमी-सहमी नजरों से डॉक्टर की ओर देखने लगी। तब मुझे भी भान हुआ कि उतने बड़े जख्म का ड्रेसिंग करते समय वह कितना तड़पी होगी, घबराई होगी ? मैं बड़ी दिलेरी से इंजेक्शन के दोनों राउंड्स में उसे थामे रही। पर जिसे दिखाने के लिए यह सब कर रही थी वह तो उसे टा-टा करके कब की जा चुकी थी।

घर लौटकर सुन्दरसींग ने बताया कि बेबी बहुत घबरा गई थीं। वह तो उन बहनजी ने बातों में उन्हें बहलाए रखा नहीं तो बहुत मुसीबत हो जाती। सुनकर मैं उल्टे उसी पर बरस पड़ी! "बेवकूफ, मुझे भी तो आवाज दे सकता था ! बेकार किसी के अहसान लेने की क्या जरूरत थी ?"

दूसरे दिन सुबह सवेरे ही यह लौट आए। मैं तो भरी बैठी थी। उनके घर में पाँव रखते ही बरस पड़ी। महानगर ने दो दिन में ही मुझे पस्त करके रख दिया था। यहाँ का मकान, यहाँ का नौकर, यहाँ के पड़ोसी, यहाँ के डॉक्टर—सभी से मुझे नफरत हो गई थी। यह खुद तो ऑफीसर बने मौज मार रहे थे और यहाँ सारी समस्याओं से मैं अकेली ही जूझ रही थी। दर्जी, धोबी, डॉक्टर, मास्टर सभी का इन्तजाम मुझे ही करना था। कम से कम मेरी नाजुक हालत का ही खयाल किया होता...।

कुछ देर तक तो यह चुपचाप मेरा भाषण सुनते रहे। फिर एकदम ताव खाकर उठे और सुन्दरसींग को लेकर बाहर निकल गए। चाय तक नहीं पी। आधे घंटे बाद लौटकर आए और बोले, "कम्पाउंडर साथ लेता आया हूँ, पूनम की ड्रेसिंग करवा लो। और शाम को पाँच बजे टीचर आएँगी, बच्चों वाला कमरा सेट करके रख देना।"

'टीचर की इतनी क्या जल्दी थी ?' मैंने कहना चाहा पर वे अबाउट टर्न कर गए थे। उनका कसैला स्वर सुनकर ही समझ गई थी कि अब चुप रहने की बारी मेरी है। दरअसल मुझे ही कुछ सब्र से काम लेना था। आते ही उनका मूड खराब कर दिया।

शाम ठीक पाँच बजे दरवाजे की घंटी बजी। सुन्दरसींग दरवाजा खोलने गया तो बड़ा खुश-खुश लौटा। "हुजूर, यह तो वही अस्पताल वाली बहनजी हैं, चलिए अच्छा हुआ, बेबी को उनसे डर नहीं लगेगा।"

मैंने उत्सुकतावश कमरे में झाँककर देखा, हमारी उपदेशिकाजी सहमी-सिमटी

एक कुर्सी पर बैठी थीं और कमरे के साज-सामान को अवाक् होकर देख रही थीं। मुझे लगा था, मुझे देखकर वह सकपका जाएँगी। पर कहाँ ! वह तो एकदम प्रसन्न मुद्रा में उठ खड़ी हुईं और मुस्कराते हुए बोलीं, "देखिए न बहनजी, कैसा संयोग है। कल ही आपसे परिचय हुआ, आज यहाँ भेंट हो गई। सुबह डॉक्टर साहब का सन्देश मिला, तब तो यह कल्पना भी न थी, कि हम अपनी नन्हीं सहेली के यहाँ जा रही हैं।"

"आपको डॉक्टर साहब ने भेजा है ?"

"हाँ; सुबह शायद साहब ने उनसे बात की होगी।"

"ओह तभी !" नहीं तो मैं खुद हैरान थी, कि इतनी जल्दी इन्हें टीचर कहाँ से मिल गई।

"बेबी कहाँ है ?"

"उसे तो अभी रहने दीजिए। आप तो अभी पप्पू को, मेरा मतलब है पुनीत को ही तैयार कीजिए। यहाँ सुनते हैं सभी बड़े स्कूल्स में पहले टेस्ट लेते हैं, तभी एडमिशन मिलता है।"

उतनी देर में सुन्दरसींग पूनम को गोद में उठाकर ले आया था और वह परिचित चेहरा देखते ही किलक पड़ी थी। "नमस्ते आंटी" उसने कहा और उनके गले में दोनों बाँहें डालकर झूल गई।

"तुम्हारा पाँव अब कैसा है बेबी ?"

"दुखता है", पूनम ने चेहरे को सलवटों से भरते हुए उत्तर दिया, "पर पता है, आज मैं रोई नहीं। दवाई लगाने आए थे न, तब भी नहीं रोई। है न मम्मी?" उसने गवाही के लिए मुझे पुकारा। पर मैं कुछ नहीं बोली।

"अरे वाह, हमारी पूनम तो बहुत रोती है।"

"आप उसे लाईं क्यों नहीं ?"

"उसे पढ़ना-वढ़ना अच्छा थोड़े ही लगता है। बस, दिन-भर खेलना और खाना। दूसरी कोई बात ही नहीं !"

"मैं तो खूब पढ़ती हूँ न मम्मी।" उसने दुबारा मुझसे गवाही माँगी। इस बार तो मुझे हामी भरनी ही पड़ी।

"जाओ, अपनी किताबें लाओ और भैया को बुला लाओ।"

सुन्दरसींग की गोद में बैठकर जब वह चली गई तो मैंने पूछा, "आपकी बेबी का नाम भी पूनम है ?"

"नहीं, मैं तो मजाक कर रही थी। बेबी का मन बहला रही थी।"

"कितने बच्चे हैं आपके ?"

"दो लड़कियाँ हैं, बस्स !"

"और लड़का ?"

उन्होंने सिर हिलाकर नकारात्मक उत्तर दे दिया।

"अरे !" बिना वजह मेरा स्वर सहानुभूति से आर्द्र हो उठा।

"क्या फर्क पड़ता है बहनजी।" मेरी सहानुभूति को व्यर्थ करते हुए उन्होंने लापरवाही से कहा, "यहाँ कौन पेशवाओं की जागीर पड़ी हुई है, कि उसके लिए वारिस जरूरी है। अपने लिए तो दोनों बराबर हैं।"

उनका यह बेफिक्र लहजा मुझे ईर्ष्या से भर गया। यहाँ तो इतना निश्चिंत होना कभी आया ही नहीं। पुनीत के बाद पाँच साल तक बच्चा घर में नहीं आया तो मैं घबरा उठी थी। इस बार लगता है, कि बहुत जल्दबाजी हो गई है। पता नहीं कैसे सम्भाल पाऊँगी। पूनम के वक्त डर लग रहा था कि कहीं फिर से लड़का न हो जाए। अब लगता है, कि फिर लड़की हो गई तो—एक चिन्ता दहेज की ही मुझे रात-रात सोने नहीं देती। इनसे तो कुछ भी कहो मजाक में टाल देंगे।

रात मैंने कहा, "सुनिए, टीचर ढूँढ़ने में तो आपने बहुत फुर्ती दिखाई है। उसकी क्वालिफिकेशन्स का तो पता कर लिया था न !"

"तुम्हारे लड़के को सिक्स्थ में एडमिशन चाहिए न ! इतना तो उसे आता हीं होगा। माई डियर लेडी, शी इज रेग्यूलर टीचर।"

"तभी तो, बहनजी, बहनजी कहती रहती है। इतना ऑकवर्ड लगता है।" अब मैंने अपने मन की असली बात प्रकट की।

"तो क्या कहकर पुकारे कोई आपको ? मैडम ?" इनके स्वर में व्यंग्य का पुट था। "दरअसल कुमुदजी, महत्त्वपूर्ण यह है कि आप उन्हें क्या कहकर पुकारती हैं। तुम्हें तो मालूम है डियर, इस घर में मैं किसी भी टीचर का अनादर बर्दाश्त नहीं कर सकता।"

"मालूम है बाबा, कितनी बार एक ही बात कहेंगे।" मैंने बेजारी से कहा और उनके इस प्रिय विषय को बन्द कर दिया। नहीं तो अभी रामायण खोलकर बैठ जाएँगे कि हमारे पिताजी हेडमास्टर हैं, हमारी बुआ टीचर थीं, चाचा टीचर थे। हमारे नाना संस्कृत के पंडित थे और मामा फारसी के विद्वान हैं—पता नहीं मास्टरों के परिवार में ये अनोखेलाल कहाँ से पैदा हो गए ?

और इतना अभिमान है इन्हें अपने खानदान का कि हर किसी के सामने बचपन की गाथा लेकर बैठ जाएँगे। कभी-कभी तो मेरी पोजीशन इतनी विचित्र हो जाती थी...

बच्चों की टीचर को पुकारने की सचमुच एक समस्या थी। 'बहनजी' मेरी जबान पर चढ़ता नहीं था और मुसीबत यह थी कि उनका नाम तक हमें मालूम न था। डॉक्टर साहब ने शायद इन्हें बताया भी हो पर वह उस दिन इतने तैश में थे कि बाहर आते ही सब कुछ भूल गए।

दो-चार दिन बाद मौका मिलने पर मैंने ही पूछ लिया, "आपको क्या कहकर बुलाया जाए ?"

मेरा प्रश्न समझने में उन्हें कुछ समय लगा। फिर धीरे से बोलीं, "कहने को तो लोग मुझे मिसेज आचार्य भी कहते हैं। वैसें नाम मेरा आनन्दी है। आपको जो भी अच्छा लगे, कह लें।"

"आनन्दी, नाम तो बहुत अच्छा है। मेरी एक मौसी हैं—उनका भी यही नाम है।"

"जी हाँ, नाम तो अच्छा है, माँ-बाप ने बहुत सोच-समझकर रखा है। जीवन में न सही, नाम में तो आनन्द है ही।" उन्होंने कहा और हँस दीं। इतनी बड़ी बात के साथ यह हँसी बड़ी बेतुकी लगी।

मैंने कहा, "चलिए, आप नाम तो सार्थक कर रही हैं। हमेशा खुश रहती हैं।"

"खुश रहे बिना चारा ही क्या है ? अपने सारे दुःख ओढ़कर आपके घर आऊँ, तो आप मुझे गेट से ही विदा कर दें। इसलिए अपने राम तो मस्त रहते हैं।" उन्होंने कहा और शाही अन्दाज से अपना बैग कंधे पर टाँगकर नमस्ते की और चल दीं।

पता नहीं लोग इतने मस्त कैसे रह लेते हैं ? यह औरत अपनी खड़खड़िया साइकिल बरामदे से टिकाकर जब भी घर में दाखिल होती है तो एक मुस्कान के साथ। उसके चेहरे की रंगत बतलाती है कि वह दिन-भर धूप में यहाँ-वहाँ घूमती रहती है पर थकान का जरा-सा चिह्न भी उसके व्यवहार में नहीं होता।

वही ताजादम खिलखिलाहट, वही बच्चों का-सा उत्साह। यों घर-घर ट्यूशन्स करने के पीछे भी कोई मजबूरी रही होगी। लेकिन इस बात को भी वह अपने 'फिकर नॉट' अन्दाज में ही बयान करतीं। कहतीं, "ये सप्लीमेंटरी वाले विद्यार्थी मुझे बहुत अच्छे लगते हैं। अगर सबके सब पास होने लगें, तो मेरा क्या हो ! स्कूल से अपने राम को हर साल अप्रैल में छुट्टी मिल जाती है।"

"आपके हसबैंड क्या करते हैं ?" एक बार मैंने उत्सुकतावश पूछ ही लिया था।

"क्या करेंगे, बस राज करते हैं।" उसी लहजे में उत्तर मिला था। समझ गई थी, कि बहुत छोटी-सी पोस्ट पर होंगे। तभी न बेचारी इतनी परेशानी उठा रही है। और पता नहीं इतनी परेशानी के बावजूद बेचारी कैसे इतनी खुश रह लेती है। चेहरे पर कभी कोई शिकन नहीं, परिस्थिति के लिए मन में कोई कड़वाहट नहीं।

और एक मैं हूँ, मुझे तो लगता है जैसे संसार में मुझसे ज्यादा दुःखी प्राणी कोई और है ही नहीं। नौकरों की एक बटालियन पीछे छूट जाने का दुःख हमेशा सालता रहता है। ऊपर से मकान इतना छोटा मिला हुआ है कि लगता है चारों ओर से मुझे लीलने को ही दौड़ा आ रहा है। शिकायत करो तो यह कह देते

हैं कुछ सामान कम कर दो। सुनते ही मुझे तो रोना आ जाता है। इतनी हसरत से जमाई हुई गृहस्थी है मेरी; कौन-सी चीज फालतू है जो उठाकर फेंक दूँ।

नई परिस्थितियों से समझौता करते-करते इतनी पस्त हो गई मैं कि एक दिन बुखार ही हो आया। यह तो हस्ब मामूल दौरे पर ही थे। किसी तरह चपरासी से कच्ची-पक्की रोटियाँ सिंकवाकर बच्चों को खाना दिया और पड़ रही। इतना गुस्सा आ रहा था इन पर—एक तो ऐसी सड़ी-सी जगह में लाकर पटक दिया, ऊपर से यह भी नहीं, कि ढंग का कोई नौकर ही ढूँढ़कर दिया होता।

मिसेज आचार्य उस दिन ठीक बेडरूम के दरवाजे पर ही आकर खड़ी हो गईं, "बेबी ने बताया कि आपकी तबीयत ठीक नहीं है।"

और कोई दिन होता तो मुझे इनकी यह हरकत शायद अच्छी न लगती। पर उस दिन मैं तरस गई थी, कि कोई आकर मेरा हाल पूछे।

"आइए न !" मैंने उठकर उनके लिए जगह बनाते हुए कहा।

पर वह पलँग पर नहीं बैठीं। ड्रेसिंग टेबल वाला स्टूल खींचकर उस पर बैठती हुई धीरे से बोलीं : "साहब शायद यहाँ नहीं हैं ?"

बस, मुझे तो बहाना मिल गया। पता नहीं कितनी देर तक मैं बड़बड़ाती रही। उस समय यह भी भान नहीं रहा कि इतनी सारी बातें हर किसी के सामने करनी भी चाहिए या नहीं। अपना ज्वार खत्म होते-होते मैंने अनुभव किया कि इस बीच उनकी आँखें बराबर मुस्कराती रही हैं। शायद मेरी सारी बकवास को उन्होंने पूनम और पुनीत की नोंक-झोंक से ज्यादा महत्त्व नहीं दिया था। इसका अहसास होते ही एकदम मुँह फुलाकर चुप हो गई मैं।

मेरे चुप होते ही वह अपने हमेशा वाले अन्दाज में बोलीं, "आप बीमार हैं न, इसीलिए इतनी परेशान हो रही हैं। नहीं तो, सच बात तो यह है कि मर्द बाहर रहते ही अच्छे लगते हैं। घर लौटने में देर-सबेर हो जाए तो गुस्सा तो जरूर आता है, लेकिन ये लोग घर में रहें न, तो परेशान कर डालते हैं। ठीक कह रही हूँ न !"

और उस प्रश्न पर मुझे एकदम हँसी आ गई। अपनी पहली वाली कोफ्त भूलकर मैं इनकी तानाशाही के किस्से लेकर बैठ गई, "बाप रे, घर में रहते हैं तो सबकी अच्छी परेड हो जाती है। ये किताबें कैसी फैली हैं ? यह वॉश बेसिन कितना गन्दा हो रहा है ? ये जाले कब से नहीं निकाले गए ? यह निटिंग घर-भर में क्यों घूम रही है—तब तो सचमुच ऐसा लगता है कि ये महीने में दस दिन बाहर रहते हैं तो बीस दिन रहा करें।"

शाम होते-होते मेरा गुस्सा उतर गया था, और बुखार भी।

कुछ लोग होते ही ऐसे हैं कि उनके साथ आदमी अपनी सारी परेशानियाँ कुछ समय को भूल जाता है। यह बात चाहे मैं सबके सामने स्वीकार न करूँ, लेकिन यह सच है कि मिसेज आचार्य से बात करने के बाद बड़ी से बड़ी समस्या भी छोटी-सी नजर आने लगती थी। उनकी खुशमिजाजी की जैसे मुझे छूत लग जाती थी। (उसका असर बहुत देर तक नहीं रहता था, सो बात अलग है।)

जिस दिन पुनीत की टी. सी. और प्रोग्रेस कार्ड डाक से मिले थे उस दिन मैं इसी तरह मायूस बनी गुमसुम बैठी हुई थी। यही इन्तजार था कि कब पाँच बजें और यह घर आएँ। आज लड़ाई होना निश्चित था। इतना मना किया था मैंने, ट्रांसफर रुकवा नहीं सकते तो छुट्टी तो ले सकते हैं। आप चले जाएँगे तो डिस्टर्ब हो जाएगा बेचारा। पर वह तो अपने मन की करके रहे। सरकार के वफादार नौकर जो ठहरे।

घर में बैठना असह्य हो गया तो मैं बाहर आकर लॉन में टहलने लगी। ठीक पाँच बजे मिसेज आचार्य की खड़खड़िया साइकिल गेट के अन्दर दाखिल हुई।

"अरे ! तबीयत तो ठीक है न आपकी ? चेहरा कैसा उतरा-उतरा लग रहा है आज ?" उनकी तेज निगाहों ने आते ही मेरा परीक्षण कर डाला।

"मैं बताऊँ आण्टी, भैया का रिजल्ट आया है आज।" हमारी चुनमुनिया को बीच में बोले बिना चैन कहाँ।

"भैया का रिजल्ट आया है ! पास तो हो गए हैं न !" उन्होंने सशंकित स्वर में पूछा।

"पास तो हो गया है। 81 प्रतिशत मार्क्स हैं।" मैंने मरी-सी आवाज में कहा।

"अरे वाह, तब तो मिठाई खिलाइए। आपकी शक्ल देखकर तो मैं डर गई थी। इतना अच्छा तो रिजल्ट है।"

"क्या खाक अच्छा है। क्लास में थर्ड आया है।" मेरी आवाज ऐसी थी, कि बस रो ही पड़ूँगी।'

"तो उससे क्या फर्क पड़ता है। मार्क्स तो कितने अच्छे हैं। आप तो फौरन मिठाई मँगवाइए। और पुनीत है कहाँ !"

"भैया तो सोते रहे हैं दिन-भर।" पूनम ने बताया।

"हाय बेचारा, आपको उदास देखकर नर्वस हो गया होगा। मैं तो बहनजी, लड़कियों के पचपन प्रतिशत नम्बर भी आ जाते हैं तो खूब शाबाशी देती हूँ। अरे, हमसे तो अच्छी हैं। यहाँ तो हमेशा जनता क्लास ही आती रही है। बस, फेल कभी नहीं हुए। खींच-खींचकर गाड़ी बी. ए. तक पहुँचा ही दी। वही अब काम आ रहा है।"

और आधा घंटे बाद चाय छानते हुए मैं इनसे कह रही थी, "पुनीत का

रिजल्ट आया है आज। इक्यासी पर्सेंट मार्क्स हैं।''

''और रैंक ?''

''रैंक तो खैर थर्ड आया है। पर उससे क्या फर्क पड़ता है। मार्क्स तो देखिए न, कितने शानदार हैं। अपने तो पचपन प्रतिशत से आगे कभी बढ़े ही नहीं।''

बाद में स्वयं मुझे ही आश्चर्य हुआ, कितने सहज भाव से कह गई थी मैं यह बात। जैसे जरा-जरा-सी बात पर मिनमिनाने वाली मैं कोई और ही थी।

बहुत छोटा-सा संसार था मेरा। घर, पति, बच्चे, नौकर। इनके परे मैं कुछ सोच ही नहीं पाती थी और इनसे सम्बन्धित छोटी-सी समस्या मुझे बड़ी-सी लगती थी और मुझे बेचैन कर डालती थी। अब मिसेज आचार्य का सहारा लेना बहुत अच्छा लगता था।

''आपने सुना मिसेज आचार्य, रेल का किराया कितना बढ़ गया है। अब तो माँ से मिलना भी मुश्किल हो जाएगा।'' मैं रुआँसी आवाज में कहती।

''माँ के यहाँ तो आप वैसे भी साल में एकाध बार जाती हैं। इस बात पर भी तो गौर कीजिए कि किराया बढ़ जाएगा तो मेहमान भी कम आएँगे।''

और मैं बात को उस ढंग से सोचने पर मजबूर हो जाती।

''मुझे बहुत डर लगता है, मिसेज आचार्य। कहीं इस बार भी लड़की न हो जाए।'' मैं आशंका प्रकट करती।

''होने दीजिए न ! आप इतना घबराती क्यों हैं ?''

''लेकिन महँगाई देखिए, दिन पर दिन कैसी बढ़ रही है। पूनम की शादी के लिए ही कुछ बचा पाएँगे कि नहीं, इसमें शक है।''

''आप भी ऐसी बातें करती हैं। इन बच्चों के समय तक देखिए शादियाँ एकदम सिम्पल होने लगेंगी। और फिर लड़कियों से जो रौनक होती है घर में, वह लड़कों से कहाँ होती है ?''

''हाँ, यह तो आप ठीक कहती हैं।'' मैं चुपचाप स्वीकार कर लेती।

कभी बाजार से डालडा गायब हो जाता। कभी डेरी से सिर्फ टोण्ड दूध ही मिलता। कभी गेहूँ में कीड़ा लगने का डर हो जाता। हर बार मैं परेशान हो जाती। पर मिसेज आचार्य मेरी सारी समस्याओं को चुटकियों में हल कर देतीं।

आत्मकेन्द्रित होने की भी सीमा होती है और मैंने शायद उस सीमा को पार कर लिया था। क्योंकि लगातार एक हफ्ते तक जब मिसेज आचार्य नहीं आई तब भी सिर्फ चिन्ता बनी रही कि बच्चों के टर्मिनल्स सिर पर हैं, कहीं फेल न हो जाएँ। यह कभी सोचा ही नहीं कि उनकी अपनी भी समस्या हो सकती है कोई। नहीं तो इतनी रेग्यूलर रहने वाली वह इतने दिन तक घर न बैठतीं।

साहब बहादुर भी एक दिन बोले, ''दिन-भर भुनभुनाती रहती हो। किसी

दिन हरीराम को घर भेजकर पता ही करवा लेतीं।''

''घर का पता यहाँ किसके पास है ?'' मैंने मुँह फुलाकर कहा।

''मेरे पास है। आज गाड़ी नहीं ले जाऊँगा। तुम शाम को खुद ही उनके यहाँ चली जाना।''

''मैं खुद ! अरे वाह !''

''सच कह रहा हूँ कुमुद। दरअसल वह बड़ी विचित्र परिस्थिति में फँस गई हैं। उनकी बड़ी बेटी किसी के साथ भाग गई है। शायद हम उनकी कुछ मदद कर सकें। कम से कम पूछ तो लें ही।''

''आपको कैसे पता चला ?''

''कल दफ्तर में बात हो रही थी। वैसे 4-5 रोज पहले पेपर में भी पढ़ा था। पर तब यह पता नहीं था कि यह वीणा आचार्य उन्हीं की लड़की है।''

मैं चुप ही रही, क्योंकि मैं पेपर सिर्फ सिनेमा के विज्ञापनों के लिए ही देखती हूँ। हाँ, पहले से पता होता तो इस खबर को जरूर पढ़ती।

वहाँ जाने की मेरी जरा भी इच्छा नहीं थी पर इनके आगे मेरी एक न चली। पूरे रास्ते मेरा मन धक्-धक् करता रहा है कि वहाँ जाकर आखिर कहूँगी क्या? ऐसा लग रहा था जैसे किसी के यहाँ मातमपुरसी पर जा रही हूँ। यह प्रसंग तो उससे भी कठिन था। कहीं वह यह न समझ लें कि मैं तमाशा देखने आ गई हूँ।

पता एकदम ठीक था, घर ढूँढ़ने में ज्यादा दिक्कत नहीं हुई। लेकिन गाड़ी के रुकते ही आसपास की खिड़कियों में इतनी सारी आँखें टँग गई थीं कि मैं नर्वस हो उठी। बन्द दरवाजे पर धीरे से दस्तक देते हुए मैंने मोहन से कहा, ''तुम गाड़ी उधर कहीं चौड़े में पार्क कर लेना। यहाँ तो सारा रास्ता ही घिर गया है।''

''अरे, आप हैं।'' दरवाजा खोलते ही मिसेज आचार्य ने पूछा और वह मुझे हाथ पकड़कर भीतर ले गईं। शायद बहुत देर बाहर खड़े रहना उन्हें भी अच्छा नहीं लग रहा था। भीतर जाते ही उन्होंने दरवाजा बन्द कर लिया और एक अँधेरा-सा कमरे में भर गया। किसी तरह मिसेज आचार्य के पीछे-पीछे चलती हुई मैं दूसरे कमरे में पहुँची, जो शायद रसोईघर था। दीवार से टेक लगाए पटरे पर बैठी एक दस-बारह साल की लड़की 'चन्दामामा' पढ़ रही थी।

''मीनू, उठो तो'', उन्होंने कहा और पटरा मेरे आगे बिछाते हुए कहा—''बैठिए न।''

''मीनूऽ'' बाहर के कमरे से खरखराती आवाज आई।

''क्या है ?'' बेजारी से मीनू ने कहा।

''कौन आया है ?''

''मम्मा की सहेली हैं।''

"मोटर में कौन आया है ?"

"कहा तो मम्मा की सहेली हैं।" मीनू ने कहा और धीरे से बीच वाला दरवाजा उढ़का दिया। आवाज अब भी आ रही थी पर अर्थ-बोध नहीं हो रहा था। "मीनू, चाय बना झटपट।" मिसेट आचार्य ने कहा। दरवाजा बन्द होते ही उनके चेहरे का तनाव कम हो गया था।

"चाय-वाय रहने दीजिए—दरअसल मैं देखने आई थी, कहीं आप बीमार तो नहीं ?" मैं सफाई से झूठ बोल गई पर इतना कहते-कहते भी मुझे पसीना छूट गया।

उन्होंने कुछ जवाब नहीं दिया। वे कप-प्लेटें निकालती रहीं, मीनू को अच्छी चाय बनाने के निर्देश देती रहीं, उसे स्टोव जलाने में मदद करती रहीं। हाथ धोकर जब वह मेरे पास आकर बैठीं तो उन्होंने कोई दूसरा ही विषय छेड़ दिया था। मुझे उस वार्तालाप में जरा भी मजा नहीं आ रहा था। उल्टे कोफ्त हो रही थी। इन पर तो इतना गुस्सा आ रहा था—बस भेज दिया संवेदना प्रकट करने के लिए। अरे, यहाँ किसी को कोई मलाल भी तो हो पहले। मैंने यह अपेक्षा भी नहीं की थी कि वह मेरे गले में बाँहें डालकर रो पड़ेंगी। पर इतनी बड़ी बात हो जाने पर आदमी कम से कम उदास तो होता है। यहाँ तो बस।

"मम्मा, पापा को दे आऊँ ?" हमारे सामने दो कप रखते हुए मीनू ने हौले से पूछा।

"दे दे।" उनकी आवाज में हिकारत स्पष्ट थी।

"पापा, उठिए चाय ले लीजिए।" दूसरे कमरे से मीनू की आवाज आई। उत्तर मैं नहीं सुन सकी क्योंकि मिसेज आचार्य ने उठकर धीरे से बीच वाला दरवाजा फिर उढ़का दिया था।

"बीमार हैं ?" मैंने धीरे से पूछा।

"हाँ।"

"कब से ?"

"बरसों से।" इस अप्रत्याशित जवाब पर मैं चौंककर रह गई। कमरे में घुसते ही जो एक भभका-सा मेरी नाक में घुसा था उसका रहस्य अब खुला। अब उस घुटन-भरे वातावरण में बैठना मेरे लिए असह्य हो गया। किसी तरह चायपान समाप्त करके मैं उठ खड़ी हुई, "चलूँगी मैं अब, घर पर बच्चे घबरा रहे होंगे। हरीराम भी पता नहीं अब तक आया भी कि नहीं।"

उन्होंने कुछ देर और बैठने का अनुरोध नहीं किया। सुपारी कतरती हुई बोलीं, "चलिए, आपको गाड़ी तक छोड़ आऊँ।"

"कौन है ?" बाहर वाले कमरे में पैर रखते ही प्रश्न हुआ।

"मैं हूँ। बहनजी को सड़क तक छोड़ने जा रही हूँ।" उन्होंने जवाब दिया

और मुझे लेकर सड़क पर आ गईं। मीनू हम लोगों के पीछे दरवाजे तक आई थी। "मम्मा, जल्दी आना" उसने कातर स्वर में कहा।

"मीनू !" उसी कर्कश स्वर में अन्दर से बुलाहट हुई। "मेरी स्नफ की डिबिया कहाँ है ?"

"मिसेज आचार्य !" कुछ दूर तक चलने के बाद मैंने कहा "आपके मिस्टर की आइसाइट क्या बहुत खराब है ?"

"बहुत ज्यादा।"

"क्या शुरू से ही है या..."

"शुरू से तो नहीं थी। भाग्य की यह मेहरबानी तो इन लड़कियों के जन्म के बाद हुई है।"

"कोई एक्सीडेंट हुआ था ?"

"हाँ, एक्सीडेंट ही समझिए। आनन्द कैमिकल्स में अच्छी नौकरी थी। एक दिन लेबोरेटरी में पता नहीं कैसा विस्फोट हो गया ? चार-पाँच लोग घायल हो गए। इनकी तो आँखें ही जाती रहीं।"

"कम्पनी ने मुआवजा तो दिया होगा ?"

"दिया था न ! उसी के सहारे तो ट्रेनिंग की। उसी की कृपा से तो यह दो कमरों का घर बच रहा। नहीं तो इसे भी बेचना पड़ता।"

"आपके हसबैंड अब कुछ नहीं करते ?"

"करते हैं ! मेरी चौकीदारी करते हैं।"

"नहीं, मेरा मतलब था, आजकल काफी व्यवसाय चल पड़े हैं।" मैंने बिना वजह सकुचाते हुए कहा।

"मैं समझ गई आपका मतलब, लेकिन बहनजी, काम तो करने वाले के लिए होते हैं। और कुछ नहीं तो घर बैठे ट्यूशन ही कर सकते थे। एम. एस-सी. पास हैं। पर आँखें गईं तो नौकरी छूट गई। नौकरी छूट गई तो दिल टूट गया—अपने पास तो दिल है ही नहीं। टूटने का सवाल ही नहीं उठता। ग्यारह साल से इस गृहस्थी की गाड़ी खींच रही हूँ मैं। सीता का वनवास तो चौदह साल में पूरा हो गया था। मुझे कितने दिन भुगतना है, ईश्वर ही जानता है।"

"छीः कैसी बातें कर रही हैं आप।" मैंने सांत्वना के स्वर में कहा।

"ठीक ही तो कह रही हूँ, बहनजी, यह वनवास नहीं तो क्या है। आप नहीं जानतीं आदमियों के इस जंगल में लड़कियों को लेकर रहना कितना कठिन है।"

वह चलते-चलते एकदम रुक गईं। "वैसे सुना तो होगा आपने, शहजादे सलीम अनारकली को लेकर भाग गए हैं।"

"जी, वह तो सुना था, दरअसल मैं इसीलिए आई थी। हम लोगों की ओर

से कुछ मदद हो सके तो...'' मैं बोलते समय इतना हकला रही थी जैसे मेरी अपनी लड़की ही किसी के साथ चली गई हो।

''मदद का तो अब कोई प्रश्न ही नहीं है। उनकी शादी हुए पाँच रोज हो चुके हैं। अब तो यही मनाना है कि जहाँ रहें, जैसे रहें खुश रहें।''

कुछ देर तक हम लोग खामोशी में चलते रहे। मैंने अनुभव किया कि मेरी बगल में चलने वाली यह औरत कितनी अकेली है। तभी तो इतनी दिलेरी से सारे आघात सह जाती है। और चेहरे पर शिकन तक नहीं लाती क्योंकि अगर रोना भी चाहे तो एक कंधे की जरूरत होती है जिस पर सिर रखा जा सके।

''अब आपने क्या सोचा है ?'' गाड़ी में बैठते हुए मैंने औपचारिकतावश पूछ लिया।

''सोचना क्या है, पूजनीय मातेश्वरी को लिख भेजा है कि कुछ दिन यहाँ आकर रहो। मीनू अकेली घर में रहना नहीं चाहती और मैं कितने दिन घर बैठ सकती हूँ।''

फिर गाड़ी का फाटक धीरे से बन्द करते हुए बोलीं, ''वैसे माँ आ भी गईं तो कितने दिन रहेंगी। यही देखना है। घर का वातावरण ही ऐसा है कि भागने की सुविधा होती तो मैं भी कब की भाग जाती। लड़कियों को क्या दोष दूँ ? यह तो गनीमत है कि लड़का ड्राइंग मास्टर है। दूध वाले के साथ ही चली जाती तो मैं क्या कर लेती।''

''मोहन ! चलो भई।'' मैंने कहा और निढाल होकर सीट पर सिर टेक दिया।